4
FERS AU FEU

Du même auteur

Le Masque de l'araignée, Lattès, 1993.
Et tombent les filles, Lattès, 1995.
Jack et Jill, Lattès, 1997.
La Diabolique, Lattès, 1998.
Au chat et à la souris, Lattès, 1999.
Souffle le vent, Lattès, 2000.
Le Jeu du furet, Lattès, 2001.
Rouges sont les roses, Lattès, 2002.
Beach House, Lattès, 2003.
1er à mourir, Lattès, 2003.
2e chance, Lattès, 2004.
Terreur au 3e degré, Lattès 2005.
Quatre souris vertes, Lattès, 2005.
Grand Méchant Loup, Lattès, 2006.

www.editions-jclattes.fr

James Patterson
et Maxine Paetro

4
FERS AU FEU

Roman

*Traduit de l'anglais (États-Unis)
par Yves Sarda*

JC Lattès
17, rue Jacob 75006 Paris

Collection « Suspense & Cie »
Dirigée par Sibylle ZAVRIEW

Titre de l'édition originale
4th OF JULY
Publiée par Little, Brown and Company, New York.

© 2005, James Patterson.
© 2006, éditions Jean-Claude Lattès pour la traduction française.

I

Tout le monde s'en fout

1.

Bientôt 4 heures du matin, un jour de semaine. Ça déménageait sec dans ma tête alors que Jacobi se garait prudemment devant le Lorenzo, un « hôtel touristique » bas de gamme qui louait ses chambres à l'heure. Il était situé au cœur du quartier du Tenderloin à San Francisco, dans un pâté d'immeubles d'aspect si rébarbatif que même le soleil se refusait à traverser la rue.

Trois véhicules noir et blanc s'alignaient le long du trottoir. Conklin, premier flic sur les lieux, établissait un cordon autour du périmètre. De même qu'un second agent, Les Arou.

— Ça donne quoi ? demandai-je à Conklin et à Arou.

— Un homme de race blanche, lieutenant. La vingtaine, les yeux explosés et cuit à point, me répondit Conklin. Chambre 21. Aucune trace d'effraction. La victime est dans la baignoire, exactement comme celle de la fois d'avant.

La puanteur de pisse et de vomi nous submergea, Jacobi et moi, dès notre entrée dans l'hôtel. Pas de chasseurs dans cet établissement. Ni ascenseurs ni room service, non plus. Des « oiseaux de nuit » s'étaient évanouis dans l'ombre, sauf une jeune prostituée à la peau grisâtre qui prit Jacobi à part.

— File-moi vingt dollars, qu'elle lui disait. J'ai un numéro d'immatriculation.

Jacobi détacha un billet de dix en échange de son bout de papier puis, se tournant vers le réceptionniste, le questionna sur la victime : partageait-il sa chambre, avait-il une carte de crédit, était-ce un habitué ?

Je contournai un toxico au pied de l'escalier puis grimpai au premier. La porte de la chambre 21 était ouverte, une jeune recrue montait la garde sur le seuil.

— Bonsoir, lieutenant Boxer.

— Bonjour plutôt, Keresty.

— Oui, m'dame, fit-il en m'enregistrant et en tournant sa planchette pour récolter ma signature.

Il faisait plus sombre à l'intérieur de la chambre de quatre mètres sur quatre que dans le couloir. Les plombs avaient sauté et, tels des spectres, de minces rideaux pendaient aux fenêtres, éclairées par la rue. Je triai les pièces du puzzle, tâchant de démêler ce qui était un indice de ce qui ne l'était pas, tout en essayant de ne rien piétiner. Mais il y avait beaucoup trop de bazar et pas assez de lumière.

J'ai balayé de ma torche les fioles de crack sur le sol, le matelas maculé de sang séché, les piles d'ordures et de fringues crades, un peu partout. On voyait une sorte de kitchenette dans un angle : la plaque chauffante était encore tiède et la panoplie du parfait petit toxico, dans l'évier.

Dans la salle de bains, l'atmosphère était suffocante, épaisse comme de la soupe. Je suivis de mon faisceau la rallonge qui serpentait entre la prise électrique, proche du lavabo, et la baignoire, en passant devant la cuvette des toilettes, bouchée.

Mon cœur se souleva en prenant dans mon pinceau lumineux le cadavre du garçon. Il était nu, blond, maigre, le torse imberbe. Il était assis dans la baignoire, les yeux exorbités, de l'écume aux lèvres et aux narines. Le cordon électrique était relié à un maxi grille-pain d'un vieux modèle, qui luisait à travers l'eau de la baignoire.

— Merde, fis-je au moment où Jacobi entrait dans la pièce. C'est reparti.

— Il est cramé et bien cramé, commenta Jacobi.

En tant que chef de la criminelle, je n'étais plus censée faire du boulot d'inspecteur sur le terrain. Mais, dans des cas pareils, je ne pouvais simplement pas rester à l'écart.

On avait électrocuté un nouveau jeune. Et pourquoi ? Était-il la victime d'une violence occasionnelle ou bien ciblée ? En pensée, je vis le gamin tressauter de douleur tandis que le courant le traversait et arrêtait son cœur.

La flaque d'eau stagnante sur le carrelage fendu mouillait légèrement le bas de mon pantalon. Lorsque j'ai fermé la porte de la salle de bains du bout du pied, je savais déjà ce que j'allais voir. Les gonds de la porte, sans doute jamais huilés, gémirent avec un couinement nasal.

Cinq mots étaient bombés sur le battant. Pour la seconde fois, en l'espace de quelques semaines, je me demandai ce qu'ils signifiaient.

« TOUT LE MONDE S'EN FOUT »

2.

Tout ça ressemblait à un suicide particulièrement macabre, sauf que la bombe n'était nulle part dans les parages. J'entendis arriver Charlie Clapper et son équipe CSU[1]. Ils commencèrent à déballer leur équipement scientifique dans l'autre pièce. Je me mis de côté pour permettre au photographe de mitrailler la victime, puis j'ai arraché la rallonge électrique du mur.

Charlie changea le fusible.

— Et la lumière fut ! Merci, Seigneur, fit-il alors que ce lieu innommable était inondé de clarté.

Je fouillais les vêtements de la victime sans trouver le moindre indice pouvant l'identifier quand Claire Washburn, ma meilleure amie et médecin légiste en chef de San Francisco, arriva.

— C'est pas beau à voir, l'ai-je prévenue au moment où nous entrions dans la salle de bains.

Claire est l'une des personnes qui réchauffent mon existence, davantage une sœur pour moi que ma propre sœur.

— Une envie m'a traversée.

— L'envie de faire quoi ? me demanda Claire de sa voix douce.

---

1. Crime Scene Unit ou techniciens de scène de crime *(N.d.T.)*.

J'ai ravalé ma salive avec peine, le cœur au bord des lèvres. J'avais beau m'être habituée à tout un tas de choses, jamais je ne me ferais aux assassinats d'enfants.

— Juste de tendre la main et de tirer la bonde.

La victime avait l'air encore plus défaite sous l'éclairage cru. Claire s'accroupit près de la baignoire, faufilant son corps taille XXL dans un espace taille S.

— Œdème pulmonaire, conclut-elle en apercevant l'écume rosâtre qui comblait les orifices nasal et buccal du jeune mort.

Elle suivit du doigt la légère ecchymose sur les lèvres et autour des yeux.

— On l'a dérouillé un peu, avant de lui balancer le jus.

Je lui désignai l'estafilade verticale qui ornait la mâchoire.

— Et ça, tu en fais quoi ?

— On parie ? Ça va correspondre à tous les coups au levier du grille-pain. Je dirais qu'on a sonné ce gosse avec ce Sunbeam *avant* de le balancer dans la baignoire.

La main du garçon reposait sur le rebord de ladite baignoire. Claire la souleva doucement, puis la retourna.

— Pas de *rigor mortis*. Le corps est encore chaud, la lividité, effaçable à la pression. Il est mort depuis moins de douze heures, probablement moins de six. Pas de traces de piqûres visibles.

Elle passa les mains dans les cheveux emmêlés du mort, puis, de ses doigts gantés, elle souleva sa lèvre du haut écorchée.

— Ça faisait un bail qu'il n'était pas allé chez le dentiste. Il pourrait s'agir d'un fugueur.

— Peut-être.

Puis je me tus un court instant.

— Tu penses à quoi, ma chérie ?

— Que je me retrouve avec un nouveau Monsieur X sur les bras.

Je me souvenais d'un autre Monsieur X ado, un jeune S.D.F. assassiné dans un endroit identique, alors que je démarrais à la criminelle. Ç'avait été l'une de mes pires affaires et, dix ans plus tard, sa mort me hantait encore.

— J'en saurai plus quand j'aurai eu ce jeune homme sur ma table, me disait Claire quand Jacobi repassa la tête à la porte.

— D'après notre informatrice, elle a relevé ce numéro minéralogique partiel sur une Mercedes. Noire, précisa-t-il.

On avait également aperçu une Mercedes noire sur les lieux de l'autre meurtre par électrocution. Je souris en éprouvant une flambée d'espoir. Oui, j'en faisais une affaire personnelle. J'allais retrouver le salaud qui avait tué ces gosses et le mettre à l'ombre avant qu'il ne recommence.

3.

Une semaine s'était écoulée depuis le cauchemar du Lorenzo Hotel. Le laboratoire criminel triait toujours les détritus abondants de la chambre 21. Le numéro minéralogique à trois chiffres de notre témoin était soit partiellement faux, soit très approximatif. Quant à moi, je me réveillais en rogne tous les matins, déprimée par cette sale affaire qui ne menait nulle part.

Ce soir-là, tandis que je roulais en direction de Chez Susie pour une réunion avec les filles, j'étais obsédée par la mort de ces adolescents. Chez Susie est un café de quartier, un point chaud aux murs peints à l'éponge dans des couleurs tropicales, où l'on sert des plats antillais épicés mais non moins délicieux.

Jill, Claire, Cindy et moi avions élu cet endroit à la fois comme sanctuaire et comme notre Q.G. Notre franc-parler de nanas, débarrassées de tout souci de hiérarchie ou de cloisonnement, nous avait souvent évité des semaines de conneries bureaucratiques. Ensemble, nous avions résolu des affaires, ici même.

J'aperçus Claire et Cindy dans « notre » box du fond. Claire riait à quelque chose que venait de lui dire Cindy, ce qui arrivait souvent car Claire avait le rire facile et Cindy était à la fois une fille très drôle et une journaliste d'investigation de première... au *Chronicle*. Quant à Jill, elle n'était plus de ce monde.

— La même chose pour moi ! lançai-je en me glissant dans le box, près de Claire.

Une carafe de margaritas et quatre verres trônaient sur la table. Deux verres étaient vides. J'en remplis un puis regardai mes amies, ressentant ce lien quasi magique que nous avions forgé grâce à tout ce que nous avions traversé ensemble.

— Tu m'as l'air d'avoir besoin d'une bonne transfusion, plaisanta Claire.

— Ah ça oui ! Branchez la perf.

Je pris une gorgée du breuvage glacé, attrapai le journal sur lequel Claire avait posé son coude, et le feuilletai jusqu'à ce que je trouve l'article relégué en page 17 dans le cahier Metro, en dessous du pli. RECHERCHE DE RENSEIGNEMENTS CONCERNANT LES MEURTRES DU TENDERLOIN.

— Pour moi, il s'agit d'une affaire plus importante, fis-je.

— La mort d'un S.D.F. n'a jamais droit à la première page, répondit Cindy, d'un air compatissant.

— C'est bizarre, dis-je aux filles. En fait, on a trop de renseignements. Des empreintes en veux-tu en voilà. Des cheveux, des fibres, des tonnes d'ADN inutiles sur une moquette qu'on aspirait déjà quand Nixon était petit garçon.

J'arrêtai là mon délire, le temps de retirer l'élastique de mon catogan et de secouer la tête pour libérer mes cheveux.

— Et dire qu'avec toutes les balances potentielles qui grouillent dans le Tenderloin, on n'a aucune piste solide !

— Ça craint, Linds. Tu as le chef sur le râble ?

— Nân, grognai-je, tapotant de l'index l'entrefilet sur les meurtres du quartier du Tenderloin. Comme le dit le tueur, *tout le monde s'en fout*.

— Relax, ma chérie, dit Claire. Tu vas emporter le morceau. Comme toujours.

— Ouais, parlons d'autre chose. Jill m'aurait secoué les puces de m'entendre geindre comme ça.

— « Pas de souci, quand tu veux », c'est elle qui te le dit, me charria Cindy, en désignant du doigt la place vide de Jill.

On leva nos verres.

— À Jill !

Après avoir rempli le verre de Jill, on le fit circuler en souvenir de Jill Bernhardt, procureure d'exception et notre grande amie, assassinée quelques mois plus tôt. Elle nous manquait terriblement et on ne se privait pas de le dire. Peu après, Loretta, notre serveuse attitrée, nous apporta une nouvelle carafe de margaritas.

— Tu me sembles d'humeur badine, fis-je remarquer à Cindy, qui nous livra les dernières nouvelles la concernant.

Elle venait de rencontrer un nouveau mec, un hockeyeur qui jouait dans l'équipe des Sharks de San Jose et paraissait plutôt contente d'elle-même. Claire et moi lui soutirâmes des détails tandis que le groupe de reggae s'accordait. Et bientôt, on entonnait toutes les trois un air de Jimmy Cliff en faisant tinter nos cuillères contre nos verres.

Je me lâchais enfin au Pays des Margaritas quand mon portable sonna. C'était Jacobi.

— Retrouve-moi à l'extérieur, Boxer. Je suis à un bloc de là où t'es. On vient de nous signaler une Mercedes.

J'aurais dû lui répondre : « Vas-y sans moi. Je ne suis plus en service. » Mais c'était mon affaire, je me devais d'y aller. J'ai jeté une poignée de billets sur la table, envoyé des baisers aux filles puis filé vers la porte. L'assassin avait tort sur un point. Il y avait quelqu'un qui ne s'en foutait pas.

4.

Je montai côté passager dans notre Crown Victoria grise banalisée.
— On va où ? demandai-je.
— Le Tenderloin, me répondit Jacobi. On a vu une Mercedes noire rôder par là-bas. Ça jure dans le voisinage.
L'inspecteur Warren Jacobi était mon ancien coéquipier. Et, ma foi, il avait bien digéré ma promotion – malgré ses dix ans de plus que moi et ses sept années d'ancienneté de plus dans la maison. On travaillait encore en tandem sur certaines affaires et, même si je n'avais aucun compte à lui rendre, je me devais de le mettre au courant.
— J'ai pris quelques verres chez Susie.
— Des bières ?
— Des margaritas.
— Quelques... C'est-à-dire ?
Il tourna sa grosse tête vers moi.
— Une et demie, répondis-je.
Je passai sous silence le tiers de celle que j'avais bue à la mémoire de Jill.
— Tu te sens d'attaque pour aller là-bas ?
— Ouais, bien sûr.
— T'imagines pas que tu vas conduire.

— Je te l'ai demandé ?
— Y a un thermos derrière.
— De café ?
— Non, c'est pour que tu pisses dedans, si t'en as envie, parce qu'on n'a pas le temps pour un arrêt-vidange.

J'ai éclaté de rire, attrapé le thermos. Jacobi a toujours eu le chic des blagues de mauvais goût. Comme on traversait, au sud de Mission Street, pour emprunter la Sixième, j'ai aperçu un véhicule correspondant à la description dans un parking limité à une heure.

— Mate un peu, Warren. Voilà notre bébé.
— Bonne pioche, Boxer.

À part mon pic de tension, il ne se passait pas grand-chose dans la Sixième Rue. Le bloc délabré alignait devantures crasseuses et asiles de nuit inoccupés, aux fenêtres aveuglées de contreplaqué. Des traînards se baguenaudaient sans but et des S.D.F. ronflaient sous leurs piles de cartons. Un clodo lambda matait la voiture noire rutilante.

— Merde, j'espère que personne n'aura l'idée de piquer cette bagnole, fis-je. On dirait un Steinway au milieu d'une décharge.

J'ai signalé nos coordonnées par radio. Puis on s'est positionnés à un demi-bloc de la Mercedes. J'ai entré son numéro minéralogique dans l'ordinateur de bord et cette fois : bingo et jackpot. Le véhicule était enregistré au nom du Dr Andrew Cabot, Telegraph Hill.

J'appelai aussitôt Cappy au Palais, pour lui demander de vérifier le nom du Dr Cabot dans la banque de données NCIC, et de me rappeler. Puis Jacobi et moi, on s'arma de patience. Qui que fût Andrew Cabot, il était clair qu'il s'encanaillait, aucun doute là-dessus. Où se trouvait-il ? Qu'est-ce qu'il fabriquait dans le coin ?

Vingt minutes plus tard, une balayeuse municipale jaune vif, carénée comme un tatou, tous feux clignotants et alarmes dehors, se mit au boulot comme chaque soir en montant sur le trottoir. Des zonards se levèrent de la chaussée pour éviter ses brosses. Des papiers tourbillonnèrent dans la maigre lueur des lampadaires.

L'espace d'un instant, la balayeuse nous ôta toute visibilité. Juste après son passage, nous vîmes les deux portières, passager et conducteur, de la Mercedes se refermer.

La voiture démarra.

— Il va y avoir du sport, me dit Jacobi.

Nous sommes restés quelques secondes, tendus, alors qu'une Toyota Camry marron s'interposait entre nous et l'objet de notre filature. J'en profitai pour avertir le standard par radio :

— On suit une Mercedes noire, QZW26C, elle roule sur la Sixième vers le nord en direction de Mission. Je réclame des voitures dans ce secteur... *ah, merde !*

Nous avions prévu une interception rapide, mais soudain, sans raison apparente, le conducteur de la Mercedes mit le pied au plancher, nous plantant là, Jacobi et moi, sur l'asphalte balayé de frais.

5.

Je regardai avec incrédulité les feux arrière de la Mercedes s'éloigner de plus en plus, jusqu'à devenir de minuscules points rouges tandis que la Camry opérait une marche arrière prudente pour se garer, nous coinçant bel et bien.

J'attrapai le micro et beuglai dans le haut-parleur du véhicule :

— Dégagez la rue ! Et que ça saute !

— Bordel de merde ! grommela Jacobi.

Il bascula les interrupteurs qui allumaient les gyrophares et, au moment où notre sirène se mettait à hurler, on démarra à toute allure accrochant le feu arrière de la Camry.

— Bien joué, Warren !

On a surgi en trombe au carrefour d'Howard Street et j'ai demandé un CODE 33 pour que la fréquence radio reste libre pendant la poursuite.

— On se dirige vers le nord, sur la Sixième, au sud de Market. On a pris en chasse une Mercedes noire, on va tenter de l'arrêter. Que toutes les voitures présentes dans le secteur se dirigent vers ce périmètre.

— La raison de cette poursuite, lieutenant ?

— Enquête criminelle en cours.

Mon taux d'adrénaline était au plus haut. On allait

intercepter ce bébé et je priai pour qu'on ne tue pas de badauds par la même occasion. Les voitures radio égrenaient leurs positions tandis qu'on traversait Mission en brûlant les feux, à plus de cent à l'heure.

Je gardai le pied enfoncé sur une pédale de frein virtuelle tandis que Jacobi fonçait dans Market Street, la plus grande artère, et la plus fréquentée, de la ville, encombrée à cette heure-là par les bus, les Muni trains et la circulation des derniers banlieusards.

— Serre à droite ! criai-je à Jacobi.

La Mercedes vira soudain dans Taylor Street. Nous nous trouvions deux voitures derrière elle, mais pas assez près, avec la nuit tombante pour distinguer qui était au volant.

Nous nous engouffrâmes à sa suite sur Ellis Street, vers l'ouest, et passâmes devant l'Hôtel Coronado, où la première victime électrocutée avait été découverte. C'était le territoire de l'assassin, non ? Ce salopard connaissait ces rues comme sa poche, mais moi aussi.

Les automobiles se serraient contre le trottoir tandis que nous franchissions les carrefours à près de cent trente. Notre sirène beuglant, nous remontions les côtes en trombe avant de décoller du sol quelques secondes, et avant de retomber brutalement sur l'autre versant... Et, même en roulant ainsi, on perdit la Mercedes à Leavenworth Street où véhicules et piétons engorgeaient le croisement.

Je m'égosillai dans le micro une nouvelle fois, et rendis grâce à Dieu quand une voiture radio nous signala :

— On l'a en vue, lieutenant. Une Mercedes noire, roulant vers l'ouest sur Turk Street à cent vingt.

Une autre voiture se joignit à la poursuite à Hyde Street.

— À vue de nez, il se dirige vers Polk Street, dis-je à Jacobi.

— Tu as lu dans mes pensées.

Nous laissâmes l'itinéraire principal aux véhicules de patrouille et filâmes vers le bazar Krim's and Kram's Palace of Fine Junk, à l'angle de Turk Street avant de prendre Polk Street vers le nord. Une demi-douzaine de ruelles à sens unique s'embranchaient sur Polk. Je scrutai rapidement chacune d'entre elles.

— La voilà qui traîne la patte ! criai-je à Jacobi.

Le pneu droit arrière crevé, la Mercedes avançait en oscillant, puis tourna à l'angle du Mitchell Brothers'Theater, avant de remonter Larkin Street.

J'agrippai le tableau de bord à deux mains tandis que Jacobi suivait. Soudain, la Mercedes perdit le contrôle, alla heurter un minibus en stationnement, s'envola sur le trottoir et chargea une boîte aux lettres. Dans un bruit de tôle froissée, celle-ci vint s'encastrer dans le châssis de la voiture, qui s'immobilisa enfin, l'avant dressé à angle droit.

Le capot s'ouvrit tout seul et de la vapeur s'échappa du radiateur qui rendit l'âme. La puanteur de caoutchouc brûlé et l'odeur de pomme d'api de l'antigel imprégnèrent l'atmosphère.

Jacobi stoppa notre véhicule et nous nous précipitâmes vers la Mercedes, l'arme au poing.

— Mains en l'air ! hurlai-je. Exécution !

Je compris alors que les deux occupants étaient coincés par leurs airbags. Comme ceux-ci commençaient à se dégonfler, je pus voir à quoi ils ressemblaient. Il s'agissait de deux jeunes gens de race blanche, treize et quinze ans à tout casser. Ils semblaient terrorisés.

Empoignant nos armes à deux mains, nous nous approchâmes de la Mercedes. Les gamins qui nous aperçurent se mirent à brailler à tue-tête.

6.

Mon cœur cognait presque de façon audible et, désormais, j'étais furieuse. À moins que le Dr Cabot n'eût l'âge de Doogie Howser[1], ce n'était pas lui qui se trouvait dans cette voiture. Ces jeunes étaient des crétins, accros à la vitesse ou bien des voleurs de bagnoles... les deux, peut-être.

Je gardai mon arme braquée sur la vitre côté conducteur.

— Les mains en l'air ! Voilà. Touchez le plafond. Tous les deux !

Je fus surprise de découvrir que le conducteur était en fait une fille, en larmes. Elle avait les cheveux courts, méchés de rose, pas de maquillage, pas de piercings faciaux : le look punk, version magazine *Seventeen*, mais pas vraiment abouti. Quand elle leva les mains, je distinguai les éclats de verre qui saupoudraient son T-shirt noir. Son nom figurait au bout de la chaîne qu'elle portait autour du cou.

J'avoue lui avoir gueulé dessus. Cette course-poursuite avait failli tous nous tuer.

— Et merde, où croyais-tu aller comme ça, Sara ?

---

1. Adolescent médecin, héros d'une série-télé diffusée entre 1989 et 1993 *(N.d.T.)*.

— Pardon, pleurnicha-t-elle. C'est juste que... que je n'ai que mon permis provisoire. Qu'est-ce que vous allez me faire ?

Je tombai des nues.

— Tu as tenté d'échapper à la police, parce que tu n'as pas ton permis ? Tu es folle ou quoi ?

— Il va nous tuer, fit l'autre gamin, un grand duduche suspendu de travers par la ceinture de sécurité qui l'arrimait encore au siège.

Le garçon avait de très grands yeux bruns, une mèche de cheveux blonds tombait devant. Il saignait du nez – cassé sans doute par l'explosion de l'airbag. Ses joues ruisselaient de larmes.

— S'il vous plaît, ne lui dites rien. Racontez-lui qu'on a volé la voiture ou autre chose et laissez-nous rentrer à la maison. S'il vous plaît. Notre père va vraiment nous tuer.

— Et pourquoi ? demanda Jacobi, sarcastique. Il va pas aimer la nouvelle décoration sur le capot de sa caisse à soixante mille dollars ? Gardez les mains bien en vue et descendez très lentement du véhicule.

— Ch'peux pas. Je suis coin... coincé, gémissait le garçon.

Il s'essuya le nez du revers de la main, se barbouillant la figure de sang, puis vomit sur la console.

— Ah, merde, marmonna Jacobi, alors que notre instinct de bon samaritain reprenait le dessus.

Après avoir remisé nos armes dans leur holster, nous nous efforçâmes d'ouvrir la portière esquintée, côté conducteur. Je tendis la main et coupai le contact. Ensuite, nous aidâmes les deux jeunes à s'extraire de la Mercedes et à remettre le pied par terre.

— Voyons ce permis provisoire, Sara, dis-je.

Je me demandai si c'était bien la fille du Dr Cabot et si les gamins avaient de bonnes raisons de le redouter.

— Je l'ai ici, me fit Sara. Dans mon portefeuille.

Jacobi appelait une ambulance quand la jeune fille, fourrant la main dans la poche intérieure de son blouson, en retira un objet inattendu qui me glaça le sang.

— Elle a un FLINGUE ! hurlai-je à la seconde même où elle me tirait dessus.

7.

Le temps ralentit, chaque seconde sembla distante de la précédente, mais à dire vrai, tout se passa en moins d'une minute.

Je me détournai avec une grimace, encaissant l'impact de la balle dans l'épaule gauche. Puis un second projectile me toucha à la cuisse. Tandis que je m'efforçais de comprendre, mes jambes se dérobèrent sous moi et je m'effondrai sur le sol. Je tendis une main vers Jacobi et découvris son visage qui accusait le choc.

Je ne perdis pas connaissance, aussi vis-je le garçon en train de tirer sur Jacobi. *Blam-blam-blam*. Puis il s'avança et flanqua à mon coéquipier un coup de pied en pleine tête.

— Allez viens, Sammy. On se casse d'ici, dit la fille.

Je ne sentais pas la douleur, rien que de la rage. J'avais les idées claires comme jamais dans ma vie. Comme ils m'avaient complètement oubliée, j'ai cherché à tâtons mon Glock 9 mm, encore fixé à ma ceinture. J'ai refermé ma main sur la crosse, puis me suis redressée.

— Lâche ton flingue ! hurlai-je à Sara, en la mettant en joue.

— Je t'emmerde, salope ! me cria-t-elle en retour.

Son visage était creusé par la peur au moment où elle leva son .22. J'entendis les douilles tinter sur le trottoir autour de moi.

C'est dur, c'est bien connu, de toucher sa cible avec un pistolet, mais j'ai fait ce qu'on m'avait entraînée à faire. J'ai visé le centre de gravité, le milieu de sa poitrine et j'ai tiré en double tap : *boum-boum*. Le visage de Sara se chiffonna tandis qu'elle s'effondrait. Je tentai de me remettre debout mais ne réussis qu'à prendre appui sur un genou.

Le garçon, le visage ensanglanté, tenait toujours son pistolet. Et le braquait sur moi.

— Lâche ça ! m'écriai-je.

— T'as buté ma frangine !

Je le mis en joue et retirai en double tap : *boum-boum*. Le garçon lâcha son arme, son corps était devenu mou.

Il poussa un cri en tombant.

8.

Un silence terrible plomba Larkin Street. Puis, peu à peu, certains bruits refirent surface. Une radio jouait du rap à mi-distance. J'entendis les gémissements étouffés du garçon. Et enfin, les sirènes de police qui approchaient.

Jacobi ne bougeait plus du tout. Je l'appelai. En vain. Je dégrafai mon Nextel de ma ceinture et, du mieux que j'ai pu, je lançai un appel.

— Deux agents abattus. Deux civils abattus. Assistance médicale requise. Envoyez deux ambulances. Tout de suite.

La standardiste me questionna : coordonnées, matricule, précisions géographiques supplémentaires.

— Ça va, lieutenant ? ajouta-t-elle. Lindsay. Répondez-moi.

Les sons disparaissaient et revenaient. Je lâchai le téléphone et posai ma tête sur la chaussée, douce, si douce. J'avais descendu deux enfants. Deux enfants ! J'avais vu leurs visages terrifiés quand ils étaient tombés. Mon Dieu, qu'avais-je fait ?

Je sentais une flaque de sang chaud tremper mon cou, cerner ma jambe. Je me repassai toute la scène dans ma tête, mais, cette fois, je poussais les gosses contre la voiture. Je leur passais les menottes. Je les palpais. Je faisais preuve d'intelligence. Et de compétence !

On avait fait montre d'une stupidité sans nom et, à présent, on allait tous mourir. Dieu merci, je fermai les yeux et sombrai dans le noir.

II

Congé imprévu

9.

Un homme, paisiblement assis dans un véhicule gris des plus courants, était garé sur Ocean Colony Road, le quartier le plus agréable d'Half Moon Bay, Californie. Même s'il n'avait rien à faire ici, ce n'était pas le genre d'individu qu'on remarque. Et ce, même s'il n'avait aucune raison légitime de surveiller les habitants de la maison coloniale blanche, aux luxueuses voitures, garées dans l'allée.

Le Guetteur porta à son œil un appareil photo de la taille d'une boîte d'allumettes – une petite merveille avec un giga de mémoire et un zoom optique 10 X.

Il zooma puis actionna l'obturateur, capturant les allées et venues derrière la fenêtre, des membres de la famille qui avalaient leurs céréales multigrain et échangeaient les banalités du matin dans leur coin kitchenette.

À 8 h 06, Caitlin O'Malley ouvrit la porte d'entrée. Elle portait un uniforme d'écolière, un sac à dos violet et deux montres – une à chaque poignet. Ses longs cheveux auburn brillaient de tout leur éclat.

Le Guetteur prit Caitlin en photo au moment où l'adolescente montait à la place du mort dans le Lexus noir, garé dans l'allée. Bientôt, il entendit un son étouffé de rock FM.

Déposant l'appareil sur le tableau de bord, le Guetteur prit son carnet bleu et un feutre à pointe fine dans la console, puis y inscrivit ses observations d'une écriture soignée.

Il était essentiel de tout noter. La Vérité l'exigeait.

À 8 h 09, la porte d'entrée s'ouvrit une nouvelle une fois : le Dr Ben O'Malley portait un léger costume de laine gris et un nœud papillon rouge, sur le col amidonné de sa chemise blanche. Se tournant vers Lorelei, son épouse, il l'embrassa sur les lèvres, puis dévala l'allée à grands pas.

Tout le monde était à l'heure.

Le minuscule appareil capturait les images. *Zzzzt. Zzzzt. Zzzzt.*

Le médecin porta un sac poubelle jusqu'au conteneur de recyclage bleu sur le trottoir. Il huma l'air, regarda des deux côtés de la rue, balayant du regard la voiture grise et son occupant sans s'y arrêter. Puis rejoignit sa fille dans le 4 × 4. Quelques instants plus tard, le Dr O'Malley regagnait en marche arrière Ocean Colony Road avant de prendre la direction du nord, vers Cabrillo Highway.

Le Guetteur compléta ses notes, avant de replacer calepin, stylo et appareil dans la console.

Désormais, il les avait vus : la fillette dans son uniforme fraîchement repassé et ses chaussettes hautes d'une blancheur impeccable, son joli minois qui affichait beaucoup de cran. Le Guetteur en fut si touché qu'il eut les larmes aux yeux. Elle était si réelle, si différente du médecin son père, dans son accoutrement terne de Monsieur Tout le Monde.

Il y avait une chose cependant qu'il aimait bien chez le Dr Ben O'Malley. Sa précision chirurgicale. Le Guetteur comptait là-dessus.

Il ne détestait rien tant qu'être surpris.

10.

Une voix hurlait dans ma tête : « Hé ! Sara ! »
Me réveillant en sursaut, je tendis la main vers mon arme, pour mieux découvrir que je ne pouvais absolument pas bouger. Une figure sombre se penchait sur moi, éclairée par-derrière d'un halo blanc vaporeux.
— La Fée Dragée[1], ai-je bafouillé.
— On m'a déjà plus mal traitée.
Elle éclata de rire. C'était Claire. Je me trouvais sur sa table. Ça voulait dire que j'étais foutue.
— Claire ? Tu m'entends ?
— Très distinctement, ma chérie.
Elle me serra doucement contre elle, une vraie mère pour moi.
— Bon retour parmi nous.
— Où suis-je ?
— À l'Hôpital Général. En salle de réveil.
Le brouillard se dissipait. Je me rappelai l'obscurité glaciale de Larkin Street. Les deux gamins. Et Jacobi, à terre !
— Jacobi, fis-je, les yeux rivés à ceux de Claire. Jacobi ne s'en est pas tiré...

---

1. Personnage, féérique donc, du *Casse-Noisette* (*N.d.T.*).

— Il est en soins intensifs, ma chérie. Il lutte de toutes ses forces.

Claire me sourit.

— Regarde qui est là, Lindsay. Tourne un peu la tête.

Ça me demanda un effort considérable. Mais je réussis à faire rouler ma tête qui pesait des tonnes vers la droite et le beau visage de Molinari est entré dans mon champ de vision. Pas rasé, les paupières lourdes de fatigue et d'inquiétude. La simple vue de Joe Molinari fit chanter mon cœur comme un canari dans sa cage.

— Joe. Mais tu es censé être à Washington.

— Et pourtant, je suis ici, ma chérie. Je suis venu dès qu'on m'a prévenu.

Quand il m'embrassa, j'ai senti ses larmes sur mes joues. J'ai tenté de lui dire que je me sentais toute cassée à l'intérieur.

— Elle est morte, Joe. Oh, mon Dieu, quelle terrible bavure.

— Ma chérie, à ce que j'ai entendu, tu n'avais pas le choix.

La joue rugueuse de Joe effleura la mienne.

— J'ai laissé mon numéro de bipeur à côté du téléphone. Lindsay ? Tu m'entends ? Je reviendrai dans la matinée, murmura-t-il.

— Quoi, Joe ? Qu'est-ce que tu as dit ?

— Tâche de dormir un peu, Lindsay.

— Oui, Joe. Je vais...

11.

L'infirmière Heather Grace, une sainte s'il en fût, m'avait obtenu un fauteuil roulant. J'étais assise au chevet de Jacobi. La lumière de fin d'après-midi entrait à flots par la fenêtre de l'unité des soins intensifs, se répandant sur le revêtement de linoléum bleu. Deux balles avaient traversé la poitrine de mon coéquipier. La première avait provoqué un collapsus pulmonaire, l'autre lui avait transpercé un rein. Quant au coup de pied dans la tête, il lui avait cassé le nez, colorant son visage d'une aubergine du plus bel effet.

C'était ma troisième visite en autant de jours et, malgré mes efforts pour l'égayer, l'humeur de Jacobi demeurait sombre. Je le regardais dormir quand ses paupières gonflées s'entrouvrirent.

— Salut, Warren.
— Salut, ma belle.
— Tu te sens comment ?
— Comme le roi des cons.

Il toussa avec difficulté, je lui fis une grimace de sympathie.

— T'en fais pas, mon pote.
— C'est moche, Boxer.
— Je sais.
— J'arrête pas d'y penser. J'en rêve.

Il se tut, palpa le pansement de son nez.

— Ce gosse qui me canarde et moi qui reste là à me tripoter la bite avec les doigts.

— Hum. Je crois que c'était ton portable, Jacobi.

Ça ne le fit pas rire. Mauvais signe.

— J'ai pas d'excuse.

— On a pris notre tâche à cœur.

— À cœur ? Merde. La prochaine fois, moins de cœur et plus de cervelle.

Il avait raison, bien entendu. J'ai encaissé le tout et rajoutai mentalement quelques touches au tableau. Genre, me sentirais-je à nouveau à l'aise, une arme à la main ? Hésiterais-je quand je ne devrais pas ? Oserais-je tirer avant de réfléchir ? Je servis à Jacobi un verre d'eau et y collai une paille à rayures.

— Je me suis plantée grave. J'aurais dû menotter ces gamins...

— Je t'arrête tout de suite, Boxer. C'est « on aurait dû » qu'il faut dire... et puis, tu m'as sans doute sauvé la vie.

Il y eut un léger mouvement sur le seuil de la pièce. Cheveux lissés sur le crâne, endimanché, agrippant une boîte de bonbons, le chef Anthony Tracchio avait tout d'un adolescent à son premier rendez-vous. Enfin, presque.

— Jacobi, Boxer. Ravi de vous trouver ensemble. Comment allez-vous, aujourd'hui ?

Tracchio n'était pas un mauvais bougre et avait eu des bontés pour moi. Cependant, c'était pas l'amour fou entre nous. Il sautilla un peu sur place, puis s'approcha du lit de Jacobi.

— J'ai du nouveau, déclara-t-il, captant aussitôt toute notre attention. Les jeunes Cabot ont laissé leurs empreintes au Lorenzo...

Une lueur dansait dans ses pupilles.

— Et Sam Cabot a avoué.

— Bordel de merde ! C'est vrai ? fit Jacobi d'une voix sifflante.

— Sur la tête de ma mère. Le gosse a dit à une infirmière que sa sœur et lui jouaient à un petit jeu avec ces fugueurs. Ils appelaient ça « une balle ou un bain ».

— L'infirmière témoignera ? demandai-je.

— Oui. Elle me l'a juré.

— « Une balle ou un bain ». Quels petits enculés, grogna Jacobi. Tu parles d'un jeu.

— Ouais ! Eh bien maintenant leur petit jeu est terminé. On a même retrouvé des carnets et une collection d'affaires criminelles dans la chambre de la fille, chez ses parents. Les meurtres, c'était une véritable obsession chez elle. Écoutez-moi, tous les deux. Vous allez d'abord récupérer, d'accord ? Et ne vous inquiétez pas. Ah, au fait. De la part de la brigade, me dit-il en brandissant des chocolats de chez Ghirardelli et une carte de « prompt rétablissement » aux multiples signatures. On est fiers de vous.

Nous avons encore bavardé deux, trois minutes et l'avons chargé de remercier en notre nom nos amis du Palais de Justice. Une fois Tracchio parti, j'ai pris la main de Jacobi. Avoir failli mourir ensemble avait forgé une intimité entre nous, plus profonde que de l'amitié.

— Donc, ces jeunes n'étaient pas clean, souffla-t-il.

— Ouais. Tu peux sabler le champagne.

Je n'avais pas envie d'en discuter davantage avec lui. Que les enfants Cabot fussent des assassins ne changeait rien à l'horreur de la fusillade, ni à l'idée qui germait en moi depuis quelques jours.

— Je vais t'avouer quelque chose, Jacobi. Je songe à démissionner. À lâcher le boulot.

— Arrête un peu. Pas à moi.

— Je ne plaisante pas.

— Tu démissionneras pas, Boxer.

J'ai lissé un pli de sa couverture, puis pressé la sonnette pour qu'une infirmière vienne me ramener dans ma chambre.

— Dors bien, collègue.
— Je sais. « Ne vous inquiétez pas », qu'il a dit.

Je me penchai, et embrassai sa joue mal rasée. C'était la première fois que ça nous arrivait. Malgré le mal que ça lui coûtait, Jacobi m'a souri. Pour de bon.

12.

La journée semblait arrachée aux pages d'un album pour enfants. Soleil jaune vif. Pépiements d'oiseaux et parfum de fleurs d'été, partout. Même les arbres étêtés du jardin de l'hôpital s'étaient parés avec flamboyance de feuilles nouvelles depuis la dernière fois où j'avais mis le nez dehors, soit trois semaines plus tôt.

Une belle journée, certes, mais en un certain sens, je n'arrivais pas à concilier le train-train quotidien avec la sensation vague que tout ne tournait pas rond. Était-ce de la paranoïa pure et simple, ou bien une nouvelle tuile allait-elle me tomber sur la tête ?

La Subaru Forester verte de Cat épousa l'allée courbe de l'entrée de l'hôpital et j'aperçus, sur la banquette arrière, mes nièces qui agitaient la main en faisant des bonds de cabri. Une fois ma ceinture bouclée à la place du mort, mon humeur s'améliora. Je me mis même à fredonner « *What a day for a daydream*[1].... ».

— Tante Lindsay, je savais pas que tu chantais, remarqua Brigid, six ans, de sa voix flûtée.

— Bien sûr que je chante. J'ai joué de la guitare

---

1. Paroles de *Daydream* du groupe Lovin'Spoonful (*N.d.T.*).

et chanté pendant toutes mes années de fac, pas vrai, Cat ?

— On la surnommait Top Cinquante, déclara ma sœur. C'était un vrai juke-box humain.

— C'est quoi un joute box ? demanda Meredith, deux ans et demi.

Nous éclatâmes de rire.

— Un genre de CD géant qui joue des disques, expliquai-je.

Je dus également lui expliquer ce qu'étaient des disques.

Je baissai la vitre et laissai la brise s'engouffrer dans ma chevelure. Nous roulions plein est, sur la 22ᵉ Rue, en direction des jolies maisons victoriennes colorées d'un ou deux étages qui s'alignaient sur le flanc de Potrero Hill.

Lorsque Cat m'interrogea sur mes projets, je lui répondis par un haussement d'épaules lourd de possibilités. Je lui appris alors que j'étais sur la touche pendant l'enquête de l'IGS sur la fusillade et avais devant moi un tas de congés pour « blessure dans l'exercice de mes fonctions » dont je pourrais faire bon usage. Par exemple, pour vider mes placards. Ou encore, pour trier ces boîtes à chaussures, pleines de vieilles photos.

— J'ai une meilleure idée. Viens t'installer chez nous pour récupérer, suggéra Cat. On part à Aspen dans une semaine. Fais comme chez toi, s'il te plaît ! Pénélope va adorer que tu lui tiennes compagnie.

— Qui c'est, Pénélope ?

Les fillettes gloussèrent dans mon dos.

— Quiiiiii c'est Pénélope ?

— Notre amie, s'écrièrent-elles en chœur.

— Il faut que j'y réfléchisse, dis-je à ma sœur au moment où nous tournions à gauche dans Mississippi Street avant de nous arrêter devant la maison victorienne bleue, divisée en appartements, que j'appelais « mon chez-moi ».

Cat m'aidait à descendre de voiture quand Cindy dévala l'escalier d'entrée, Martha la Douce courant devant elle.

Ma chienne faillit bel et bien me renverser en aboyant si fort que j'espérai que Cindy m'avait entendue la remercier d'avoir pris soin de ma fifille.

Après avoir adressé un au revoir à la ronde, j'ai grimpé tant bien que mal l'escalier. J'étais en train de fantasmer sur une douche chaude et un bon somme dans mon lit, quand on sonna à la porte d'entrée.

— O.K., j'arrive, grognai-je.

C'était quoi, d'après moi ? Un envoi de fleurs.

Je redescendis péniblement les marches et ouvris la porte à la volée. Un inconnu, jeune, vêtu d'un pantalon kaki et d'un sweat-shirt Santa Clara, se tenait sur le seuil, une enveloppe à la main. Je ne me laissai pas prendre une seconde à son sourire très *cheese*.

— Lindsay Boxer ?

— Nân. Fausse adresse, répondis-je d'un ton désinvolte. Je crois qu'elle vit au Kansas.

Le jeune homme n'en perdit pas pour autant le sourire... et j'entendis nettement tomber l'autre tuile.

13.

— Tue, ordonnai-je à Martha.
Elle leva la tête vers moi et agita la queue. Les border collies dressés obéissent à de nombreux ordres, mais « Tue » ne faisait pas partie du lot. Je pris l'enveloppe que me tendait le jeune homme. Il recula, les mains en l'air. Je fis claquer la porte grâce à ma canne.
Remontée dans mon appartement, j'emportai ce qui était sans nul doute une notification de justice, jusqu'à la table en verre et métal de ma terrasse, laquelle jouissait d'une vue à tomber sur la baie de San Francisco. Puis je posai en douceur mon postérieur endolori sur un fauteuil.
Martha cala sa tête contre ma cuisse valide, je la caressai en contemplant au loin la houle et ses reflets hypnotiques.
Les minutes s'égrenèrent jusqu'à ce que, n'y tenant plus, j'ouvre l'enveloppe et déplie le document qu'elle contenait.
Le jargon juridique, les « assignation, sommation et autre grief » dansaient devant mes yeux tandis que je tâchais de comprendre de quoi il retournait. Ce n'était pas si difficile. Le Dr Andrew Cabot me poursuivait pour « homicide arbitraire, recours excessif à la force et violence policière illégitime ». Il exigeait une

audience préliminaire sous huit jours dans le but de faire saisir mon appartement, mon compte bancaire et autres biens que je pourrais tenter de dissimuler avant le procès.

Cabot m'attaquait au tribunal !

J'eus froid et chaud en même temps. Un sentiment de profonde injustice s'empara de moi. Je me repassai le film de la scène. Certes, j'avais commis une erreur en me fiant à ces gamins... mais y avait-il eu recours excessif à la force ? violence policière illégitime ? homicide arbitraire ?

Ces jeunes assassins étaient armés.

Ils avaient tiré sur moi, puis sur Jacobi, alors que nous avions rengainé nos armes. Je les avais sommés de lâcher leurs flingues avant de riposter ! Jacobi était témoin. Il s'agissait d'un cas de légitime défense net et sans bavure. Clair comme de l'eau de roche !

Je n'en étais pas moins terrifiée. Pétrifiée.

Je voyais déjà les gros titres. Le public allait pousser de hauts cris : des jeunes à figure d'ange assassinés par un flic ! La presse allait boire du petit-lait et Court TV[1], me clouer au pilori.

D'ici peu, j'allais devoir appeler Tracchio, me pourvoir d'une représentation légale, rassembler mes forces. Mais j'étais incapable de bouger. Je demeurai glacée sur mon fauteuil, paralysée par l'idée grandissante que j'avais oublié un détail d'importance.

Détail qui pouvait gravement me nuire.

---

1. Chaîne de télévision américaine aux progammes spécialisés dans les affaires judiciaires, rachetée par le groupe Time Warner depuis mai 2006. (*N.d.T*).

14.

Je me réveillai en sueur, mon lit était un véritable champ de bataille suite à mon sommeil agité. Je pris deux, trois Tylénol contre la douleur et un Valium bleu ciel que m'avait donné le psy, puis fixé le motif que l'éclairage public projetait au plafond.

Je me tournai avec précaution sur mon côté indemne et regardai le réveil : 0 h 15. Je n'avais dormi qu'une heure et j'eus le sentiment que la nuit allait être longue.

— Martha ! Ici, fifille.

Ma copine sauta sur le lit, puis s'installa au creux de l'empreinte laissée par mon corps. Un instant plus tard, ses pattes frémissaient comme si elle rassemblait des moutons dans son sommeil. Pour ma part, je ne cessai de retourner dans ma tête le « Ne vous inquiétez pas » dans la nouvelle version soigneusement délimitée par Tracchio.

À savoir :

Vous allez avoir besoin de deux avocats, Boxer. Mickey Sherman vous représentera au nom du SFPD. Mais il vous faut votre propre avocat pour vous défendre au cas où... au cas où vous auriez outrepassé les compétences de vos fonctions.

Quoi, ensuite ? Je serais livrée à moi-même ?

J'avais espéré que les médicaments me feraient basculer dans le confort de l'assoupissement. Peine perdue. Je passai en revue mes entrevues avec Sherman et mon avocate perso, Miss Castellano. Molinari me l'avait chaudement recommandée... et ce n'est pas rien quand on a droit aux éloges dithyrambiques du directeur-adjoint de la Sécurité du Territoire.

Une fois de plus, j'en conclus que, compte tenu des circonstances, je prenais bien soin de moi. Mais la semaine à venir allait être infernale. J'avais besoin de me donner un but. Je repensai à la proposition de Cat. Je n'étais plus allée dans sa maison depuis qu'elle y avait emménagé, juste après son divorce deux ans plus tôt, mais les images de l'endroit où elle vivait étaient restées gravées dans ma mémoire. À quarante minutes à peine au sud de San Francisco, Half Moon Bay était un vrai petit paradis – sa baie, sa plage de sable, ses forêts de séquoias et sa vue panoramique sur l'océan. En juin, il faisait suffisamment chaud pour décompresser sur la véranda de Cat, histoire d'éclaircir mes idées noires...

Impossible pour moi de patienter jusqu'au matin. Je décidai d'appeler ma sœur à une heure moins le quart. Elle me répondit, la voix enrouée de sommeil :

— Lindsay, bien sûr que je pensais ce que je t'ai dit. Viens quand tu veux. Tu sais où se trouvent les clés.

Je me focalisai sur Half Moon Bay. Mais chaque fois que je piquais du nez en rêvant de paradis, je me réveillais aussitôt en sursaut, mon cœur battant à tout rompre. En fait, l'imminence de ma comparution au tribunal m'obsédait tellement que je ne pouvais penser à rien d'autre.

15.

Des nuages d'orage rasaient le toit du Civic Center Courthouse, au 400 McAllister Street, tandis qu'une pluie battante détrempait les rues. M'étant dispensée de ma canne ce matin-là, ce fut appuyée contre Mickey Sherman, défenseur de la municipalité de San Francisco, que je gravis les marches glissantes du tribunal.

Lorsque nous sommes passés devant le Dr Andrew Cabot et Mason Broyles, son avocat, ils étaient en train de répondre aux journalistes, agglutinés sous des parapluies noirs. Le seul bienfait que j'en retirai, ce fut qu'on ne braqua aucun appareil photo sur moi.

Je lançai un coup d'œil rapide à Mason Broyles au passage. Il avait la paupière tombante, le cheveu brun ondulé et un sourire de loup. En entendant son allusion à la « sauvagerie du lieutenant Boxer », je sus qu'il m'étriperait s'il le pouvait. Quant au Dr Cabot, le chagrin avait pétrifié son visage.

Mickey tira l'une des lourdes portes en acier et verre gravé, puis nous pénétrâmes dans le vestibule du tribunal. Mickey était un vieux briscard flegmatique, respecté pour sa ténacité, son pragmatisme plein de bon sens et son charme incomparable. Il détestait perdre, ce qui lui arrivait rarement.

— Écoutez, Lindsay, me dit-il, en repliant son

parapluie. Il cherche à épater la galerie parce que notre dossier est solide. Ne vous laissez pas entamer. Vous avez beaucoup d'amis dans le coin.

J'acquiesçai, tout en songeant que j'avais envoyé Sam Cabot dans un fauteuil roulant à vie et sa sœur dans le caveau familial pour l'éternité. Leur père n'avait nul besoin de mon appartement ni de mon compte bancaire étique. Il voulait juste ma perte. Et il avait engagé le type parfait pour ça.

Mickey et moi prîmes l'escalier de service et nous glissâmes dans la salle d'audience C au premier étage. Tout allait se jouer à l'intérieur de cette petite pièce banale, aux murs peints en gris, dont la fenêtre donnait sur une ruelle.

En l'absence d'uniforme, j'avais épinglé un insigne du SFPD au revers de mon tailleur bleu marine afin de paraître le plus réglementaire possible. En prenant place au côté de Mickey, je me remémorai ses instructions : « Quand Broyles vous posera des questions, ne vous perdez pas dans de longues explications. "Oui, monsieur. Non, monsieur", ça suffira. Il va tâcher de vous provoquer pour prouver que vous avez le sang chaud et que c'est pour ça que vous avez joué de la gâchette. »

Je ne m'étais jamais considérée comme coléreuse, mais j'éprouvais de la colère à présent. Il s'était agi d'une fusillade dans les règles. *Une fusillade dans les règles !* Le D.A. m'avait disculpée ! Et voilà que j'étais à nouveau dans le collimateur. Tandis que le public s'installait, je ne perdais rien des bavardages qui allaient bon train dans mon dos.

C'est la femme-flic qui a tué ces deux jeunes. Oui, c'est elle.

Soudain, je sentis une main rassurante sur mon épaule. Je me retournai et j'eus les larmes aux yeux en apercevant Joe. Je posai ma main sur la sienne et, au même instant, mon regard croisa celui de mon autre avocat, une jeune Nippo-Américaine, au nom improbable de Yuki Castellano. Nous nous saluâmes tandis qu'elle s'asseyait près de Mickey.

Le brouhaha du prétoire cessa soudain.

— La cour ! annonça l'huissier d'une voix forte.

L'assemblée se leva pendant que le Président Rosa Algierri prenait place. Celle-ci pouvait soit rendre un non-lieu et je ressortais alors de la salle d'audience afin de me purger le corps et l'esprit, et, reprendre le cours normal de mon existence, soit elle renvoyait l'affaire à une date ultérieure et, dans ce cas, je devrais affronter un procès qui pouvait me coûter tout ce à quoi je tenais.

— Ça va, Lindsay ?

— Jamais sentie aussi bien ! répondis-je à Mickey.

Percevant le sarcasme, il m'effleura la main. Un instant plus tard, mon cœur tambourinait dans ma poitrine. Mason Broyles se levait pour exposer le bien-fondé des accusations portées contre moi.

16.

L'avocat des Cabot tira sur ses manches, puis garda le silence si longtemps qu'on aurait pu faire vibrer la tension de la pièce, telle une corde de guitare. Quelqu'un dans la galerie toussa nerveusement.

— Le demandeur appelle le Dr Claire Washburn, médecin légiste en chef, finit par dire Broyles.

Et ma meilleure amie vint à la barre comme témoin à charge.

J'aurais voulu lui adresser un signe, lui sourire, lui lancer un clin d'œil – n'importe quoi – mais, bien entendu, je me contentai d'observer. Grâce à quelques échanges faciles, Boyles s'échauffa, puis à partir de là, ce ne fut plus qu'une succession de smashes et de coups tordus.

— Le soir du 10 mai, avez-vous pratiqué l'autopsie de Sara Cabot ? demanda Broyles.

— Oui.

— Que pouvez-vous nous dire de ses blessures ?

Tous les regards étaient tournés vers Claire pendant qu'elle feuilletait un bloc relié cuir avant de répondre.

— J'ai noté deux blessures par balle dans la poitrine, très rapprochées. La blessure A, pénétrante, était située dans la partie supérieure gauche de la poitrine, quinze centimètres au-dessous de l'épaule gauche et cinq centimètres à gauche de la ligne médiane antérieure.

Le témoignage de Claire avait beau être crucial, mon esprit s'évada de la salle d'audience pour se replonger dans le passé. Je me revis dans le cône d'ombre d'un lampadaire sur Larkin Street. Je revis Sara sortir son arme de son blouson et tirer sur moi. Je m'étais écroulée, puis avais roulé sur moi-même.

Lâche ton flingue !
Je t'emmerde, salope !

J'avais tiré à deux reprises, Sara était tombée à quelques mètres de moi. J'avais tué cette fille et, même si j'étais innocente de ce dont on m'accusait, je me sentais coupable, trois fois coupable devant le tribunal de ma conscience.

J'écoutai la déposition de Claire décrire la seconde blessure : la balle avait transpercé le sternum de Sara.

— C'est ce que l'on surnomme un K-cinq, déclara Claire. La balle a transpercé le sac péricardique, poursuivi sur sa lancée à travers le cœur avant d'achever son périple dans la quatrième vertèbre thoracique, d'où j'ai retiré un projectile de taille moyenne, semi-chemisé, de couleur cuivrée, partiellement déformé.

— Correspond-il à une balle de neuf millimètres ?
— Oui.
— Merci, docteur Washburn. Madame le Président, j'en ai terminé avec le témoin.

Mickey plaqua ses mains sur la table de la défense et se mit debout.

— Docteur Washburn, Sara Cabot est-elle morte sur le coup ?
— Je dirais ça. À un battement de cœur ou deux près. Les deux balles lui ont perforé le cœur.
— Hum. À propos, docteur, la défunte avait-elle fait récemment usage d'une arme à feu ?

— Oui. J'ai noté un certain noircissement à la base de l'index.

— Comment savez-vous qu'il s'agit là de la trace résiduelle d'un coup de feu ?

— De la même façon que l'on sait que sa mère est bien sa mère ! répliqua Claire, l'œil pétillant. Parce que ça en avait tout l'air.

Elle attendit que les rires s'éteignent, avant de poursuivre :

— En outre, j'ai photographié cette salissure, puis j'ai effectué un test de trace résiduelle de coup de feu, qui a été soumis au laboratoire et m'est revenu positif.

— La défunte a-t-elle pu tirer sur le lieutenant Boxer après qu'elle-même eut été abattue ?

— Je ne vois pas très bien comment une morte pourrait mettre en joue qui que ce soit, maître Sherman.

Mickey opina.

— Avez-vous relevé aussi la trajectoire des balles ayant causé ces blessures, docteur Washburn ?

— Oui. On les a tirées vers le haut à des angles, respectivement, de quarante-sept et de quarante-neuf degrés.

— Donc, pour que tout soit parfaitement clair, docteur, Sara Cabot a fait feu la première sur le lieutenant Boxer, qui a tiré à son tour vers le haut, depuis le sol où elle gisait.

— À mon avis, c'est ainsi que les choses se sont déroulées.

— Qualifieriez-vous cela de « recours excessif à la force », d'« homicide arbitraire » ou encore de « violence policière illégitime » ?

La juge retint l'objection émise par Broyles d'un ton outré. Mickey remercia Claire et la congédia. Il souriait en revenant vers moi. Mes muscles se relâchèrent, et j'ai même souri en retour à Mickey. Mais l'audience n'en était qu'à son début.

Je ressentis une vague crainte, apercevant une petite lueur dans l'œil de Broyles. Il mourait manifestement d'impatience d'appeler son prochain témoin à la barre.

17.

— Veuillez, s'il vous plaît, nous dire votre nom, demanda Broyles à une petite femme brune, d'environ trente ans.
— Betty d'Angelo.
Ses yeux noirs derrière de grosses lunettes à monture d'écaille se posèrent brièvement sur moi avant de se reporter sur Broyles. Je lançai un regard à Mickey Sherman, en haussant les épaules. À ce que j'en savais, je n'avais jamais vu cette femme de ma vie.
— Et quelles sont vos fonctions ?
— Je suis infirmière diplômée à l'Hôpital Général de San Francisco.
— Étiez-vous en poste aux urgences dans la soirée et la nuit du 10 mai ?
— Oui.
— Avez-vous fait une prise de sang à Lindsay Boxer ?
— Oui.
— Et pourquoi cette prise de sang ?
— En prévision d'une intervention chirurgicale, pour l'extraction des balles. Elle était en danger de mort. Elle perdait beaucoup de sang.
— Ouais, je sais, je sais, fit Broyles, chassant son

observation d'un geste. Parlez-nous de l'analyse de sang.

— C'est la procédure normale. Simple contrôle en cas de transfusion.

— Miss d'Angelo, j'ai sous les yeux le rapport médical du lieutenant Boxer le soir en question. Il est des plus volumineux.

Broyles laissa choir bruyamment une grosse liasse de papiers sur le rebord du box des témoins et le désigna de l'index.

— C'est bien votre signature ?
— Oui.
— J'aimerais que vous regardiez la phrase surlignée, ici.

Le témoin rejeta la tête en arrière comme si elle pressentait une entourloupe. Le personnel urgentiste se considère souvent solidaire de la police et essaie de nous protéger. Sans que je sache pourquoi, cette infirmière tentait manifestement d'esquiver les questions de Broyles.

— Pouvez-vous me dire de quoi il s'agit ? demanda Broyles.

— Ça ? Vous voulez dire la QAE ?
— Ce qui signifie la quantité d'alcool éthylique, si je ne m'abuse.
— Oui, c'est bien la signification.
— Et 0,67, ça veut dire quoi, au juste ?
— Bah... que le taux d'alcool dans le sang était de zéro virgule soixante-sept grammes par litre.

Broyles sourit, puis baissa la voix d'un ton.

— Dans ce cas, cela fait référence au taux d'alcoolémie du lieutenant Boxer, n'est-ce pas ?
— Ma foi, oui, c'est exact.
— Miss d'Angelo, 0,67... en d'autres termes cela signifie : « ivre » ?
— On dit « en état d'ébriété », mais...
— Oui ou non ?

— Oui.

— Je n'ai pas d'autres questions, conclut Broyles.

J'eus l'impression que l'on m'avait assommée à coups de marteau. *Bon Dieu, ces margaritas de malheur bues Chez Susie.*

Je sentis le sang se retirer de mon visage et je faillis m'évanouir.

Mickey se retourna vers moi, je pus lire sur ses traits la question suivante : *Pourquoi ne pas m'en avoir parlé ?*

Bourrelée de remords, je regardai mon avocat bouche bée.

J'eus du mal à supporter l'air d'incrédulité de Mickey qui, armé de sa seule intelligence, bondit sur ses pieds puis s'approcha du témoin.

18.

Il n'y avait que douze rangées de sièges dans la salle d'audience C du Civic Center Courthouse de San Francisco et pas de banc des jurés. Il aurait été difficile de trouver tribunal plus intime que celui-ci. Et je crois bien que tout le monde a retenu son souffle pendant que Mickey s'avançait jusqu'à la barre.

Il salua Miss d'Angelo, qui paraissait soulagée de ne plus se retrouver sur le gril de Mason Broyles.

— Je n'ai que deux, trois questions, commença Mickey. C'est une pratique courante d'utiliser des tampons d'alcool éthylique pour le nettoyage des plaies, n'est-ce pas ? Pourrait-il y avoir eu confusion entre cet alcool-là et celui présent dans le sang ?

Betty d'Angelo semblait avoir envie de pleurer.

— Eh bien, on se sert de Bétadine pour stériliser les plaies. Pas d'alcool.

Mickey balaya sa réponse d'un geste puis se tourna vers la juge. Il demanda une suspension d'audience qui lui fut accordée. Les journalistes foncèrent vers les portes et j'en profitai pour supplier Mickey de me pardonner.

— Je me fais l'effet d'un vrai ballot, me répondit-il, non sans gentillesse. J'ai lu ce rapport médical et n'ai pas remarqué la QAE.

— J'avais totalement oublié ça jusqu'à maintenant, affirmai-je. J'ai dû faire l'impasse.

Je précisai à Mickey que je n'étais pas en service lorsque Jacobi m'avait appelée chez Susie. Je lui indiquai ce que j'avais dû boire et expliquai que, si je n'étais pas tout à fait sobre quand j'étais montée en voiture, la poussée d'adrénaline due à la poursuite m'avait complètement dessoûlée.

— Vous avez l'habitude de boire quelques verres pendant le dîner ? me demanda Mickey.

— Oui. Une ou deux fois par semaine.

— Bon, voilà. Boire de l'alcool aux repas vous arrive souvent et de toute façon 0,67 est limite. Là-dessus, se produit un traumatisme majeur. On vous tire dessus. Vous souffrez. Vous frôlez la mort. Vous avez tué quelqu'un et ça vous obsède. Cinquante pour cent des victimes d'une fusillade refoulent totalement l'incident. Vous vous en êtes bien sortie, étant donné ce que vous avez traversé.

Je soupirai.

— Quoi maintenant ?

— Eh bien, on connaît du moins les éléments en leur possession. Peut-être appelleront-ils Sam Cabot à la barre et, s'ils me donnent l'occasion de me faire ce petit salopard, on aura le dessus.

Le prétoire se remplit une fois de plus et Mickey se mit au travail. Un expert en balistique témoigna que les projectiles qu'on m'avait retirés du corps correspondaient aux balles tirées par l'arme de Sara Cabot, puis on eut droit à la déposition filmée de Jacobi sur son lit d'hôpital. Il était mon seul témoin oculaire.

Bien que souffrant de façon évidente de ses blessures, Jacobi décrivit la soirée du 10 mai en évoquant d'abord l'accident de voiture.

— J'appelais une ambulance quand j'ai entendu les coups de feu, poursuivit-il. Je me suis retourné et j'ai vu le lieutenant Boxer s'effondrer. Sara Cabot lui a tiré dessus deux fois alors que Boxer n'avait pas d'arme à la main. Puis le garçon a tiré à son tour sur moi avec son revolver.

De la main, Jacobi tâta délicatement son torse bandé.

— C'est mon dernier souvenir avant que je tombe dans les pommes.

Le récit de Jacobi, tout avantageux qu'il fût, ne suffirait pas à faire oublier les margaritas.

La seule personne qui pouvait me venir en aide à présent portait mes vêtements et était à ma place. J'avais la nausée et mes blessures me lançaient. J'ignorais complètement si j'étais capable de me sauver moi-même ou si je ne ferais qu'aggraver mon cas.

Mon avocat posa son regard brun et chaleureux sur moi.

Tiens-toi droite, Lindsay.

Je me levai en tanguant légèrement tandis que l'écho de mon nom résonnait dans la salle du tribunal.

Mickey Sherman venait de m'appeler à la barre.

19.

J'avais déjà témoigné des dizaines de fois au cours de ma carrière, mais c'était la première où je devais le faire pour ma défense. Après toutes ces années consacrées à la défense des citoyens, voilà qu'à présent j'étais au centre de la cible. Je bouillais intérieurement, mais on ne devait pas le voir.

Je me levai, jurai sur une vieille Bible tout usée, puis remis mon sort entre les mains de mon avocat.

Mickey alla droit au but.

— Lindsay, étiez-vous ivre, le soir du 10 mai ?

— Maître Sherman, intervint la juge, je vous prie de bien vouloir ne pas vous adresser à votre cliente par son prénom.

— D'accord. Lieutenant, étiez-vous ivre ce soir-là ?

— Non.

— D'accord, reprenons les choses de plus haut. Étiez-vous en service, ce soir-là ?

— Non. Ma journée s'était terminée à 17 heures.

Mickey me demanda de retracer les événements de cette soirée, sans éluder les détails embarrassants. Ce que je fis. Je décrivis les verres que j'avais bus Chez Susie et précisai à la cour que j'avais reçu un appel de Jacobi. Je déclarai avoir dit la vérité à ce dernier en lui affirmant que je me sentais d'attaque pour ce qui nous attendait.

Quand Mickey me demanda pourquoi j'avais pris cet appel alors que je n'étais pas en service, je répondis :

— Je suis flic vingt-quatre heures sur vingt-quatre. Quand mon coéquipier a besoin de moi, je réponds présente.

— Avez-vous localisé le véhicule en question ? continua Mickey.

— Oui.

— Qu'est-il arrivé, alors ?

— La voiture a démarré à toute allure et on s'est lancés à sa poursuite. Huit minutes plus tard, le conducteur a perdu le contrôle de son véhicule et l'accident a eu lieu.

— À la suite de l'accident, en constatant que Sara et Sam Cabot nécessitaient des soins, avez-vous eu peur d'eux ?

— Non. C'étaient des gamins. J'ai pensé qu'ils avaient volé la voiture ou s'étaient mis dans un pétrin du même genre. On voit ça tous les jours.

— Alors qu'avez-vous fait ?

— L'inspecteur Jacobi et moi avons rangé nos armes et tenté de leur venir en aide.

— À quel moment avez-vous à nouveau sorti votre arme ?

— Après qu'on nous a tiré dessus et après avoir sommé les suspects de lâcher leurs armes.

— Merci, Lindsay. Je n'ai pas d'autres questions.

Devant mon témoignage, je me donnai la mention passable. Puis, alors que Mickey s'écartait de moi, je regardai à travers la salle et vis Joe me sourire en acquiesçant.

— Le témoin est à vous, déclara-t-il à Mason Broyles.

20.

Un long silence s'installa entre Broyles et moi. Ce dernier demeura si longtemps à me fixer que j'eus envie de hurler. C'était un vieux truc d'interrogatoire et il s'en servait à la perfection. Des voix ricochèrent à travers la petite salle grisâtre, puis la juge abattit son maillet. Broyles se mit en branle.

Je ne le quittai pas des yeux pendant qu'il s'approchait.

— Dites-nous, lieutenant Boxer, quelles sont les procédures policières normales dans le cadre d'une interpellation ?

— S'approcher, l'arme au poing, faire descendre les suspects du véhicule, les désarmer, leur passer les menottes, maîtriser la situation.

— Est-ce ainsi que vous avez procédé, lieutenant ?

— Nous nous sommes approchés, l'arme au poing. Mais les occupants de la voiture ne pouvaient pas en descendre sans assistance. Nous avons rengainé nos armes dans le but de les libérer du véhicule.

— Vous avez donc violé la procédure réglementaire ?

— Nous nous trouvions dans l'obligation de leur porter secours.

— Oui, je sais. Vous tâchiez de vous montrer

aimables envers ces « gamins ». Mais vous reconnaissez qu'ainsi vous êtes sortie du cadre de la procédure habituelle, je me trompe ?

— Écoutez, j'ai commis une erreur ! Ces deux jeunes gens saignaient et vomissaient. Leur véhicule risquait de prendre feu...

— Madame le Président ?

— Je vous prie de limiter vos réponses aux questions qui vous sont posées, lieutenant Boxer.

Je me carrai dans mon siège. J'avais déjà vu opérer Broyles au tribunal et j'étais obligée de reconnaître son génie pour découvrir le point faible de ses adversaires.

Il venait juste de mettre le doigt sur le mien.

Je me reprochais encore de ne pas avoir menotté ces gosses et Jacobi, malgré ses vingt ans passés dans la police, s'était lui aussi fait avoir.

— Je vais formuler ça autrement, reprit Broyles avec désinvolture. Suivez-vous toujours les procédures légales ?

— Oui.

— Alors, quelle est la politique de la police sur le fait d'être en état d'ébriété pendant qu'on est en service ?

— Objection ! s'écria Mickey, en bondissant. S'il a été prouvé que le témoin avait bu, le fait qu'elle ait été en état d'ébriété ne l'a pas été.

Broyles eut un sourire en coin et me tourna le dos.

— Pas d'autres questions, madame le Président.

Je transpirais sous les bras. Je quittai la barre en oubliant ma blessure à la jambe. Mais la douleur ne tarda pas à se rappeler à mon bon souvenir. Je regagnai ma place en boitillant, me sentant encore plus mal qu'auparavant.

Je me retournai vers Mickey, qui m'encouragea d'un sourire. Mais je savais que ce sourire était feint.

L'inquiétude lui barrait le front.

21.

J'étais choquée par la manière dont Mason Broyles avait retourné les événements du 10 mai en rejetant l'entière responsabilité sur moi. Cette ordure était vraiment douée ! J'eus de la peine à demeurer calme pendant le réquisitoire de Broyles.

— Madame le Président, fit-il, Sara Cabot est morte parce que Lindsay Boxer l'a tuée. Quant à Sam Cabot, treize ans, il passera le reste de sa vie en fauteuil roulant. L'accusée reconnaît qu'elle n'a pas suivi les procédures réglementaires. Mes clients ont sans doute eu une mauvaise attitude, mais on ne peut pas s'attendre à ce que des mineurs fassent preuve d'un jugement sûr. Les officiers de police, en revanche, sont formés pour gérer toutes sortes de crises et, si le lieutenant Boxer n'a pas pu gérer celle-là, c'est parce qu'elle était ivre.

» Pour parler simplement, si le lieutenant Boxer avait été à la hauteur de ses fonctions, cette tragédie n'aurait pas eu lieu et nous ne serions pas ici aujourd'hui.

Le laïus de Broyles me scandalisa, mais je devais admettre qu'il était convaincant. Car si je m'étais trouvée dans l'assemblée au lieu d'être sur le banc des accusés, j'aurais pu voir les choses de son point de vue. Quand Mickey se leva pour entamer sa plaidoirie, le sang me cognait si fort aux tempes que j'avais l'impression qu'un groupe de rock faisait une jam sous mon crâne.

— Madame le Président, commença Mickey d'un ton indigné, ce n'est pas le lieutenant Lindsay Boxer qui a placé des armes à feu chargées entre les mains de Sara et Samuel Cabot. Ils l'ont fait eux-mêmes. Ils ont tiré sur des membres des forces de l'ordre en l'absence de toute provocation. Ma cliente a riposté en légitime défense, purement et simplement. La seule chose dont elle se soit rendue coupable, c'est d'avoir manifesté trop de prévenance envers des citoyens qui ne lui en ont montré aucune en retour.

» En toute équité, madame le Président, cette action devrait être déboutée afin de permettre à cet excellent officier de police de retourner à son devoir sans blâme ni tache sur des états de service par ailleurs remarquables.

Mickey conclut son plaidoyer plus tôt que je ne m'y attendais. Une brèche s'ouvrit derrière l'écho de ses derniers mots et ma peur s'y engouffra. Alors qu'il se rasseyait près de moi, le tribunal s'emplit de légers mouvements de souris : froissements de papier, cliquetis de touches d'ordinateurs portables, corps bougeant sur leur siège.

J'ai agrippé la main de Mickey sous la table et j'ai même prié. *Mon Dieu, faites qu'elle rende une décision de non-lieu, je vous en supplie.*

La juge remonta ses lunettes sur son nez, mais son visage demeurait impassible. Quand elle prit la parole, ce fut avec une extrême concision et d'un ton extrêmement las :

— Je suis persuadée que l'accusée a fait tout ce qui était en son pouvoir pour rattraper une situation si mal engagée. Reste que son taux d'alcoolémie me chiffonne. Une vie a été rayée de la carte. Sara Cabot est morte. Il y a suffisamment matière ici pour que l'affaire mérite d'être renvoyée devant un jury.

22.

J'accusai le choc. La date du procès fut fixée à quelques semaines de là. Tout le monde se leva pendant que la juge quittait la salle d'audience, puis je fus happée par la cohue. J'aperçus des uniformes bleus mais leurs regards évitaient le mien. On m'a ensuite collé en plein visage une forêt de micros. Je tenais toujours la main de Mickey.
On aurait dû obtenir un non-lieu.
On aurait dû gagner.
Mickey m'aida à me mettre debout et je le suivis à travers la foule. La main de Joe était posée au bas de mon dos tandis que tous trois, accompagnés de Yuki Castellano, sommes sortis du prétoire. Nous fîmes halte dans la cage d'escalier, au rez-de-chaussée.
— Vous allez sortir la tête haute, me recommanda Mickey. Quand on vous criera *pourquoi vous avez tué cette gosse ?* continuez d'avancer lentement vers la voiture. Ne souriez pas, pas même en coin, ne vous laissez surtout pas avoir par les médias. Vous n'avez rien fait de mal. Rentrez chez vous et ne répondez pas au téléphone. Je passerai vous voir plus tard.
Il ne pleuvait plus quand on quitta le tribunal. Ce morne après-midi tirait à sa fin. J'aurais dû m'attendre à ce que des centaines de personnes patientent devant

le tribunal pour apercevoir la femme flic qui avait abattu et tué une adolescente.

Mickey et Yuki nous quittèrent pour s'adresser à la presse et je savais qu'à présent Mickey n'avait plus qu'une idée en tête : savoir comment il allait défendre le SFPD et la municipalité de San Francisco.

Joe et moi traversâmes la foule qui se bousculait en hurlant, pour rejoindre la ruelle où la voiture nous attendait. J'entendis crier « *Tueuse d'enfant, tueuse d'enfant* » tandis qu'on me bombardait de questions comme autant de jets de pierres.

À quoi pensez-vous, lieutenant ?

Qu'est-ce que ça vous a fait de tirer sur ces gosses ?

Je connaissais le visage des journalistes-télé : Carlos Vega, Sandra Dunne, Kate Morley, tous m'avaient interrogée quand j'avais été témoin à charge. Je fis de mon mieux pour les ignorer et regarder au-delà des caméras et des pancartes où on pouvait lire : « Coupable de brutalités policières. »

Je gardai les yeux fixés juste devant moi, en mettant mes pas dans ceux de Joe jusqu'à ce qu'on atteigne la berline noire.

À peine les portières claquées, le chauffeur fit marche arrière, à toute vitesse dans Polk Street, puis fit demi-tour avant de mettre le cap sur Potrero Hill.

— On m'a assassinée ! dis-je à Joe, une fois en route.

— La juge t'a vue, elle a vu la personne que tu es. C'est regrettable qu'elle ait cru bon devoir faire ce qu'elle a fait.

— Je suis censée être un exemple pour les flics qui bossent pour moi et qui s'attendent à ce que j'agisse correctement. Comment vais-je conserver leur respect après ça ?

— Lindsay, toute personne dans cette ville qui a la moindre jugeote est dans ton camp. Tu es quelqu'un de bien, merde ! Et un bon flic.

Les paroles de Joe eurent raison de moi – ce que les piques venimeuses de Mason Broyles n'avaient pu faire – et j'appuyai ma tête sur sa superbe chemise bleue en laissant couler mes larmes tandis qu'il me tenait dans ses bras pour me réconforter.

— Ça va mieux, dis-je enfin.

J'essuyai mon visage avec le mouchoir qu'il me tendait.

— C'est mon rhume des foins. Un taux élevé de pollen dans l'air me fait toujours pleurer.

Molinari éclata de rire en me serrant contre lui tandis que la voiture me ramenait chez moi. Une fois traversée la 20e Rue, les maisons victoriennes furent en vue.

— Je démissionnerais volontiers, et sur-le-champ, déclarai-je. Mais ça donnerait seulement l'impression que je suis coupable.

— Ces gosses sont des assassins, Lindsay. Aucun jury ne tranchera en leur faveur. C'est impossible.

— Tu me le promets ?

Joe me serra de nouveau contre lui, mais ne me répondit pas. Il avait beau me faire une confiance absolue, il ne ferait pas de promesse qu'il ne puisse tenir.

— Tu rentres là-bas tout de suite ? finis-je par lui demander.

— Hélas, oui, je dois rentrer.

Joe travaille pour le gouvernement et ne peut que rarement s'échapper pour me rejoindre.

— Un de ces jours, je mènerai ma vie comme je l'entends, me dit-il avec tendresse.

— Moi aussi.

Était-ce la vérité ou un fantasme débile ? Je posai à nouveau ma tête sur son épaule, nos mains étaient enlacées, et nous goûtions ces moments qui ne se répéteraient peut-être pas avant des semaines. Et nous n'avons plus parlé jusqu'au moment de nous séparer sur le seuil de ma porte en nous embrassant et en nous chuchotant des au revoir.

Ce ne fut qu'une fois dans le calme de mon appartement, que je pris conscience de mon degré d'épuisement. J'avais mal partout à force de m'empêcher de craquer. Et il n'y avait aucun soulagement en vue. Au lieu de me débarrasser de ce qui entachait ma réputation, l'audience n'avait été que la répétition générale d'un autre procès.

Je me sentais comme une nageuse qui lutte contre les vagues déferlantes. Je me glissai dans mon grand lit avec Martha, je remontai les couvertures jusqu'au menton et laissai le sommeil m'engloutir comme un épais brouillard.

23.

Un rayon de soleil matinal fendit les nuages au moment où je balançais une dernière valise à l'arrière de l'Explorer. J'attachai ma ceinture, puis reculai dans l'allée. J'étais pressée de quitter la ville, tout comme Martha. Le museau à la fenêtre, elle créait déjà un sacré courant d'air, rien qu'en remuant la queue.

La circulation était celle, habituelle à l'heure de pointe, d'un jour de semaine. Une fois prise la direction du sud, je repensai à mon dernier et bref entretien avec le chef Tracchio.

— À votre place, je me tirerais d'ici vite fait, Boxer, m'avait-il conseillé. Vous êtes sous le coup d'une suspension. Alors appelons ça un congé et partez vous reposer.

Je compris ce qu'il ne disait pas. Tant que mon affaire n'était pas réglée, j'étais une gêne pour le département.

Me casser ?
Oui, chef. Pas de problème, chef.

Des pensées négatives se bousculaient dans mon crâne.

Puis, je songeai à ma sœur Cat, sortant l'étendard de bienvenue et à la chance que j'avais.

Vingt minutes plus tard, j'étais sur la route N° 1,

qui passait entre de gros rochers d'une dizaine de mètres de haut. Les vagues du Pacifique venaient battre le dénivelé rocailleux sur ma droite tandis que de grandes montagnes vertes s'élevaient à ma gauche.

— Tu sais, Boo, dis-je, en donnant à ma chienne son petit nom affectueux, on appelle ça des vacances. Tu peux répéter : Va-can-ces ?

Martha tourna son doux faciès vers moi, en me lançant un regard plein d'adoration, puis remit son museau au vent et reprit son observation joyeuse de la côte. Elle avait pigé le programme, il ne me restait plus qu'à l'imiter.

J'avais emporté quelques bricoles pour m'y aider : une demi-douzaine de bouquins que je rêvais de lire, mes cassettes vidéo de comédies hollywoodiennes loufoques et une vieille guitare acoustique Seagull que, depuis vingt ans, je grattouillais à l'occasion.

Comme le soleil brillait, je découvris que mon humeur s'allégeait. C'était une journée splendide et je l'avais tout à moi. J'allumai la radio, tripotant le bouton jusqu'à ce que je tombe sur une station en plein revival rock'n roll.

Le disk jockey, semblant lire dans mes pensées, enfilait sur sa platine des tubes des années 70 et 80, ce qui me renvoyait à mon enfance, à mes années d'étudiante et aux centaines de soirées où, avec mon groupe cent pour cent féminin, je faisais le bœuf dans les bars.

On était à nouveau en juin, l'école était finie... pour de bon, peut-être.

Je montai le volume.

La musique prit possession de moi et j'entonnai à pleine voix du rock estampillé LA et autres succès de la même époque. Je roucoulai *Hotel California* des Eagles et *You Make Loving Fun* de Fleetwood Mac. Puis quand Bruce Springsteen se mit à brailler *Born to Run,* j'ai tapé sur le volant, ressentant la chair et l'âme de la chanson jusqu'à la racine des cheveux.

J'encourageai même Martha à hurler avec *Running on Empty* de Jackson Browne.

Cela me mit la puce à l'oreille.

Je roulais bel et bien à vide[1]. Le clignotant de la jauge me lançait des signaux désespérés : mon réservoir était à sec.

---

1. Comme le lui indique en écho la chanson, *Running on Empty (N.d.T.).*

24.

Je débarquai en roue libre dans une station-service, juste à l'entrée d'Half Moon Bay. Tenu par un indépendant qui avait évité, Dieu sait comment, d'être racheté par une multinationale du pétrole, l'endroit était rustique avec un toit en acier galvanisé au-dessus des pompes. Sur une pancarte écrite à la main, clouée au-dessus de la porte du bureau, on lisait : « Garage de l'Homme sur la Lune. »

Au moment où je descendais du véhicule pour chasser une crampe de ma jambe blessée, un gars blond-roux, frisant la trentaine, s'approcha en s'essuyant les mains d'un chiffon.

Nous échangeâmes quelques mots au sujet du carburant, puis je me dirigeai vers le distributeur de boissons gazeuses, devant le bureau. J'observai la cour latérale qui débordait d'herbes et de ronces, de piles de pneus usagés en équilibre et de vieux tas de ferraille.

Je venais de porter une cannette de Coca light fraîche à mes lèvres quand, dans la pénombre du garage, j'aperçus une voiture qui me mit en joie.

Il s'agissait d'une Pontiac Bonneville 81 couleur bronze, la jumelle de celle que possédait mon oncle Dougie quand j'étais au lycée. Je m'en approchai nonchalamment, scrutai l'intérieur, puis jetai un coup d'œil sous le capot relevé. La batterie était encrassée, les souris avaient grignoté les fils des bougies, mais le moteur me paraissait propre.

Une idée me vint.

En tendant ma carte de crédit à l'employé de la station, je lui demandai, en braquant le pouce derrière moi :

— Cette vieille Bonneville est à vendre ?

— Une vraie beauté, n'est-ce pas ?

Il me décocha un grand sourire. Puis, posant l'appareil en équilibre sur sa cuisse, il passa le rail magnétique sur ma carte et me tendit le reçu pour que je le signe.

— Mon oncle avait acheté la même, l'année de sa sortie.

— Sans déc ? Elle est vintage ; ça, pas de souci !

— Elle roule ?

— Elle roulera. Je bosse dessus en ce moment. L'arbre de transmission est en bon état. Elle a besoin d'un nouveau starter, d'un alternateur et de quelques bricoles, par-ci par-là.

— En fait, j'aimerais bien tripatouiller dans le moteur moi-même. Histoire de m'occuper, vous voyez ?

Le jeune type de la station-service m'a souri derechef, manifestement ravi de mon idée. Il me demanda de lui faire une offre et j'ai levé quatre doigts.

— Vous rêvez ! s'exclama-t-il. Cette bagnole vaut mille dollars minimum.

J'ai levé toute la main, agitant mes cinq doigts dans la brise.

— Cinq cents dollars. C'est le plafond quand j'achète les yeux fermés.

Le jeune homme réfléchit un bon moment, ce qui me permit de mesurer combien je désirais cette voiture. J'allais augmenter la mise quand il dit :

4 fers au feu

— O.K. ! Mais c'est « telle quelle », vu ? Et sans garantie.
— Vous avez le manuel ?
— Il est dans la boîte à gants. Je rajouterai une clé à pipe et deux-trois tournevis.
— Marché conclu.

On s'en est tapé cinq en haut, cinq en bas, on a cogné nos poings puis on s'est serré la main.

— Au fait, moi, c'est Keith Howard.
— Et moi, Lindsay Boxer.
— Bon, où je vous livre ce tacot, Lindsay ?

Ce fut à mon tour de sourire. *Caveat emptor*[1], tu parles. J'ai donné à Keith l'adresse de ma sœur en lui expliquant comment s'y rendre.

— Gravissez la colline, tournez dans Miramontes puis dans Sea View. C'est une maison bleue sur la droite, la seconde en partant du bout de la rue.

Keith opina.

— Je vous l'amènerai après-demain, si ça vous va.
— Excellent, lançai-je en remontant dans mon Explorer.

Keith leva la tête et m'aguicha du regard.

— Je vous ai pas déjà vue quelque part, Lindsay ?
— Non, répondis-je en riant. Mais bien joué.

L'employé de la station-service me faisait du rentre-dedans ! J'étais assez vieille pour être sa... grande sœur.

Le jeune homme se mit à rire à son tour.

— Bon, en tout cas, Lindsay, n'hésitez pas à m'appeler chaque fois que vous aurez besoin de moi. Pour vous apporter un treuil, ou autre chose.
— O.K., je n'y manquerai pas, dis-je, sans en penser un mot.

Mais je souriais encore quand j'ai klaxonné mon au revoir.

---

1. À ses risques et périls.

25.

Sea View Avenue n'était que l'un des maillons d'une série d'impasses en boucle, séparées des bras incurvés de la baie par une plantation d'oyats de près de cinq cents mètres. À peine j'ouvris la portière que Martha bondit à l'extérieur. L'odeur entêtante des cistes et la fraîcheur de la brise marine faillirent me couper le souffle.

Je restai immobile un instant à admirer la jolie maison de Cat, ses jacobines, ses vérandas et ses tournesols poussant contre la barrière du jardin. Puis je pris les clés dans la niche au-dessus du linteau et ouvris la porte.

À l'intérieur, ce n'était qu'un fatras de meubles confortables et d'étagères croulant sous les livres, chaque pièce jouissant d'une vue imprenable sur la baie. Je sentis mon corps se détendre et l'idée de ma démission refaire surface.

Je pourrais très bien vivre dans un tel endroit.

Je pourrais m'habituer à me lever le matin en pensant à la vie au lieu de n'avoir que la mort en tête.

Non ?

J'ouvris les portes coulissantes qui donnaient sur la véranda à l'arrière et aperçus une cabane dans le jardin. Peinte du même bleu foncé que la maison, elle

4 fers au feu 77

était clôturée de piquets blancs. Je descendis les quelques marches à la suite de Martha, qui courait la truffe au ras du sol.

J'ai compris que j'allais faire la connaissance de Pénélope.

26.

Pénélope était une grosse truie vietnamienne ventripotente, toute noire et moustachue. Elle trotta jusqu'à moi, en soufflant, le ventre ballottant. Je me penchai par-dessus la barrière et lui tapotai la tête.
— Salut, ma belle, fis-je.
Salut, Lindsay.
Un petit mot était punaisé au cabanon de Pénélope, si bien que j'entrai dans l'enclos pour voir de plus près le « Règlement de la Porcherie », tel que Pénélope l'avait « rédigé ».

Ma chère Lindsay,
Ceci me concerne exclusivement.
1) J'apprécie une ration de pâtée de porc deux fois par jour et un bol d'eau fraîche.
2) J'aime bien aussi les tomates cerises, les crackers au beurre de cacahuète et les pêches.
3) S'il te plaît, viens me parler chaque jour. J'aime bien les devinettes et la chanson de Bob l'Éponge.
4) En cas d'urgence, mon véto est le Dr Monghil en ville et mes pig-sitters sont Carolee et Allison Brown. Allison est l'une de mes meilleures amies.

Leurs numéros sont près du téléphone, dans la cuisine.

5) Ne me laisse pas entrer dans la maison, vu ? On me l'interdit.

6) Si tu me grattes sous le menton, tu peux faire trois vœux. Tout ce que tu désires dans ce vaste monde.

Le mot était signé d'un grand X et d'une petite marque de sabot pointu. Le Règlement de la Porcherie, À d'autres ! Marrante comme fille, ma sœur.

J'ai pourvu aux besoins immédiats de Pénélope, puis me changeai : jean propre et sweat-shirt lavande. Ensuite, je sortis avec Martha et ma Seagull sur la véranda, côté façade. Alors que je plaquais quelques accords sur ma guitare, le parfum des cistes ajouté à l'odeur salée et piquante de l'océan me renvoya à la première fois où j'étais venue à Half Moon Bay.

C'était à peu près à la même période de l'année. La même senteur marine flottait dans l'air – je bossais alors sur ma première affaire criminelle. La victime était un jeune homme qu'on avait retrouvé sauvagement assassiné dans sa chambre dans un hôtel de passe du Tenderloin.

Il ne portait que son T-shirt et une seule chaussette blanche haute. Ses cheveux roux étaient bien peignés, ses yeux bleus grands ouverts. On lui avait tranché la gorge d'une oreille à l'autre, la plaie béante ressemblait à un sourire. On avait manqué le décapiter de peu. En le retournant, je m'étais aperçue que des coups de fouet avaient réduit la peau de ses fesses en charpie.

On l'avait étiqueté Monsieur X # 24 et, à l'époque, j'avais cru dur comme fer que je retrouverais son meurtrier. Le T-shirt de Monsieur X venait de La Distillerie, un restaurant touristique de Moss Beach, juste au nord d'Half Moon Bay.

Ç'avait été notre seul véritable indice... et, même si j'avais passé au peigne fin la petite ville et les communes environnantes, cette piste ne m'avait menée nulle part.

Dix ans plus tard, on n'avait toujours pas identifié ni réclamé Monsieur X # 24, dont l'assassinat demeurait impuni. Mais, pour moi, ce dossier n'était toujours pas classé. Il était comme une vieille douleur qui se réveillait par temps de pluie.

27.

Je m'apprêtais à partir dîner en ville quand le journal du soir atterrit bruyamment sur la pelouse.

Je le ramassais et, le dépliant d'une secousse, j'eus l'impression que le gros titre me sautait au visage :

LA POLICE RELÂCHE LE PRINCIPAL SUSPECT
DES MEURTRES DE CRESCENT HEIGHTS.

Je lus l'article jusqu'à la dernière ligne :

Quand, le 5 mai dernier, on a retrouvé morts Jack et Alice Daltry à leur domicile de Crescent Heights, Peter Stark, le chef de la police, a déclaré qu'Antonio Ruiz avait avoué les crimes. Le même aujourd'hui prétend que cet aveu ne cadrait pas avec les faits. « Mr Ruiz a été innocenté des accusations portées contre lui », a annoncé Stark.

D'après des témoins, Ruiz, trente-quatre ans, agent d'entretien de la compagnie d'Electricité et du Gaz de Californie, n'avait pu se trouver au domicile des Daltry, le jour de leur assassinat car il travaillait à l'usine au vu et au su de ses collègues.

Mr et Mrs Daltry ont eu la gorge tranchée. La

police refuse de confirmer que les époux ont subi des tortures avant d'être tués.

Dans la suite de l'article, on précisait que Ruiz, qui avait effectué de menus travaux pour les Daltry, affirmait qu'on lui avait extorqué ses aveux. Et le chef Stark, cité encore une fois, déclarait que la police « enquêtait sur d'autres suspects et suivait d'autres pistes ».

Je ressentis un tiraillement dans le ventre. La phrase toute faite « enquêtait sur d'autres suspects et suivait d'autres pistes » était codée et signifiait : « On n'a que dalle. » Le flic en moi voulait tout savoir : le comment, le pourquoi et, tout particulièrement, qui. Quant au où, je le connaissais déjà.

Crescent Heights, situé le long de la route N° 1, se trouvait non loin d'Half Moon Bay... à huit ou dix kilomètres à peine de chez Cat.

28.

Entrer et sortir en moins de cinq minutes. Cinq minutes, pas une de plus, pas une de moins.
   Le Guetteur nota l'heure exacte en descendant de sa camionnette grise sur Ocean Colony Road. Il était vêtu d'une tenue de releveur de compteurs : combinaison brun foncé à l'insigne rouge et blanc sur la poche-poitrine droite. Il rabattit la visière de sa casquette. Tapotant ses poches, il s'assura de la présence de son cran d'arrêt dans l'une, de son appareil photo dans l'autre. S'emparant de sa planchette et d'un tube de mastic, il les fourra sous son bras.
   Son pouls s'accéléra quand il emprunta l'étroit sentier qui longeait la maison O'Malley. Puis il s'accroupit devant l'un des soupiraux du sous-sol, enfila des gants de latex puis, à l'aide d'un diamant et d'une ventouse, retira un rectangle de verre de soixante centimètres sur cinquante.
   Il s'immobilisa, à l'affût d'un éventuel jappement de chien, puis se faufila, les pieds devant, dans le sous-sol.
   Il était à l'intérieur. Pas de souci.
   L'escalier du sous-sol menait, une fois franchie une porte non verrouillée, à une cuisine luxueusement équipée et remplie à l'excès de gadgets ridicules. Le

Guetteur remarqua le code de l'alarme affiché près du téléphone. Le mémorisa.

Merci, toubib. Pauvre débile.

Il sortit son excellent petit appareil photo, réglé pour trois presets consécutifs, et le braqua sur tous les angles de la pièce. *Zzzt-zzzt-zzzt. Zzzt-zzzt-zzzt.*

Le Guetteur bondit dans l'escalier, trouva la porte d'une chambre grande ouverte. Il se tint un instant sur le seuil, enregistrant les éléments féminins de la pièce : le lit à baldaquin, tout en fanfreluches bleu lavande et rose crémeux. Les posters du groupe Creed et d'espèces menacées de disparition.

Caitlin, Caitlin.... quelle gentille fille, tu fais.

Il braqua l'appareil sur sa coiffeuse, *zzzt-zzzt-zzzt*, prenant des clichés des tubes de rouge à lèvres, des flacons de parfum, de la boîte ouverte de tampons. Il flaira les senteurs féminines, passa le pouce sur la brosse à cheveux, empocha une longue mèche d'or roux, prise dans les poils.

Quittant la chambre de l'adolescente, le Guetteur pénétra dans celle plus grande, qui la jouxtait. La pièce était tendue de couleurs chaudes et fleurait bon le pot-pourri.

Une télévision à écran plasma 16/9 trônait au pied du lit. Le Guetteur ouvrit la table de nuit, la fouilla, y découvrit cinq ou six pochettes de photographies maintenues par des élastiques.

Il défit l'un des paquets et déploya les photos en éventail comme un jeu de cartes. Puis il remit la pochette en place dans le tiroir qu'il referma. L'appareil bourdonnant dans sa main, il fit un long panoramique de la pièce.

C'est alors qu'il remarqua le petit œil de verre, plus petit qu'un bouton de chemise, qui scintillait sur la porte du dressing.

Une crainte le fit frissonner. Était-il filmé ?

Il ouvrit la porte du dressing et trouva la caméra

vidéo sur une étagère contre la paroi du fond. La touche fonction était en position off.

La peur du Guetteur le quitta. À présent, il exultait. Il balaya de son appareil chaque pièce du premier étage, en capturant les moindres coins et recoins, avant de redescendre au sous-sol et de ressortir. Il n'était resté à l'intérieur que quatre minutes et des poussières.

Depuis l'extérieur, il appliqua une ligne de mastic le long du morceau de vitre avant de le remettre en place avec une légère pression. Le mastic tiendrait jusqu'à ce qu'il soit prêt à entrer à nouveau dans la maison... et, cette fois, pour en *torturer et tuer les habitants*.

29.

J'ouvris la porte d'entrée de Cat et Martha, tirant sur sa laisse, me propulsa sous un violent soleil. Je me dirigeai vers la plage qui n'était qu'à un jet de pierre à pied, quand un chien noir, surgissant dans mon champ de vision, fonça sur Martha... qui se libéra de mon emprise et détala.

Mon cri fut stoppé net : quelque chose venait de me percuter dans le dos. Je tombai puis quelque chose, ou plutôt *quelqu'un*, s'échoua sur moi. Qu'est-ce que c'était encore que ce *bordel* ?

Je me dégageai puis me relevai, prête au coup de poing.

Merde ! Un crétin lambda m'avait renversée avec son vélo. Le cycliste se remit sur pied laborieusement. Il avait vingt ans et quelques, le cheveu clairsemé. Une paire de lunettes à monture rose pendouillait par une branche à son oreille.

— *So-phiiiiie !* hurla-t-il en direction des deux chiennes qui filaient vers le bord de l'eau. Sophie, NON !

La chienne noire freina des quatre pattes et se retourna vers le cycliste qui, rechaussant ses lunettes, me lança un regard anxieux.

— Vrai...vrai...ment navré. Ça... ça va ? me demanda-t-il.

Je sentis qu'il luttait contre son bégaiement.

— Je vous dirai ça dans un petit moment, répliquai-je, de mauvais poil.

Je me dirigeai en boitillant vers Martha qui, elle, revenait en trottinant vers moi, l'oreille basse, l'air battu. La pauvre petite.

Je l'ai palpée, vérifiant qu'elle n'avait pas de morsures, écoutant à peine le cycliste qui m'expliquait que Sophie n'était qu'un chiot et ne pensait pas à mal.

— Écoutez, fit-il. Je vais aller cher... cher... chercher ma voiture et je vous conduis à l'hôpital.

— Quoi ? Non, non, je n'ai rien.

Et Martha était indemne, elle aussi. Mais j'étais encore en pétard. J'avais envie d'incendier cet abruti.

— Et votre jambe ?

— Ne vous inquiétez pas de ça.

— Vous en êtes bien sûre... ?

Le cycliste remit Sophie en laisse avant de se présenter :

— Bob Hinton. Si jamais vous avez besoin d'un bon avocat, voici ma carte. Je suis sincèrement navré.

— Lindsay Boxer, me présentai-je en lui tendant à mon tour ma carte. Et je suis vraiment en manque d'un bon avocat. Un mec qui baladait son bébé rottweiler vient de me renverser avec son vélo Cannondale.

Le type sourit avec nervosité.

— Je ne vous ai encore jamais aperçue dans le coin.

— Ma sœur Catherine habite là.

Je lui montrai du doigt la jolie maison bleue. Puis, comme nous allions tous dans la même direction, notre petite troupe suivit le sentier sablonneux qui coupait la plantation d'oyats en deux.

J'expliquai à Hinton que je séjournais chez ma sœur, en vacances pour quelques semaines de mon boulot au SFPD.

— Z'êtes flic ? Alors, vous êtes venue au bon endroit. Avec tous ces assassinats qui ont eu lieu dans les environs.

J'éprouvai une sorte de chaud-froid. Si mes joues étaient en feu, j'étais glacée à l'intérieur. Je ne voulais plus *penser* meurtre. Je me considérais en cure de désintox. Et voulais jouir en paix de ce répit. D'ailleurs, je n'avais aucune envie de poursuivre cette conversation avec cet avocat qui m'était tombé sur le râble, même s'il m'avait l'air plutôt sympa.

— Écoutez, il faut que j'y aille, déclarai-je.

Je réduisis la laisse de Martha si bien qu'elle était revenue à ma hauteur et allait bon train.

— Au revoir, lançai-je par-dessus mon épaule. Et, à l'avenir, tâchez de regarder devant vous quand vous roulez.

Puis j'ai dévalé la dune jusqu'à la plage, mettant le plus de distance possible entre Bob Hinton et moi.

Loin des yeux. Loin du cœur.

30.

L'eau étant trop froide pour se baigner, je suis restée assise en tailleur au bord du ressac à contempler le point de l'horizon où le bleu vert de la baie rejoignait la forte houle du Pacifique.

Martha courait le long de la plage en soulevant des gerbes de sable. Je profitais de la chaleur du soleil sur mon visage quand quelque chose vint me taper durement la nuque.

Je suis restée immobile.

Et j'ai retenu mon souffle.

— *T'as tué cette gosse*, me dit une voix. T'aurais pas dû.

Je ne reconnus tout d'abord pas la voix. Mon esprit s'emballa, cherchant à mettre un nom dessus, à trouver une explication, à prononcer les mots justes. J'ai tendu la main derrière moi afin de m'emparer de mon arme. J'ai entrevu alors son visage une fraction de seconde.

Je lus la haine dans ses yeux. Et sa peur.

— *Bouge pas*, me cria le garçon en m'enfonçant le canon du flingue entre les vertèbres. (La sueur ruisselait le long de mes flancs.) T'as buté ma sœur ! Tu l'as butée pour rien !

Je revis le visage inexpressif de Sara Cabot quand elle était tombée.

— Je regrette tellement, dis-je.

— Non, tu ne regrettes pas. Maintenant, tu vas le regretter. Et devine quoi ? Tout le monde s'en fout.

D'aucuns prétendent qu'on n'entend pas la balle qui nous frappe. Ça doit être une légende, car le coup de feu qui me vrilla la colonne vertébrale a claqué avec la déflagration d'une bombe.

Je me suis affalée, paralysée. Incapable de parler ni d'arrêter le flot de sang qui jaillissait de mon corps par à-coups, avant de se mêler à l'eau froide de la baie.

Comment en était-on arrivé là ? Il y avait *une raison* toute bête qui m'échappait. Quelque chose que j'aurais dû faire.

Leur passer les menottes. Voilà ce que j'aurais dû faire.

Voilà ce à quoi je pensais quand mes yeux s'ouvrirent tout grands.

J'étais couchée sur le flanc, les poings pleins de sable. Martha, penchée sur moi, me soufflait en pleine figure.

Quelqu'un ne s'en foutait pas.

Je me redressai et, jetant mes bras autour d'elle, j'enfouis mon visage dans son cou.

Ce cauchemar me tenait entre ses griffes poisseuses. Pas besoin d'être diplômée en psycho pour en comprendre le sens. Je me colletais avec la violence du mois écoulé.

J'y étais engloutie jusqu'aux yeux.

— Tout va bien, dis-je à Martha.

Mensonge.

31.

Tandis que Martha jouait au chien de berger avec les oiseaux du rivage, je me projetai en pensée dans le ciel où je fis mine de planer sans effort, parmi les circonvolutions des mouettes. Je ruminais mon passé récent et mon avenir incertain quand, en baissant les yeux, je l'aperçus, lui.

Mon cœur fit une embardée. Son sourire était éclatant, ses yeux bleus plissés contre l'éclat éblouissant du soleil.

— Salut, ma belle, lança-t-il.

— Mon Dieu, voyez qui la marée me ramène !

Il m'aida à me remettre debout. Et lorsque nous nous embrassâmes, une fabuleuse chaleur inonda ma poitrine.

— Comment tu t'es débrouillé pour avoir congé ? finis-je par lui demander en le serrant fort contre moi.

— Tu ne comprends pas. Là, je suis en plein boulot. J'écume le rivage à l'affût d'une infiltration terroriste, plaisanta-t-il. Les ports et les côtes, voilà ce qui m'occupe.

— Et moi qui croyais que ton job, c'était de choisir la couleur du pavillon du jour.

— Ça aussi, répondit-il en me faisant claquer sa cravate sous le nez. Tu vois ? Jaune.

J'étais ravie que Joe puisse faire des vannes sur ses responsabilités, l'inverse aurait été trop déprimant. Notre zone côtière était poreuse à l'extrême et Joe en voyait les failles.

— Me charrie pas, répliqua-t-il en m'embrassant. C'est dur comme boulot.

J'éclatai de rire.

— Boulot-boulot, jamais dodo, font de Joe un zozo pas très jojo.

— Au fait, j'ai quelque chose pour toi, reprit-il pendant qu'on longeait la jetée, bras dessus bras dessous.

Il sortit un paquet en papier de soie de sa poche, puis me le tendit.

— Je l'ai emballé moi-même.

Le paquet était fermé par du Scotch et Joe avait tracé au stylo une série de X et de O en guise de ruban. Je l'ouvris en déchirant le papier et fis couler une chaîne d'argent et un médaillon dans ma paume.

— C'est censé te protéger, précisa Joe.

— Mon chéri, c'est Kokopelli[1]. Comment tu as deviné ?

Je tins le petit disque à hauteur de mon regard.

— Les poteries Hopi de ton appartement m'ont comme qui dirait mis sur la voie.

— J'adore ! Et puis, j'en ai bien besoin, ajoutai-je, en lui tournant le dos afin qu'il puisse attacher la longue chaîne d'argent autour de mon cou.

Joe embrassa ma nuque. Ses lèvres, la rugosité de sa joue à cet endroit sensible me donnèrent le frisson. Le souffle coupé, je me retournai et me nichai dans ses bras. Rien ne me plaisait autant.

Je l'ai embrassé doucement, puis ce baiser s'est

---

1. Divinité masculine des Indiens d'Amérique, joueur de flûte bossu, à l'influence bénéfique *(N.d.T.)*.

accentué, s'est fait plus pressant. J'ai fini par m'écarter de lui.

— Et si on ôtait d'abord ces vêtements, suggérai-je.

32.

La chambre d'amis de Cat, toute de couleur pêche, possédait un grand lit à deux places, près de la fenêtre. La veste de Joe vola sur le fauteuil, suivi de sa chemise en jeans bleue et de sa cravate jaune.

Je levai les bras, et il fit glisser en douceur mon débardeur étriqué par-dessus ma tête. Je lui saisis les mains et plaquai ses paumes sur mes seins. La chaleur de ses caresses me faisait décoller, me mettait en apesanteur. J'haletai au moment où mon short toucha terre.

Depuis le lit, je regardai Joe achever de se déshabiller puis venir m'y rejoindre. Mon Dieu, comme ce type était beau... Je m'abandonnai entre ses bras.

— J'ai autre chose pour toi, Lindsay, me chuchota Joe.

Comme ce qu'il avait en réserve pour moi était des plus manifestes, j'éclatai de rire au creux de son cou.

— Pas seulement ça, fit Joe. Mais ceci.

En rouvrant les yeux, je le vis me désigner son torse où de petites lettres étaient maladroitement tracées au stylo bille. Il avait écrit mon nom sur son cœur.

Lindsay.
— Tu es un vrai comique, dis-je en souriant.
— Non, un romantique.

33.

Il n'y avait pas que le sexe entre nous. Joe était trop vrai et trop bon pour n'être considéré que comme un bel étalon avec lequel passer un moment agréable. Mais je payais très cher le fait d'éprouver davantage pour lui. Quand nos jobs nous le permettaient, nous partagions des moments exceptionnels. Mais, le matin venu, Joe repartait en avion à Washington et je ne savais jamais quand je le reverrais... ni si cela serait aussi bon la fois d'après.

On dit que l'amour vous trouve quand on est prêt.
Étais-je prête ?
La dernière fois que j'avais autant aimé un homme, il était mort d'une horrible façon.

Et Joe ?

Il avait été échaudé par son divorce. Pourrait-il à nouveau accorder sa confiance à quelqu'un ?

Pour l'instant, couchée au creux de ses bras, mon cœur était déchiré : devais-je faire tomber toutes les barrières, ou bien fallait-il que je me protège contre la douleur taraudante d'une séparation imminente.

— Où es-tu, Linds ?
— Ici. Bien ici.

Je serrai Joe très fort et me forçai à revenir au moment présent. Nous nous embrassâmes et nous caressâmes au point que rester séparés devienne intolérable. Nous fusionnâmes une fois encore. À la perfection. J'ai gémi en disant à Joe combien j'aimais le sentir en moi... combien il était bon tout court.

— Je t'aime, Linds, répondit-il.

Je répétais son nom quand les vagues du plaisir me submergèrent, me permettant ainsi de congédier ma panique et mes mauvaises pensées.

Nous restâmes longtemps enlacés. Nous sortions à peine de ce tourbillon quand on sonna à la porte d'entrée.

— Merde ! dis-je. Fais comme si de rien n'était.

— Il faut aller répondre, me suggéra Joe avec douceur.

C'est peut-être pour moi.

34.

Je m'extirpai du lit, enfilai la chemise de Joe sur mon jeans coupé en bermuda puis gagnai la porte. Une séduisante quinquagénaire se tenait sur la véranda, côté façade, un sourire d'expectative aux lèvres. Elle était trop tendance dans sa tenue de tennis et son pull Lilly Pulitzer pour être un Témoin de Jéhovah, et elle me parut bien trop radieuse pour être un agent fédéral.

Elle se présenta. Carolee Brown.

— J'habite Cabrillo Highway, à deux kilomètres au nord d'ici. Une maison victorienne bleue avec une grande clôture grillagée.

— Oui, je connais. Il s'agit d'une école, n'est-ce pas ?

— Oui, c'est bien ça.

Je ne me sentais guère à l'aise, plantée là, la figure rougie par la barbe de Joe et les cheveux en bataille après une partie de jambes en l'air.

— Que puis-je faire pour vous, Miss Brown ?

— Dr Brown, en fait. Mais, je vous en prie, appelez-moi Carolee. Lindsay, c'est ça ? Ma fille et moi donnons un coup de main à votre sœur pour Pénélope. Ça, c'est pour vous.

Et elle me tendit un plat recouvert d'une feuille de papier aluminium.

— Ah oui, Cat m'a parlé de vous. Excusez-moi, je vous inviterais bien à entrer mais...

— Il n'en est pas question. Je ne viens pas vous rendre visite. Je joue juste les Dame Tartine. Bienvenue à Half Moon Bay.

Je remerciai Carolee et nous échangeâmes quelques mots avant qu'elle ne prenne congé et remonte en voiture. Je me baissai pour ramasser le journal du matin. Je jetai un coup d'œil à la première page en revenant vers la chambre. Journée ensoleillée en perspective, baisse du Nasdaq de dix points, l'enquête sur les meurtres de Crescent Heights toujours dans l'impasse. Il était presque impossible de croire que des gens aient été assassinés dans un tel décor.

J'ai parlé des meurtres à Joe avant de retirer la feuille d'aluminium du plat.

— Cookies aux pépites de chocolat, ai-je annoncé. De la part de Dame Tartine.

— Dame Tartine. C'est comme le lapin de Pâques ?

— Je crois. Un truc du même genre.

Joe me matait de cet œil rêveur qui n'appartenait qu'à lui.

— Elle te va super bien, ma chemise.

— Merci, mon grand.

— Elle te va encore mieux quand tu l'enlèves.

Je lui décochai un grand sourire avant de poser le plat par terre. Puis je déboutonnai lentement la jolie chemise bleue de Joe et la fis glisser de mes épaules.

35.

— J'ai eu un cochon comme celui-là, me dit Joe alors que nous étions penchés par-dessus la barrière de l'enclos.

— Arrête un peu ! Tu viens du Queens.

— Il y a des arrière-cours dans le Queens, Linds. Notre cochon à nous s'appelait Alphonse Pignole, on le nourrissait de pâtes et de laitue braisée, arrosée d'une tombée de Cinzano. Il en raffolait.

— Tu racontes n'importe quoi !

— Pas du tout.

— Et qu'est-ce qu'il est devenu ?

— Il a fini comme l'un de ces fameux rôtis de porc dont la famille Molinari a le secret. On l'a dégusté accompagné de compote de pomme.

Joe remarqua mon air incrédule.

— D'accord, cet épilogue-là est un mensonge. À mon départ à l'université, Alphonse a été superbement relogé au nord de l'État de New York. Laisse-moi te montrer quelque chose.

Il attrapa un râteau, appuyé contre la maisonnette et, dès qu'elle le vit, Pénélope se mit à grogner et à lui parler dans son jargon.

Joe grogna et jargonna en retour.

— Latin de Porcherie, déclara-t-il en se retournant vers moi avec un sourire.

Passant le râteau par-dessus la barrière, il en gratta le dos de Pénélope. Elle ploya les genoux puis, gémissant de plaisir, elle roula sur le dos, les pattes en l'air.

— Tes talents n'ont pas de bornes, commentai-je. Soit dit en passant, je crois que tu as gagné le droit de faire trois vœux.

36.

Le soleil déclinant striait le ciel pendant que Joe, Martha et moi dînions ensemble sur la terrasse, face à la baie. J'avais utilisé la recette barbecue de ma mère pour le poulet et chacun fit passer le tout avec un demi-litre de Cherry Garcia et de Chunky Monkey[1].

Nous sommes restés blottis l'un contre l'autre pendant des heures à écouter le chant des grillons et à regarder la flamme des bougies danser le mambo sous la brise légère et suffocante.

Plus tard, nous avons dormi par intervalles, nous réveillant pour nous caresser, éclater de rire ou faire l'amour. Nous avons dévoré des cookies aux pépites de chocolat, échangé des lambeaux de rêves avant de rebasculer dans le sommeil, les membres enchevêtrés.

À l'aube, à travers le portable de Joe, le reste du monde s'est rappelé à nous avec fracas.

— Oui, monsieur. Ce sera fait, répondit Joe, avant de refermer le téléphone d'un coup sec.

Il m'ouvrit les bras qu'il referma tendrement sur moi. Je l'embrassai dans le cou.

— Bon. Quand la voiture passe-t-elle te prendre ?
— Dans deux ou trois minutes.

---

1. Deux parfums des célèbres glaces Ben & Jerry's *(N.d.T)*.

Joe n'exagérait pas. J'eus cent vingt secondes pour le regarder s'habiller dans la pénombre de la pièce. L'unique rayon de lumière qui s'insinuait sous les stores de la fenêtre me permit de voir combien il avait l'air triste de me quitter.

— Ne te lève pas, intervint Joe en me voyant repousser les couvertures.

Il m'embrassa une bonne dizaine de fois les lèvres, les joues, les yeux.

— Au fait, j'ai fait mes trois vœux.
— C'était quoi ?
— Motus et bouche cousue. Mais l'un d'eux, c'était de manger de la glace Cherry Garcia pour le dessert.

J'éclatai de rire. Et je l'embrassai.

— Je t'aime, Lindsay.
— Moi aussi, je t'aime, Joe.
— Je t'appellerai.

Je ne lui demandai pas quand.

37.

Tôt ce matin-là, tous trois se réunirent au Coffee Bean[1]. Ils étaient installés dans des transats sur la terrasse en pierre, devant un mur de brume qui leur masquait la vue sur la baie. Ils étaient seuls et conversaient, passionnément, de meurtre.

La Vérité – les deux autres l'appelaient ainsi –, blouson de cuir noir et blue-jeans, se tourna vers eux.

— Bon, d'accord, dit-il. Répète-moi ça encore une fois.

Le Guetteur lut studieusement ses notes, mentionnant les horaires, les habitudes des O'Malley, plus ses conclusions les concernant.

Le Chercheur n'avait nul besoin d'être convaincu. C'est lui qui avait découvert la famille et il était ravi que l'enquête du Guetteur ne fasse que confirmer son flair. Il se mit à siffloter *Crossroads*, le vieux standard de blues... jusqu'à ce que la Vérité le fusille du regard.

La Vérité avait beau être de constitution frêle, sa présence avait du poids.

— Tu as établi deux, trois bons points, déclara la Vérité. Mais l'ensemble ne me convainc pas.

Le Guetteur manifesta une certaine agitation. Il

---

1. Grain de Café *(N.d.T.)*.

tira sur le col de son pull ras du cou, feuilleta les photographies. Il frappa les gros plans de son doigt, encercla certains détails au stylo.

— C'est un bon début, intervint le Chercheur, prenant la défense du Guetteur.

La Vérité eut un geste dédaigneux.

— Arrêtez de me balader. Je veux du sérieux... Bon, commandons, ajouta-t-il.

La serveuse, nommée Maddie, apparut sur la terrasse, toute guillerette dans son jeans taille basse hyper moulant. Son débardeur laissait largement voir son ventre lisse.

— Voilà un bide qui vous fait de l'œil, fit le Chercheur, son charme éclipsé par l'avidité de son regard.

Maddie lui décocha un pâle sourire avant de remplir à nouveau les tasses de café. Puis elle sortit son bloc et prit la commande de la Vérité : œufs brouillés, bacon et un pain au lait à la cannelle tout frais. Le Chercheur et le Guetteur commandèrent à leur tour.

Une fois servis, contrairement à la Vérité, les deux autres grignotèrent du bout des dents. Ils poursuivirent leur conciliabule.

Ils envisagèrent tous les cas de figure.

Ils les poussèrent à l'extrême.

Tandis qu'il écoutait intensément, la Vérité fixait le brouillard. Un plan finissait par se dessiner.

38.

La journée se déploya telle une serviette de plage jaune. Vraiment dommage que Joe ne soit pas là pour la partager avec moi, me dis-je.

Je sifflai Martha qui grimpa en voiture et nous partîmes en ville, au ravitaillement. En filant le long de Cabrillo Highway, j'aperçus le panneau : ÉCOLE DE BAYSIDE, PROTECTION DE L'ENFANCE, ÉTAT DE CALIFORNIE.

La grande demeure victorienne bleue dominait tout, à ma droite. Prise d'une impulsion soudaine, je me garai sur le parking.

Une femme noire obèse, de trente-cinq ans environ, répondit à mon coup de sonnette.

— Bonjour, dis-je. Je viens voir le Dr Brown.

— Entrez. Elle est en salle des professeurs. Je me présente : Maya Abboud. J'enseigne ici.

— C'est quel genre d'établissement ? lui demandai-je tandis que je la suivais le long d'étroits couloirs obscurs.

— L'État case ici surtout des fugueurs. Ces gamins-là sont de vrais veinards.

Nous passâmes devant des petites salles de classe, un salon télé. Nous croisâmes des dizaines d'enfants, des bambins aux ados. Si on était très loin d'*Oliver Twist*, le fait que tous ces enfants soient, en majorité, des sans domicile fixe était une réalité, triste et troublante.

Maya Abboud m'abandonna sur le seuil d'une pièce éclairée par plusieurs fenêtres, où se tenait Carolee Brown. Celle-ci bondit et vint me trouver.

— Lindsay, ça fait plaisir de vous voir !

— Je passais par là et, ma foi, je tenais à me faire pardonner mon attitude un peu sèche, hier.

— Je vous arrête tout de suite. C'est moi qui ai débarqué à l'improviste et vous ne me connaissiez ni des lèvres, ni des dents. Mais je suis très heureuse de votre visite. Il y a ici quelqu'un que j'aimerais vous présenter.

Je précisai à Carolee que je ne pouvais pas m'attarder, mais elle m'assura que la chose ne prendrait pas plus d'une minute.

Alors que je la suivais dehors, sur le terrain de jeux, je me rendis compte qu'on se dirigeait vers une jolie fillette brune de huit ans, attablée à l'ombre d'un arbre, où elle jouait avec ses Power Rangers.

— Voici ma fille, Allison, annonça Carolee. Ali, je te présente Lindsay, la tante de Brigid et Meredith. Elle est *lieutenant de police*.

La fillette tourna vers moi des yeux qui se mirent à briller.

— Je sais très bien qui vous êtes. C'est vous qui vous occupez de Pénélope.

— Oui, en effet, Ali. Mais juste pour quelques semaines.

— Pénélope est tellement cool, pas vrai ? Elle sait lire dans les pensées.

La fillette continuait à pérorer sur son amie la truie tandis que sa mère et elle me raccompagnaient jusqu'au parking.

— C'est super cool que vous soyez une femme flic, déclara Allison en me prenant la main.

— Ah bon ?

— Oui. Parce que ça veut dire que vous savez y faire pour arranger les choses.

Je me demandais ce que la fillette entendait par là quand elle me serra les doigts, tout excitée, avant de courir d'une traite jusqu'à ma voiture où Martha aboyait en agitant la queue. Dès que je la fis sortir, la chienne se mit à danser autour d'Allison en la couvrant de baisers baveux.

On sépara bientôt l'enfant et l'animal. Carolee et moi projetâmes de nous revoir très prochainement. Je me suis fait une nouvelle amie, songeai-je en leur adressant un signe d'adieu par la vitre ouverte.

39.

Le Guetteur caressait nerveusement le volant en attendant que Lorelei O'Malley quitte la maison. C'était une mauvaise nouvelle qu'il doive une fois encore pénétrer à l'intérieur.

Cette idiote finit par sortir de la maison en tenue de shopping du jour et verrouilla la porte derrière elle. Elle démarra en trombe dans sa petite Mercedes rouge sur Ocean Colony Road, sans se retourner.

Le Guetteur descendit de voiture. Il portait une veste sport bleue, un pantalon ample et des lunettes noires – celles qu'un superviseur de terrain d'une compagnie de téléphonie pourrait arborer. Il se hâta vers la maison.

Comme la fois précédente, le Guetteur s'accroupit devant le soupirail du sous-sol et enfila des gants. Puis, entaillant le mastic avec la lame de son couteau de chasse, il retira le morceau de vitre et se laissa tomber à l'intérieur.

Il traversa rapidement le séjour et prit l'escalier. Une fois dans la chambre des O'Malley, il ouvrit le dressing, repoussa les vêtements et examina la caméra vidéo sur l'étagère du mur du fond.

Le Guetteur retira la cassette de la caméra, puis la glissa dans l'une de ses poches. Il prit au hasard une autre cassette dans la collection empilée n'importe comment sur la même étagère, résistant à l'envie de remettre les autres en ordre. Enfin, il s'empara d'une pochette de photos dans le tiroir de la table de nuit.

Il n'était dans la maison que depuis deux minutes et demie à peine quand il entendit claquer la porte d'entrée.

Il en eut la bouche sèche. Pendant ses jours de planque, personne n'était jamais revenu dans la maison après en être parti. Le Guetteur gagna le dressing et se tapit sous les oscillations d'un rideau de jupes. Il tendit la main et tira la porte.

La moquette amortissait le bruit des pas, si bien que le Guetteur sursauta quand la poignée tourna. Pas le temps de réfléchir. La porte de la penderie s'ouvrit, on écarta les vêtements et... le Guetteur fut découvert, tel un voleur.

Lorelei O'Malley suffoqua, porta une main à son cœur. Puis elle se figea.

— Mais je vous connais, fit-elle, la voix entrecoupée. Que faites-vous ici ?

Il avait déjà le couteau bien en main. Quand Lorelei l'aperçut, elle poussa un cri perçant. Le Guetteur sut qu'il n'avait plus le choix. Il se fendit en avant. La lame fit sauter les boutons de la robe en soie bleue et s'enfonça dans le ventre de la femme.

Cette dernière se tortillait, cherchant à échapper au couteau, mais le Guetteur l'empoignait fermement. De loin, cela aurait très bien pu passer pour l'étreinte de deux amants.

— Oh, mon Dieu ! Pourquoi faites-vous ça ? gémit-elle, les yeux chavirés, tandis que sa voix s'éteignait.

Plaquant sa main au creux des reins de la femme, le Guetteur taillada les tissus de la cavité abdominale, sectionnant l'aorte. Le sang ne jaillit pas, il s'écoula du corps comme l'eau d'un seau percé. Ses jambes ne la portèrent plus et elle s'affaissa sur les alignements de chaussures du dressing.

Le Guetteur s'agenouilla, lui posa deux doigts sur la carotide. Ses paupières papillonnèrent faiblement. Elle serait morte dans quelques secondes.

Il avait juste le temps de faire ce qui devait être fait. Il retroussa la jupe bleue puis, ôtant sa propre ceinture, il fouetta Lorelei O'Malley sur les fesses jusqu'à ce que la mort survienne.

40.

Ça ne pouvait qu'aller de mal en pis, et donc ça empira. Le Guetteur était installé dans sa camionnette dans un parking de Kelly Street, en face de la maison à un étage qui servait de cabinet au médecin.

Il lança un coup d'œil au Chercheur, assis à son côté, l'air hébété. Puis il observa le parking encore une fois, suivant avec nervosité le chassé-croisé des chalands et des rares voitures.

Quand le Dr Ben O'Malley sortit, le Guetteur fila un coup de coude au Chercheur. Ils échangèrent un regard appuyé.

— Tiens-toi prêt !

Le Guetteur descendit de la camionnette et fonça vers le médecin. Il le rattrapa avant qu'il n'atteigne son 4 × 4.

— Docteur, docteur, Dieu soit loué ! Il faut que vous m'aidiez.

— Que se passe-t-il, fiston ? lui demanda le médecin, l'air à la fois surpris et ennuyé.

— C'est mon ami. Il lui est arrivé quelque chose. Je sais pas si c'est une attaque, une crise cardiaque ou autre chose !

— Où est-il ?

— Là-bas, répondit le Guetteur en lui montrant la

camionnette. À quinze mètres de là. Venez vite ! Je vous en prie.

Le Guetteur courait devant, en se retournant pour s'assurer que le médecin suivait bien. Quand il atteignit la camionnette, il ouvrit violemment la portière côté passager, s'effaçant afin que le médecin puisse voir le Chercheur affalé en travers de la banquette avant.

Le médecin scruta l'habitacle, tendit la main et souleva l'une des paupières du Chercheur. Il eut un sursaut de surprise en sentant la pointe d'une lame lui piquer la nuque.

— Monte ! ordonna le Guetteur.

— Pas un mot, lui intima le Chercheur. Ou on tue toute ta famille.

41.

Le Guetteur entendait le corps ligoté du médecin ballotter à l'arrière de la camionnette qui suivait une route escarpée.

— Ici, qu'est-ce que t'en dis ? demanda-t-il au Chercheur.

Après un coup d'œil dans le rétroviseur, celui-ci quitta la route, tourna dans un espace dégagé entre des bouquets d'arbres. Puis il freina.

Le Chercheur sauta au bas de la camionnette, repoussa le panneau coulissant et remit le médecin en position assise.

— O.K., toubib, ta dernière heure est arrivée, clama-t-il en lui arrachant l'adhésif plaqué sur sa bouche. Le mot de la fin ? Avant d'emporter ta langue dans ta tombe ?

— Que voulez-vous que je dise ? fit le Dr O'Malley haletant. Vous n'avez qu'à parler. Vous voulez de l'argent ? Je peux vous en procurer. Des médicaments ? Tout ce que vous voudrez.

— C'est vraiment idiot, toubib, répliqua le Chercheur. Même de ta part.

— Ne faites pas ça. À l'aide ! supplia-t-il. Au secours, quelqu'un, je vous en prie.

— *À l'aide, au secours, je vous en prie,* le singea le Guetteur.

— Mais qu'est-ce que je vous ai fait ? sanglota le Dr O'Malley.

Une bourrade expédia le médecin hors de la camionnette, dans la poussière du bas-côté.

— C'est plus facile qu'on croit, souffla aimablement le Chercheur à l'oreille du médecin. Suffit de penser à tout ce qu'on aime et... à lui dire adieu.

O'Malley n'eut pas le loisir d'apercevoir la pierre qui lui explosa l'arrière du crâne.

Le Chercheur ouvrit son couteau, souleva la tête du médecin en l'empoignant par ses cheveux poivre et sel. Et, aussi proprement qu'un melon, il lui trancha la gorge.

Puis, utilisant sa ceinture comme une lanière, le Guetteur frappa à tour de bras, zébrant de marques brunâtres la chair blanche des fesses d'O'Malley.

— Tu le sens, ça ? demanda-t-il au mourant.

Le Chercheur essuya le couteau, où il avait laissé ses empreintes, sur un pan de la chemise du médecin. Puis il lança le couteau et la pierre au loin, à flanc de colline, où ils furent engloutis par les broussailles et les hautes herbes coupantes.

Les deux hommes soulevèrent le corps du médecin par les jambes et par les bras et le transportèrent jusqu'au précipice qui bordait la route. Ils balancèrent le corps mou en comptant jusqu'à trois avant de le lâcher dans le vide. Ils écoutèrent le corps s'écraser dans les fourrés, puis dévaler la pente jusqu'à un endroit si écarté qu'il y resterait caché, espéraient-ils, jusqu'à ce que des coyotes l'en extirpent, réduit en une carcasse méconnaissable.

42.

J'étais sur la véranda côté façade en train de gratter sur ma Seagull quand un bruit de ferraille effroyable bousilla ma concentration. Il provenait, qui l'eût cru, d'une dépanneuse qui négociait avec tapage les virages paisibles de Sea View Avenue. Je me renfrognai jusqu'à ce que je m'aperçoive qu'elle remorquait une Bonneville 1981.

Ma Bonneville.

Le chauffeur me héla du geste en m'apercevant.

— Salut, m'dame. J'ai une livraison spéciale pour vous.

Ah. L'homme dans la lune. L'employé de la station-service. J'adressai un grand sourire à Keith qui actionnait les commandes pour abaisser la voiture. Une fois celle-ci sur ses quatre roues, il descendit de la cabine et se dirigea vers moi en roulant un poil des mécaniques.

— Alors, qu'est-ce qui vous fait croire que vous pourrez faire marcher cette guimbarde ? me lança-t-il, en s'asseyant sur une marche.

— J'ai déjà bricolé deux, trois moteurs, répliquai-je. Des voitures de patrouille, surtout.

— Z'êtes mécano ? fit-il en sifflant entre ses dents.

Ah putain ! J'savais bien que vous étiez super cool quelque part.

— Pas exactement mécano. Je suis flic.
— Vous mentez.
— Non, je mens pas, fis-je, en riant des yeux ronds de Keith.

Il étira l'un de ses bras musclés vers moi et, avec un « permettez ? » désinvolte, s'empara de ma guitare.

Te gêne surtout pas, mon pote.

Le jeune homme plaça la Seagull sur ses genoux, plaqua quelques accords, puis se mit à brailler les paroles d'une chanson country pleurnicharde, style « ma poupée m'a laissé tomber ». Comme il en faisait des tonnes, j'ai éclaté de rire devant son numéro.

Keith m'adressa un salut moqueur avant de me rendre la guitare.

— Alors, c'est quoi votre genre de musique ? s'enquit-il.
— Rock acoustique. Blues. Je travaille sur une chanson en ce moment. Enfin, disons que je grattouille vaguement.
— J'ai une idée. Et si on parlait de tout ça en dînant ? Je connais un restau de poisson à Moss Beach, précisa-t-il.
— Merci, Keith. C'est sympa comme idée, mais je suis déjà prise.

J'ai saisi entre mes doigts le Kokopelli que Joe venait de m'offrir.

— Ça me gêne pas de vous dire que ça me met le cœur en miettes.
— Oh ! Vous survivrez.
— Non, vrai. Je suis accro. Canon, mécano à vos heures... Qu'est-ce qu'un mec pourrait demander de plus ?
— Allons, allons, Keith, fis-je en lui tapotant le bras. Montrez-moi ma nouvelle acquisition.

Je descendis les marches de la véranda, Keith sur

les talons. Je caressai l'aile de la Bonneville au passage, ouvris la portière côté conducteur et m'installai au volant. Spacieuse et confortable, la voiture dégageait un bon feeling. Son tableau de bord regorgeait de cadrans super classieux et autres gadgets, tout comme dans mon souvenir.

— C'est un bon choix, Lindsay, me déclara Keith, appuyé au toit de la voiture. Je vous vendrais pas un tas de boue. Ma boîte à outils de secours est dans le coffre, mais n'hésitez pas à m'appeler si vous avez un problème.

— Je n'y manquerai pas.

Il me lança un sourire penaud, ôta sa casquette, secoua sa chevelure blond-roux et revissa son couvre-chef.

— Bon, eh bien, à plus ! O.K. ? fit-il.

J'ai agité la main pendant qu'il s'éloignait en dépanneuse. Puis j'enfonçai la clé de contact de ma petite merveille et la tournai.

Le moteur ne démarra pas. Ni même toussa ni vrombit ou gémit.

Il était à plat, telle une grenouille écrasée au beau milieu de la chaussée.

43.

Je dressai la liste des pièces détachées dont j'allais avoir besoin. Puis je passai le reste de la journée à restaurer le brillant de la Bonneville avec un tube de polish, trouvé dans le kit à outils de Keith. Je fus heureuse au plus haut point de rehausser le marron terne de la carrosserie jusqu'au bronze éclatant.

J'admirais encore mon œuvre quand le journal du soir vola par la portière d'une voiture qui passait. Je rétrogradai vite fait et le cueillis en plein vol, ce qui me valut un « bien joué » du livreur de journaux.

Lorsque j'ouvris d'un coup sec la *Gazette* locale, le titre en caractères gras me sauta aux yeux.

**LA FEMME D'UN MÉDECIN DE LA RÉGION
POIGNARDÉE CHEZ ELLE.
SON MARI A DISPARU.**

Pétrifiée sur ma pelouse, je poursuivis ma lecture :

On a retrouvé cet après-midi Lorelei O'Malley, épouse du Dr Ben O'Malley, assassinée à son domicile d'Ocean Colony Road. Elle a été, selon toute évidence, victime d'un cambriolage qui aurait mal tourné. Caitlin, quinze ans, belle-fille de la victime, a découvert le corps de sa belle-mère dans la penderie de la chambre, à son retour de l'école. Le Dr O'Malley, honorable médecin généraliste et résidant de longue date d'Half Moon Bay, a disparu.

Cet après-midi, le chef Peter Stark a demandé à la foule attroupée devant le poste de police de garder son calme et de faire preuve de vigilance.

« Les meurtres récents semblent présenter des similitudes, a déclaré Stark. Mais je ne peux me livrer à aucun commentaire, sans mettre en péril l'ensemble de l'enquête. Tout ce que je peux faire, c'est vous donner ma parole que nos forces de police n'auront de cesse que l'assassin soit arrêté. »

En réponse aux questions des journalistes, le chef Stark a précisé : « On a aperçu le Dr O'Malley pour la dernière fois aux alentours de midi. Il sortait déjeuner, mais n'est pas revenu à son cabinet ni même téléphoné. On ne le soupçonne pas pour le moment. »

Je repliai le journal puis fixai sans les regarder les jolies maisonnettes à bardeaux couleur pastel de Sea View Avenue. Mon instinct réclamait son dû à cor et à cri. J'étais un flic dépourvu de dossier, un flic au chômage. Je n'avais pas envie de lire des récits de meurtres. Je voulais obtenir des renseignements de première main.

J'ai rangé le matériel de polissage de la voiture et, à peine rentrée, je demandai à la compagnie de téléphone de m'organiser un *conference call*.

Soudain, je me sentis seule sans les filles.

44.

L'opératrice me mit tout d'abord en contact avec Claire. Ses intonations suaves me réchauffèrent le cœur.

— Salut, ma poupée. Tu ne te lèves plus à heure fixe ? Tu prends des couleurs ?

— J'essaie, Papillon. Mais mon cerveau tourne en rond comme un hamster dans sa roue.

— Ne gâche pas ce repos forcé, Lindsay, s'il te plaît. Mon Dieu, qu'est-ce que je donnerais pour quelques jours de répit !

Cindy nous rejoignit, sa voix juvénile débordait d'excitation, comme d'habitude.

— Rien n'est pareil sans toi, Linds. C'est nul.

— J'aimerais bien que vous soyez là, les filles, dis-je à mes amies. Ciel bleu, sable blond. Ah, au fait, Joe est venu passer la nuit.

Cindy avait du nouveau, suite à son second tête-à-tête avec son joueur de hockey, ce qui provoqua nos sifflets. Puis je repris la main avec l'épisode Keith, l'employé blond-roux de la station-service.

— Environ la vingtaine, je pense, un look à la Brad Pitt. Il m'a attaquée bille en tête...

— À vous entendre toutes les deux, je me sens chiante comme une vieille femme mariée.

— J'ai qu'une envie : me faire autant chier que toi avec Edmund, répliqua Cindy. Ça, c'est sûr.

Les rires et les taquineries me donnèrent l'impression d'être sous la lumière tamisée de notre table de Chez Susie.

Et comme nous le faisions toujours Chez Susie, nous parlâmes boutique.

— Bon, c'est pas tout... et ces meurtres dont j'ai entendu parler ? demanda Claire.

— Mon Dieu ! C'est panique sur la ville. Un jeune couple a été tué il y a quelques jours... et on vient d'assassiner une femme à même pas deux kilomètres d'ici, ce matin même.

— La dépêche est tombée, précisa Cindy. Un vrai carnage.

— Ouais. Il semblerait qu'un tueur s'en donne à cœur joie. Ça me gonfle, vous savez, de ne pouvoir *rien* faire. Je déteste ne pas être sur le pont.

— Eh bien, ma petite info va t'intéresser, fit Claire. J'ai appris ça via le forum de discussion des médecins légistes. Ce couple qu'on a assassiné à Crescent Heights, il y a quelques semaines ? Ils ont été *fouettés*.

Je crois bien avoir eu un léger blanc tandis que mon esprit revenait à tire d'aile vers Monsieur X # 24.

On l'avait tailladé et fouetté.

— Fouettés ? Tu en es bien sûre, Claire ?

— Absolument certaine. Sur le dos et les fesses.

C'est alors que le bip du signal d'appel est intervenu sur la ligne et le nom affiché de mon correspondant fit se télescoper violemment le passé et le présent.

— Ne quittez pas, les filles, dis-je.

Et j'ai appuyé sur la touche flash.

— Lindsay, c'est Yuki Castellano. Vous avez le temps de me parler, là ?

Heureusement que j'étais encore en communication avec Claire et Cindy. J'avais besoin d'un léger temps d'adaptation avant de m'entretenir avec mon avocate de la fusillade de Larkin Street. Yuki me prévint qu'elle me rappellerait dans la matinée et je repris les filles, l'esprit embrouillé.

Ces derniers jours, je m'étais tenue éloignée de tout... *sauf de mon procès à venir.*

45.

Sous un mince croissant de lune, le Guetteur longeait le sentier qui traversait les oyats. En bonnet de laine et survêtement noir, il tenait à la main son appareil numérique à zoom optique 10 X.

Il l'utilisa pour mater un couple qui se pelotait au bout de la plage, puis dirigea l'objectif vers les maisons à cent mètres de là, dans la dernière boucle de Sea View Avenue.

Il fit le point sur une maison : façade bleue, genre Cape Cod, avec beaucoup de fenêtres et deux baies coulissantes, qui donnaient sur la terrasse. Il apercevait le lieutenant Lindsay Boxer arpenter le salon.

Elle avait relevé ses cheveux et dégagé sa nuque et portait un léger T-shirt blanc. Et tortillait une chaîne autour de son cou tout en parlant au téléphone. Il devinait le contour de ses seins, sous le T-shirt.

Ronds mais qui pointaient.

T'as de beaux seins, tu sais, Lieutenant.

Le Guetteur savait parfaitement qui était Lindsay, le genre de travail qu'elle faisait et pourquoi elle se trouvait à Half Moon Bay. Mais il voulait en apprendre davantage.

Il se demanda à qui elle parlait au téléphone. Peut-être au type brun qui avait passé la nuit là, la veille, et s'en était allé dans une Town Car Lincoln noire officielle. Qui était ce type ? Allait-il revenir ?

Le Guetteur se demandait aussi où Lindsay conservait son arme.

Il prit quelques photos de Lindsay Boxer, souriante, crispée, libérant ses cheveux. Puis, le téléphone coincé entre l'épaule et le menton, tendant la main, ses seins épousant le mouvement, pour relever une fois de plus ses cheveux.

Pendant qu'il l'observait, le chien traversa la pièce et se coucha près des portes coulissantes, fixant l'extérieur... presque comme s'il le regardait directement, lui.

Le Guetteur avança plus loin sur la plage, vers les amoureux qui se bécotaient, puis coupa à travers les oyats pour rejoindre le parking où il avait garé sa voiture. Une fois dans l'habitacle, il sortit son bloc-notes de la boîte à gants et sélectionna l'onglet portant le nom de Lindsay, écrit méticuleusement.

Lieutenant Lindsay Boxer.

Les lampadaires donnaient juste assez de lumière pour qu'il complète ses notes.

Il inscrivit soigneusement : *Blessée. Seule. Armée et dangereuse.*

III

À nouveau en selle

46.

Le soleil n'était qu'une pâle rougeur dans l'aube naissante quand une forte sonnerie me tira du sommeil. Je cherchai le téléphone à tâtons, le trouvai à la quatrième sonnerie.

— Lindsay, c'est Yuki. J'espère que je ne vous ai pas réveillée. Je suis en voiture, c'est mon seul instant de liberté. Mais je peux tout vous résumer rapidement.

Yuki était passionnée, intelligente. Et elle parlait toujours comme une mitraillette.

— O.K., je suis prête, dis-je, m'affalant à nouveau dans le lit.

— Sam Cabot est sorti de l'hôpital. J'ai pris sa déposition hier, expliqua Yuki. Il s'est rétracté. Il est revenu sur ses aveux concernant les deux meurtres des hôtels, mais ça, c'est le problème du D.A. Quant au procès contre vous, il déclare que vous avez tiré la première, l'avez raté et que Sara et lui ont riposté en légitime défense. Alors, vous les avez abattus. Connerie monumentale. On le sait et ils le savent, mais on est en Amérique. Il peut prétendre ce qu'il veut.

Le soupir que je poussai avait tout du gémissement. Yuki continua sur sa lancée.

— Notre unique problème, c'est que le spectacle de cette petite ordure pathologique est un vrai crèvecœur. Paralysé, calé dans ce fauteuil, le cou dans une minerve, la lèvre tremblotante. Il a tout d'un chérubin percuté...

— ... par une vilaine femme flic à la détente facile, coupai-je.

— J'allais dire « percuté par un semi-remorque », mais passons. Elle éclata de rire. Voyons-nous pour organiser notre stratégie. On peut prendre date ?

Si mon agenda était d'un vide éblouissant, quasi virginal, Yuki, elle, avait dépositions, entrevues et autres audiences programmées, heure par heure, pour les trois semaines à venir. Pourtant, nous avons fixé un rendez-vous, quelques jours avant le procès.

— Les médias font déjà un battage d'enfer, poursuivit Yuki. On laisse filtrer l'info dans la presse que vous séjournez chez des amis à New York afin que les journalistes ne vous harcèlent pas... Lindsay ? Vous êtes là ?

— Ouaip. Je suis là, dis-je, les yeux scotchés au ventilateur du plafond. Les oreilles me tintaient.

— Je vous suggère de vous détendre si vous y arrivez. Faites-vous oublier. Je m'occupe du reste.

Bien.

J'ai pris une douche, enfilé un ample pantalon en lin et un T-shirt rose, puis gagné le jardin avec un grand bol de café. J'avais une question à poser à Pénélope pendant que je pelletais son petit-déjeuner dans sa mangeoire : *Quelle quantité de bouffe peut engloutir une grosse truie si cette grosse truie bouffe de la pâtée de porc ?*

La fille des villes qui parle à une truie. Qui l'eût cru ?

Je repensai au conseil de Yuki tandis que la brise marine soufflait sur la terrasse. *Se détendre et se faire oublier.* C'était plein de bon sens, sauf que je me trouvais aux prises avec un monstrueux désir d'*agir*, quitte à faire n'importe quoi. Je voulais faire bouger les choses, prendre l'un pour taper sur l'autre, redresser les torts.

Je ne pouvais pas m'en empêcher.

J'ai sifflé Martha, démarré l'Explorer. Puis on s'est mises en route vers une certaine maison de Crescent Heights... celle qui avait été le théâtre d'un double meurtre.

47.

— Méchante chienne, dis-je à Martha. Tu peux pas éviter de te mettre dans le pétrin, pas vrai ?

Martha tourna ses yeux bruns fondants vers moi et agita la queue avant de reprendre sa surveillance de la grand route, taillée dans le roc.

En roulant plein sud sur la route N° 1, l'excitation me gagnait. Cinq kilomètres plus loin, je quittai la nationale à Crescent Heights, un assemblage de maisons pittoresque, tachetant le flanc de la colline à la pointe d'Half Moon Bay.

J'ai engagé mon Explorer dans une allée gravillonnée à une seule voie, avançant au feeling jusqu'à ce que le lieu du crime me saute quasiment à la figure. J'ai stoppé, éteint le moteur.

La maison en bardeaux jaunes avait un charme fou, avec ses trois jacobines, son jardin débordant de fleurs et son tourniquet en forme de bûcheron sciant du bois, fixé à la barrière style ranch. Le nom Daltry était peint sur la boîte aux lettres artisanale. Mais huit cents mètres de ruban plastique jaune emballaient l'image d'Épinal de ce rêve américain.

Scène de crime. Interdiction d'entrer sur ordre de la police.

Je tentai de m'imaginer deux personnes sauvagement assassinées dans ce petit cottage familial. Mais les images ne collaient pas. Un meurtre ne devrait jamais avoir lieu dans un décor pareil.

Qu'est-ce qui pouvait avoir attiré un tueur jusqu'à cette maison ? Était-ce la cible d'un contrat... ou bien le tueur s'était-il trouvé par hasard dans ce *home, sweet home* ?

— Tu restes là, fifille, ordonnai-je à Martha avant de descendre de voiture.

Le meurtre avait été commis plus de cinq semaines auparavant et, à présent, la police avait déserté la scène de crime. Quiconque désirait y fureter pouvait le faire, tant qu'il ne pénétrait pas par effraction dans la maison... et j'apercevais des vestiges desdits fureteurs partout : traces de pas dans les massifs, mégots sur le dallage, cannettes de soda sur la pelouse.

Je franchis le portail ouvert, plongeai sous le ruban adhésif et fis le tour du cottage, fouillant lentement les lieux du regard.

Un ballon de basket abandonné sous un arbuste et une chaussure d'enfant, sur le perron de derrière, encore humide de la rosée de la nuit. Je remarquai que l'une des fenêtres du sous-sol avait été retirée de son encadrement puis posée contre l'un des murs de la maison : probable point d'entrée.

Plus je m'attardais aux abords de la maison Daltry, plus mon pouls s'accélérait. Je rôdais autour d'une scène de crime au lieu d'en assumer la charge et je me sentais bizarrement mal à l'aise, comme si ce meurtre ne me concernait pas et que je n'aurais pas dû me trouver là. En même temps, je me sentais poussée par ce que Claire m'avait révélé au téléphone, la veille au soir.

Les Daltry de Crescent Heights n'étaient pas les premières victimes à avoir été fouettées. Qui d'autre avait été agressé de la sorte ? Cette tuerie était-elle liée à mon affaire non élucidée – celle de Monsieur X # 24 ?

Détendez-vous et faites-vous oublier, m'avait conseillé Yuki. J'éclatai d'un rire bruyant avant de remonter dans l'Explorer. Je flattai le flanc de ma compagne à fourrure tandis que je redescendais la route gravillonnée jusqu'à la nationale.

Je serais de retour au centre d'Half Moon Bay dans dix minutes. J'avais hâte d'examiner la maison O'Malley.

48.

Ocean Colony Road. Des voitures de patrouille s'alignaient de part et d'autre de la rue. Les sigles des portières m'apprenaient que les flics du coin recevaient enfin l'aide dont ils avaient rudement besoin. Ils avaient manifestement appelé la police de l'État.

Au passage, j'aperçus un agent en uniforme qui gardait la porte d'entrée de la maison, puis un autre qui interrogeait un employé d'UPS.

Inspecteurs et techniciens de la police scientifique entraient et sortaient de la maison à intervalles irréguliers. On avait dressé une tente pour les médias sur la pelouse d'un voisin et un journaliste localier donnait des nouvelles en direct depuis Half Moon Bay.

Je garai ma voiture un peu plus loin et me dirigeai à pied vers la maison, me fondant au groupe de badauds qui regardaient la police quadriller la scène depuis le trottoir d'en face. C'était un assez bon poste d'observation. Je pouvais trier mes impressions, espérant tomber sur la perle rare.

Pour commencer, les domiciles des victimes étaient aussi différents que l'huile et l'eau. Crescent Heights était une banlieue populaire, la route N° 1 passant en coup de vent entre ses maisons sans prétention et leur vue étriquée sur la baie. Ocean Colony, en revanche, s'adossait à un parcours de golf privé. La maison O'Malley, à l'image de celles qui l'entouraient, affichait tous les agréments que l'argent permet d'acquérir. Qu'est-ce que ces deux foyers et leurs membres avaient eu en commun ?

J'examinai la maison coloniale des O'Malley, avec son toit d'ardoise et ses buis topiaires en pot près de la porte et, une fois encore, je passai en revue les problèmes préliminaires. Qu'est-ce qui avait attiré un tueur ici ? Était-ce un contrat ou une tuerie due au hasard ?

Je levai les yeux vers les fenêtres aux volets bleus du premier étage, où l'on avait poignardé à mort Lorelei O'Malley dans sa chambre.

L'avait-on fouettée elle aussi ?

Ma concentration était d'une intensité telle que j'avais dû attirer l'attention sur moi. Un jeune flic en uniforme, le visage rougeaud et tendu, se dirigeait vers moi.

— Mademoiselle ? J'aimerais vous poser quelques questions.

Merde. Si je me trouvais obligée de lui montrer mon insigne, ce flic m'entrerait dans sa banque de données. Et il ferait circuler la nouvelle : *Le lieutenant Lindsay Boxer du SFPD se trouvait sur la scène de crime.* Vingt minutes plus tard, les médias sonneraient à la porte chez Cat avant de camper sur sa pelouse.

Je pris mon air le plus innocent.

— Je ne fais que passer, monsieur l'agent. Je m'en vais tout de suite.

J'esquissai un petit geste désinvolte, tournai les talons et rejoignis rapidement mon Explorer.

Dingue. Je l'avais vu faire.

Ce flic avait relevé mon numéro d'immatriculation au moment où j'étais passée devant lui.

49.

Le pittoresque petit troquet portait le nom du Cormoran, oiseau marin dont une élégante représentation, accrochée au plafond, planait au-dessus du bar.
Le bar servait des coquillages et six marques de bière pression. La musique était forte et la foule dense – celle d'un vendredi soir. Je jetai un regard à la ronde, puis repérai Carolee Brown, attablée non loin du bar. Elle était vêtue d'un ample pantalon et d'un pull rose tendance. Une croix en or brillait discrètement à son cou.
Dame Tartine était de sortie.
Carolee me vit un quart de seconde après que je l'eus, moi, aperçue. Avec un large sourire, elle m'invita du geste à la rejoindre. Je me frayai un passage dans la cohue et la serrai légèrement contre moi quand elle se leva pour m'accueillir.
Nous commandâmes de la Pete's Wicked Ale et des linguini aux palourdes et, comme c'est souvent le cas entre femmes, nous sommes devenues intimes en à peine quelques minutes. Carolee, briefée par Cat, était au courant de la fusillade qui m'avait envoyée barboter lentement mais sûrement dans les eaux du système judiciaire californien.
— J'ai mal évalué la situation parce que c'étaient

des gamins, expliquai-je à Carolee. Une fois qu'ils m'ont tiré dessus, je devais les abattre.

— C'est vraiment moche, Lindsay.

— N'est-ce pas toujours le cas ? De tuer un gamin, je veux dire. Je ne m'en serais jamais cru capable.

— Ils vous ont *forcé* la main.

— C'étaient des assassins, Carolee. Ils avaient tué deux ados et, quand on les a arrêtés, ils n'ont vu qu'une seule issue. Mais qui aurait cru que des gosses aussi gâtés par la vie que ces deux-là soient aussi déglingués.

— Ouais, je sais. Mais si j'en juge par les centaines de jeunes qui sont passés par mon établissement, croyez-moi, on voit arriver des gamins psychologiquement amochés de tous les horizons, affirma Carolee.

En l'entendant parler d'enfants amochés, quelque chose a fait tilt dans ma tête. Je me suis revue, gamine, traverser ma chambre en courant, pour me réfugier sous mon bureau. Mon père titubant sur le seuil, comme dans une partie de quilles. *J'étais une enfant amochée, moi aussi.*

Je dus lutter pour revenir au présent, au Cormoran.

— Quel est votre statut, Lindsay, au fait ? me demandait Carolee. Célibataire ? Divorcée ?

— Divorcée... d'un type que je considère comme le frère que je n'ai jamais eu, répondis-je, soulagée qu'elle ait changé de sujet. Mais je n'exclus pas la possibilité de me fixer une nouvelle fois.

— Je me souviens maintenant, reprit Carolee en souriant. Si je ne me trompe, vous étiez en bonne compagnie quand je suis venue vous offrir mes cookies.

J'eus un grand sourire en me rappelant avoir ouvert la porte, la chemise de Joe sur le dos. J'allais en dire plus à Carolee quand mon attention fut attirée par du mouvement derrière elle.

J'avais remarqué trois hommes qui buvaient sec au bar. Deux d'entre eux s'en allèrent soudain. Celui qui restait était d'une beauté étonnante : cheveux bruns ondulés, visage aux traits réguliers, lunettes sans monture, pantalon repassé de frais et polo Ralph Lauren.

J'entendis le barman, qui essuyait son bar d'un chiffon, lui demander :

— Prêt à remettre ça ?

— Entre nous, je me prendrais bien une rasade de la petite brune. Et pour arroser le tout, la grande blonde ne me déplairait pas.

Même si son observation fut accompagnée d'un charmant sourire, je sentais que ce type avait quelque chose de pas clair. Si son plumage était celui d'un ex-as du stade devenu banquier chez JP Morgan, son ramage tenait davantage du voyageur de commerce, subsistant grâce à son entregent.

Je crispai la mâchoire en le voyant pivoter sur son tabouret et braquer son regard sur moi.

50.

J'ai établi automatiquement sa fiche signalétique : de race blanche, autour d'un mètre quatre-vingt-cinq, quatre-vingt-quinze kilos de muscle, quarante ou quarante-deux ans, pas de signes particuliers sauf une plaie en voie de guérison entre le pouce et l'index de la main droite. Comme si on l'avait entaillé avec un couteau.

Il descendit du tabouret de bar et se dirigea vers nous.

— C'est ma faute. Je l'ai regardé, précisai-je tranquillement à Carolee.

Je fis de mon mieux pour décourager le type. En vain.

— Comment ça va, ce soir, mesdames ? Vous êtes toutes les deux si jolies qu'il fallait que je vienne vous le dire.

— Merci, répondit Carolee. Ça fait toujours plaisir à entendre.

Puis elle lui tourna carrément le dos.

— Je me présente : Dennis Agnew, fit-il, en insistant lourdement. O.K., on se connaît pas, mais, écoutez, ça peut changer. Pourquoi vous m'invitez pas à m'asseoir, les filles ? Le dîner est pour moi.

— Merci de l'intention, Dennis, répliquai-je, mais

on passe un bon moment toutes les deux ensemble. Vous savez ce que c'est, une soirée entre nanas.

Le visage du dragueur se rembrunit, comme la lumière diminue pendant un *brown-out*[1]. Une fraction de seconde plus tard, son côté puant resurgit, en même temps que son beau sourire.

— Vous ne pouvez pas passer un si bon moment que ça. Allez ! Même si vous êtes le genre de filles qu'aiment pas les mecs, ça me va. C'est juste pour un dîner.

Dennis Agnew offrait un mélange incroyable de cru et de cuit. Mais quoi qu'il eût en tête, je l'avais assez vu.

— Suffit, Dennis ! lançai-je en pêchant ma plaque dans mon sac et en le lui collant sous le nez. Je suis de la police et cette conversation est privée. O.K. ?

J'aperçus une veine battre à sa tempe alors qu'il s'efforçait de sauver la face.

— Vous devriez vraiment vous abstenir de porter des jugements hâtifs, *lieutenant*. En particulier sur les gens que vous ne connaissez pas.

Agnew battit en retraite vers le bar, y déposa une poignée de billets, puis nous gratifia d'un dernier coup d'œil.

— Au revoir, donc. Et à un de ces jours !

Puis il ouvrit avec raideur la porte qui menait au parking.

— Joli travail, Lindsay.

Carolee, la main armée d'un pistolet imaginaire, souffla la fumée, elle aussi imaginaire, sortant du bout de son doigt dressé en canon.

— Quel *con* ! dis-je. Non, mais vous avez vu son air ? Comme s'il n'arrivait pas à croire qu'on l'envoie balader. Mais pour qui il se prend ? Pour George Clooney ?

---

1. Baisse de courant, ce qui précède le *black out* (N.d.T.).

— Ouais, renchérit ma nouvelle amie. Sa mère et son miroir ont dû trop lui répéter qu'il était le mâle le plus irrésistible de tout le pays.

C'était trop drôle ! Nous rîmes comme des malades en trinquant. J'étais ravie de me trouver avec Carolee. J'avais l'impression de la connaître depuis toujours. Grâce à elle, je cessai momentanément de penser à Dennis Agnew, aux tueurs, aux cadavres et même à la date de mon procès qui bouchait mon horizon.

J'ai levé la main pour commander une nouvelle tournée de Pete's Wicked.

51.

Le Chercheur planqua son nouveau couteau sous le siège avant de sa voiture, puis descendit et ouvrit la porte de la supérette. La climatisation le rafraîchit sur-le-champ, de même que la vue apaisante des grands congélateurs embués, remplis de bières et de sodas.

Mais il fut surtout revigoré en apercevant une petite femme brune en coûteux survêtement Fila, qui faisait la queue à la caisse, près de la sortie.

Elle s'appelait Anne-Marie Sarducci et le Chercheur savait qu'elle venait de faire son jogging comme chaque soir. Après avoir acheté sa bouteille d'eau minérale d'import, elle rentrerait chez elle à pied où elle dînerait en famille dans la maison qui dominait la baie.

Le Chercheur en savait déjà beaucoup sur Anne-Marie : elle tirait vanité de sa taille S et de ses soixante-six kilos ; elle baisait avec son coach personnel ; son fils dealait de la drogue à ses camarades de classe ; elle était d'une jalousie maladive à l'égard de Juliette, sa sœur, détentrice d'un rôle titre dans un soap-opéra tourné à Los Angeles, et diffusé la journée.

Il savait aussi qu'elle était l'auteur d'un blog sous le pseudo de Rose la Tordue. Il avait sans doute été son lecteur le plus attentif depuis des mois. Il avait même signé son « livre d'or » de son propre pseudo à lui.

« J'aime votre façon de penser. LE CHERCHEUR. »

Le Chercheur remplit un gobelet en carton d'un café noir et fort à la machine dans un coin du magasin, puis il se mit dans la queue, derrière Mrs Sarducci. Il la bouscula un peu, lui effleurant le sein comme par accident.

— Pardon. Oh, salut, Anne-Marie, fit-il.
— Ouais. Salut, répondit-elle, coupant court à tout échange par un signe de tête et un regard ennuyé.

Elle tendit un billet de cinq dollars à la jeune caissière au teint olivâtre, récupéra la monnaie de son eau minérale et s'en alla sans un au revoir.

Le Chercheur regarda Anne-Marie quitter le magasin en tortillant son petit cul à son habitude. Dans deux ou trois heures, il lirait son journal en ligne, tous les trucs salaces qu'elle n'avait aucune envie de communiquer à son entourage quotidien.

À plus, Rose la Tordue.

52.

Quand Carolee m'appela pour me demander de garder Allison quelques heures, j'eus envie de la supplier : « Par pitié, ne me demandez pas de jouer les baby-sitters. » Mais Carolee me devança, m'ôtant les mots de la bouche.

— Pénélope manque beaucoup à Ali, dit-elle. Si vous l'autorisez à lui rendre visite, elle s'amusera toute seule pendant que je me ferai soigner ma molaire. Je vous en serais vraiment reconnaissante, Lindsay.

Une demi-heure plus tard, Allison bondissait hors du minibus de sa mère et courait vers la porte d'entrée. Ses cheveux noirs luisants étaient répartis en deux couettes. Tout ce qu'elle portait, baskets comprises, était rose.

— Salut, Ali.

— J'ai apporté des pommes, précisa-t-elle en passant devant moi pour gagner la maison. Attends, tu vas voir ça.

— Hum, fis-je, en feignant l'enthousiasme.

À peine eus-je ouvert la porte de derrière que Pénélope, trottinant jusqu'à la barrière, se lança dans une enfilade de grognements, couinements et autres soufflements tapageurs. Allison grogna, couina et souffla en réponse. Au moment où je me disais que les voisins allaient appeler la SPA, Allison m'adressa un grand sourire :

— On appelle ça le cochonnien.

— On me l'a déjà dit, fis-je en lui rendant son sourire.

— C'est une vraie langue, insista Allison.

Elle racla l'échine de la truie et Pénélope roula sur le dos, plongeant dans son état de félicité extatique, les pattes en l'air.

— Quand Pénélope était encore un porcelet, elle vivait dans une grande maison au bord de la mer avec des cochons venus des quatre coins du monde, me raconta Ali. Elle restait debout toute la nuit à parler cochonnien avec les autres cochons et, pendant la journée, elle était pédicure ou plutôt pordicure.

— C'est vrai ?

— Les cochons sont bien plus intelligents qu'on ne le pense, me confia Ali. Pénélope sait des tas de choses.

— Je ne l'aurais jamais pensé, lui dis-je.

— Écoute, continua Ali. Donne-lui les pommes à manger. Je dois lui peindre les ongles.

— Ah bon ?

— C'est elle qui veut.

Allison m'assura que je pouvais laisser venir, sans problème, la truie sur la véranda de derrière. Puis j'ai fait ce qu'on me disait. J'ai tendu des Granny Smith à Pénélope qui s'en goinfra pendant qu'Allison nous faisait la conversation, tout en enduisant les sabots fendus de la truie d'un vernis à ongles rose perle.

— Fini, Penny.

Ali rayonnait de fierté.

— Suffit de laisser sécher. Bon, poursuivit-elle, qu'est-ce que Martha sait faire ?

— Eh bien, en fait, un border collie a lui aussi un langage. Martha est dressée pour rassembler les troupeaux de moutons dès qu'on lui en donne l'ordre.

— Montre-moi !
— Tu vois beaucoup de moutons par ici ?
— T'es bête.
— Oui, c'est vrai. Mais tu sais ce que je préfère par-dessus tout chez Martha ? C'est qu'elle me tient compagnie et me prévient si elle voit des méchants bonshommes ou même des choses qui se cognent dans le noir.
— Mais t'as une arme, non ? me demanda Ali, d'un air presque méfiant, malgré son doux visage.
— Ouaip. J'ai une arme.
— Wouah. Une arme et une chienne. T'assures un max, Lindsay. T'es sans doute la personne la plus cool que je connaisse.

Je finis par rire à gorge déployée. Ali était si mignonne et si imaginative. Je fus étonnée de m'attacher si vite. J'étais à Half Moon Bay pour faire un bilan de ma vie. Et voilà que venait me titiller le fantasme nouveau de Joe et moi, avec une petite fille, vivant sous le même toit.

Je tournais et retournais cette idée perturbante dans ma tête quand Carolee pénétra dans le jardin, la bouche encore tordue en un sourire novocaïné. Je n'arrivais pas à croire que deux heures s'étaient écoulées. Le départ d'Ali m'attrista vraiment.

— Reviens vite, Ali, lui chuchotai-je, en la serrant dans mes bras en guise d'au revoir. Reviens quand tu veux.

53.

Je suis restée à agiter la main jusqu'à ce que le minibus de Carolee ait disparu après le tournant, dans Sea View Avenue. Puis, soudain, une idée, demeurée à la périphérie de ma conscience, passa au premier plan.

J'emportai mon ordinateur portable dans le salon, m'installai dans un fauteuil moelleux et lançai la banque de données du NCIC. En quelques minutes, j'appris que le Dr Ben O'Malley, quarante-huit ans, avait été cité à comparaître pour plusieurs excès de vitesse et arrêté pour conduite en état d'ivresse, cinq ans plus tôt. Marié deux fois, veuf à deux reprises.

Sandra, sa première femme, était la mère de sa fille Caitlin. Elle était morte en 1994 dans leur garage, où elle s'était pendue. La seconde Mrs O'Malley, née Lorelei Breen, assassinée pas plus tard qu'hier à l'âge de trente-neuf ans, avait été arrêtée pour vol à l'étalage en 1998, puis relâchée après le paiement d'une amende.

Je me livrai au même exercice concernant Alice et Jack Daltry. Une masse de renseignements se déroula sur mon écran. Jack et Alice, mariés depuis huit ans, laissaient deux jumeaux, âgés de six ans. Ils avaient été tués dans leur maison jaune de Crescent

Heights. Je me remémorai cet endroit mignon tout plein avec sa mini vue sur la baie, le ballon de basket abandonné et la chaussure d'enfant.

Puis je me reconcentrai sur l'écran.

Jack avait été un vilain garçon avant d'épouser Alice. J'ai fait défiler en cliquant son casier judiciaire : il avait racolé une prostituée et imité la signature de son père sur ses chèques de retraite, ce qui lui avait valu six mois de prison. Mais son casier était resté vierge ces huit dernières années. Il travaillait à plein temps dans une pizzeria en ville.

Sa femme Alice, trente-deux ans, n'avait pas d'antécédents. Elle n'avait même pas brûlé un feu, ni embouti de voiture au supermarché en faisant marche arrière.

Pourtant, elle était morte.

À quoi tout cela rimait-il ?

J'appelai Claire qui décrocha à la première sonnerie. J'allai droit au but.

— Claire, tu peux creuser un peu pour moi ? Je cherche un lien quelconque entre le meurtre O'Malley et ceux d'Alice et Jack Daltry.

— Bien sûr, Lindsay. Je vais contacter mes collègues dans le reste de l'État. Histoire de voir ce que je peux déterrer.

— Pourrais-tu aussi vérifier pour Sandra O'Malley ? Elle est morte en 1994. Elle s'est pendue.

Nous parlâmes encore quelques minutes, d'Edmund, le mari de Claire, et de la bague en saphir qu'il lui avait offerte pour leur anniversaire de mariage. J'en profitai pour évoquer une petite fille du nom d'Ali, qui recevait les cochons cinq sur cinq.

En raccrochant, j'ai eu l'impression de mieux respirer. J'allais éteindre mon ordinateur quand un détail attira soudain mon attention. Quand Lorelei O'Malley était passée au tribunal pour avoir piqué une paire de boucles d'oreilles d'une valeur de vingt dollars, elle avait été défendue par un avocat de la région, Robert Hinton.

Je connaissais Robert Hinton.

Sa carte se trouvait encore dans la poche de mon short depuis le matin où il m'avait fauchée avec son dix vitesses.

Et, dans mon souvenir, le bonhomme me devait une fleur.

54.

Le cabinet de Bob Hinton – une vraie boîte à chaussures sur la Grand-Rue – était blotti entre un Starbucks et une banque. Pariant sur sa présence un samedi, je poussai la porte vitrée et aperçus Bob trônant derrière un grand bureau en bois, son crâne presque chauve penché sur le *San Francisco Examiner*.

Il releva brusquement la tête et son bras vola en l'air, renversant son café sur le journal. J'entrevis la photo en première page, juste avant qu'elle ne soit détrempée par le café. C'était le portrait en gros plan d'un garçon blond en fauteuil roulant.

Sam Cabot. Mon petit cauchemar perso.

— Pardonnez-moi, Bob, de vous avoir fait sursauter. Ce n'était pas mon intention.

— Inutile de vous ex... ex... excuser, me répondit Bob.

Il remit d'aplomb ses lunettes à monture rose, puis sortit des serviettes en papier du tiroir de son bureau pour éponger les dégâts.

— Mais asseyez-vous, je vous en prie.

— Merci.

Bob me demanda comment se passait mon séjour à Half-Moon Bay et je lui répondis que je faisais de mon mieux pour trouver à m'occuper.

— Je lisais justement quelque chose sur vous, lieutenant, reprit-il, en continuant d'absorber le café avec ses serviettes.

— Il n'y a plus aucun secret dans ce monde, remarquai-je avec un sourire.

Là-dessus, je racontai à Bob que je m'intéressais aux meurtres qui avaient eu lieu à quelques kilomètres de mon pied-à-terre actuel et que je me demandais ce qu'il pouvait m'en dire.

— Je connaissais Lorelei O'Malley. Je l'ai défendue lors d'un procès dont je l'ai tirée facilement, ajouta-t-il avec un haussement d'épaules d'auto-dénigrement. En revanche, je ne connais Ben que de vue. On raconte qu'il est peut-être impliqué dans la mort de Lorelei, mais je l'imagine mal tuer la belle-mère de Caitlin. Cette enfant a déjà été tellement traumatisée par le suicide de sa propre mère.

— Les flics s'intéressent d'abord au conjoint.

— Oui, je sais. J'ai des amis dans la police. J'ai grandi à Half Moon Bay, m'expliqua-t-il. Et j'ai commencé à exercer ici dès que je suis sorti de la fac de droit. J'aime bien me sentir comme un poisson dans l'eau. Comme un têtard dans une mare, plutôt.

— Vous êtes trop modeste, Bob.

Je désignai de la main les photos accrochées aux murs où figurait Bob serrant la main au gouverneur et autres notables. On y voyait aussi quelques diplômes, joliment encadrés.

— Ah, ça, fit Bob, en haussant à nouveau les épaules. Eh bien, je travaille gratuitement comme tuteur *ad litem*, d'instance si vous préférez, pour des enfants maltraités, négligés ou abandonnés. Je les représente au tribunal pour assurer que leurs droits soient respectés, vous voyez.

— Fort louable de votre part.

Je commençais à trouver ce type très fréquentable et je constatai que, de son côté, il paraissait plus à l'aise avec moi. Il n'avait plus bégayé depuis l'incident du café.

Bob se carra dans son fauteuil puis braqua son doigt vers une photo d'une remise de prix à l'hôtel de ville. Bob y serrait la main d'un homme qui lui tendait une plaque.

— Vous voyez ce type-là ? me demanda-t-il, désignant une silhouette élégante assise avec d'autres sur l'estrade. C'est Ray Whittaker. Il vivait à L.A. avec sa femme, Molly, mais ils venaient passer l'été ici. On les a assassinés dans leur lit, il y a deux, trois ans de ça. Vous savez, Lindsay, qu'on les a fouettés et tailladés à mort ?

— Je l'ai entendu dire, répondis-je, pensive.

Que signifient ces flagellations ? Depuis combien de temps, ce tueur sévit-il ?...

Quand je reportai mon attention sur Bob, il parlait toujours des Whittaker.

—... des gens vraiment simples et sympas. Lui était photographe et elle jouait de petits rôles à Hollywood. Ça n'avait pas de sens. C'étaient des gens bien sur toute la ligne. Leurs enfants ont atterri en foyer d'accueil ou chez des parents éloignés qu'ils connaissaient à peine. Je me fais du souci pour eux.

Il secoua la tête en soupirant.

— J'essaie de laisser ce genre de choses derrière moi au bureau, en fin de journée, mais ça ne marche pas vraiment.

— Je vois très bien ce que vous voulez dire. Si vous avez quelques minutes à me consacrer, je vous raconterai une histoire que je ramène du bureau, chaque jour que Dieu fait, depuis une dizaine d'années.

55.

Bob se leva et s'approcha d'une cafetière qui trônait sur un meuble classeur. Il nous servit à tous deux une tasse de café.

— J'ai tout mon temps... Je n'aime pas les prix qu'on pratique chez Starbucks, précisa-t-il.

Il me sourit.

— Ni tout ce cirque yuppie, toujours sur la brèche, ajouta-t-il.

Tout en dégustant sa lavasse, additionnée de lait en poudre, je racontai à Bob ma première affaire criminelle.

— On a découvert la victime dans un hôtel sordide de Mission District. J'avais déjà vu des cadavres, mais je n'étais pas préparée à quelque chose comme ça. Le mort était jeune – entre dix-sept et vingt et un ans – et quand je suis entrée dans la chambre, je l'ai trouvé étendu sur le dos, bras et jambes écartés, en train de se décomposer dans une flaque coagulée de son propre sang. Il était couvert de mouches, Bob. D'une couche vibrante de mouches.

Ma gorge se noua tandis que cette image revenait me submerger ; aussi nettement que si je me tenais dans cette chambre d'hôtel. Je repris une gorgée de ce café abominable avant de pouvoir me remettre à parler.

— Il n'avait que deux pièces de vêtement sur lui : une chaussette Hanes, des plus banales, identique aux centaines de milliers d'autres, vendues à travers le pays cette année-là, et un T-shirt de La Distillerie. Vous connaissez cet endroit ?

Bob acquiesça.

— Je parie que chaque touriste qui est passé par Half Moon Bay depuis les années 30 y a mangé.

— Ouais. Génial comme piste...

— Il était mort comment ?

— La gorge tranchée au couteau. Et il portait des zébrures, comme des traces de flagellations sur les fesses. Ça vous rappelle quelque chose ?

Bob opina de nouveau. Comme il m'écoutait avec attention, je poursuivis mon récit... Je lui racontai qu'on avait quadrillé la ville et Half Moon Bay pendant des semaines.

— Personne ne connaissait la victime, Bob. Ses empreintes n'étaient répertoriées nulle part. La chambre où il est mort était si sale... Un cas classique de contamination croisée instantanée. On n'avait aucun indice. Personne n'est jamais venu réclamer le corps. Ce qui est assez courant – rien que cette année-là, on avait déjà vingt-trois Monsieur X. Mais je me souviens encore de l'innocence et de la jeunesse de son visage. Il avait des yeux bleus, des cheveux roux très clair. Et voilà que maintenant, tant d'années après, de nouveaux meurtres sont commis avec la même signature.

— Vous savez ce qui me paraît bizarre, Lindsay ? C'est de penser que ce tueur pourrait être un habitant de cette ville...

Le téléphone sonna, interrompant Bob au milieu de sa phrase.

— Robert Hinton à l'appareil, fit-il.

L'instant d'après, toute couleur avait quitté son

visage. Il y eut un long silence, que Bob ponctua de plusieurs « euh-hum ».

— Merci de m'avoir mis au courant, dit-il enfin.
Et il raccrocha.

— C'était l'un de mes amis qui travaille à la *Gazette*, expliqua-t-il. Des enfants en randonnée dans les bois viennent de découvrir le corps de Ben O'Malley.

56.

Les parents de Jack Daltry habitaient un lotissement à Palo Alto, à trente kilomètres au sud-ouest d'Half Moon Bay. Je garai mon Explorer dans la rue devant leur ranch à un étage couleur crème – semblable à une dizaine d'autres – sur Brighton Street.

Un homme corpulent, dépenaillé, cheveux gris en bataille, vêtu d'une chemise de flanelle et d'un pantalon extensible bleu, m'ouvrit.

— Mr Richard Daltry ?

— On a besoin de rien, répondit-il en me claquant la porte au nez.

J'ai connu des claquements de portes drôlement plus costauds que ça, ducon, il en faut plus pour me décourager. Je sortis mon insigne puis resonnai. Cette fois, c'est une femme, petite, cheveux teints au henné mais aux racines grises, en robe d'intérieur avec des lapins imprimés dessus, qui ouvrit la porte.

— Qu'est-ce que vous voulez ?

— Lieutenant Lindsay Boxer, SFPD, fis-je en lui montrant mon insigne. J'enquête dans le cadre d'une affaire criminelle non résolue.

— Et qu'est-ce qu'on a à voir là-dedans ?

— Je pense qu'il y a peut-être des similitudes

entre cette vieille affaire et la mort de Jack et Alice Daltry.

— Je suis Agnès Daltry, la mère de Jack, se présenta-t-elle. Il faut excuser mon mari. On a subi une telle pression. Les journalistes sont vraiment épouvantables.

Je suivis cette femme d'un certain âge dans une maison qui sentait l'encaustique au citron jusqu'à une cuisine qui ne semblait pas avoir bougé depuis qu'Hinckley avait tiré sur Reagan. Nous nous installâmes à une table en Formica rouge. Je pouvais voir le jardin par la fenêtre. Deux petits garçons y jouaient avec des camions dans un bac à sable.

— Mes pauvres petits-enfants, fit Mrs Daltrey. Pourquoi une chose pareille est-elle arrivée ?

Agnès Daltry avait le cœur brisé : c'était inscrit sur ses traits, sur ses épaules affaissées. Je décelai le besoin qu'elle avait de parler à quelqu'un qui ne connaissait pas déjà à fond l'histoire.

— Racontez-moi ce qui s'est passé, l'encourageai-je. Dites-moi tout ce que vous savez.

— Jack était un enfant difficile. Pas mauvais fond, vous comprenez, mais forte tête. Quand il a rencontré Alice, il est devenu adulte d'un seul coup. Ils étaient si amoureux l'un de l'autre, ils avaient tellement envie d'avoir des enfants. À la naissance de ses fils, Jack s'est juré d'être un homme qu'ils pourraient respecter. Il adorait ses garçons et, lieutenant, il a tenu sa promesse. C'était un homme si bien, Alice et lui formaient un si bon ménage.... Ah...

Elle comprima sa poitrine et secoua la tête, malheureuse comme les pierres. Elle ne parvenait plus à parler et n'avait pas encore abordé les meurtres...

Agnès fixa la table quand son mari traversa la cuisine. Il me jeta un regard noir, prit une bière dans le réfrigérateur, dont il claqua la porte, puis quitta la pièce.

— Richard est encore en colère contre moi, constata-t-elle.

— Et pourquoi ça, Agnès ?

— J'ai fait une mauvaise action.

Je mourais d'envie de savoir laquelle. J'ai posé ma main sur son bras nu et ce contact lui fit monter des larmes.

— Racontez-moi, insistai-je avec douceur.

Elle attrapa une poignée de Kleenex dans une boîte et s'en tamponna les yeux.

— Je devais aller chercher les garçons à l'école, commença-t-elle. Mais j'ai d'abord fait un crochet par la maison de Jack et d'Alice pour voir s'ils avaient besoin de lait ou de jus de fruits. J'ai trouvé Jack tout nu, étendu dans le vestibule, il était mort. Alice était sur les marches de l'escalier.

Je regardai Agnès, l'encourageant du regard.

— J'ai nettoyé le sang, fit Agnès avec un soupir.

Puis elle me fixa comme si elle s'attendait presque à être fustigée à son tour.

— Je les ai rhabillés. Je voulais que personne ne les voie dans cet état.

— Vous avez détruit la scène de crime.

— Je n'avais pas envie que les garçons voient tout ce sang.

57.

Je n'aurais jamais fait ça un mois plus tôt, trop obnubilée que j'étais par mon boulot. Je me suis levée et j'ai ouvert mes bras à Agnès Daltry.

Elle posa sa tête sur mon épaule, puis pleura comme si elle n'allait jamais s'arrêter. Je comprenais tout. Agnès n'obtenait aucun réconfort de la part de son mari. Ses épaules tressautaient si violemment que je ressentais son chagrin comme si elle était mon amie, comme si j'avais aimé sa famille autant qu'elle.

La douleur d'Agnès me toucha tellement qu'elle me renvoya à ma propre solitude, quand j'avais perdu les êtres que j'aimais : ma mère, Chris, Jill.

J'entendis au loin sonner à la porte. J'étreignais toujours Agnès quand son mari réapparut dans la cuisine.

— Quelqu'un veut vous voir, déclara-t-il, exsudant la colère comme une mauvaise odeur.

— Me voir ?

L'homme qui attendait au salon était une véritable étude au crottin : chemise et pantalon de sport marronnasses, cravate à rayures marronnasse. Il avait le cheveu marronnasse, une épaisse moustache marronnasse et des yeux marron au regard dur.

Mais son visage était rouge. Et il avait l'air furieux.

— Lieutenant Boxer ? Peter Stark, chef de la police d'Half Moon Bay. Je vous demande de bien vouloir me suivre.

58.

Je garai l'Explorer sur la place « visiteur » du parking, à l'extérieur du poste de police en bardeaux gris, genre baraquement de l'armée. Le chef Stark descendit de voiture en faisant crisser le gravier sous son poids. Il se dirigea vers le bâtiment sans se retourner une seule fois pour vérifier si je le suivais.
Courtoisie professionnelle.
La première chose qui me sauta aux yeux dans le bureau du chef fut la devise encadrée derrière son bureau : « Faire ce qui doit être fait et le faire bien. » Je notai le fouillis qui régnait dans la pièce : paperasses empilées sur toutes les surfaces disponibles, vieux fax et vieilles photocopieuses, photos poussiéreuses, racornies, sur le mur où Stark posait auprès de cadavres d'animaux. Plus un sandwich au fromage entamé, posé sur un meuble.
Le chef ôta sa veste, révélant un torse puissant et des bras d'hercule de foire. Il suspendit sa veste à un crochet derrière la porte.
— Asseyez-vous, lieutenant. Je n'entends parler que de vous, ajouta-t-il, en feuilletant une liasse de messages téléphoniques.
Il ne m'avait pas regardée en face depuis chez les

Daltry. Je soulevai un casque de moto de sur une chaise, le posai par terre et m'assis..

— Merde, mais vous vous prenez pour qui ? m'apostropha-t-il.

— Pardon ?

— Qu'est-ce qui vous donne le droit, bordel, de venir piétiner mes plates-bandes en fourrant votre nez partout ? continua-t-il, en me vrillant d'un œil perçant. Vous êtes bien en disponibilité, n'est-ce pas, lieutenant ?

— Avec tout le respect que je vous dois, chef, je ne vois pas très bien où vous voulez en venir.

— Déconnez pas avec moi, Boxer. Votre réputation de flingueuse à tout va vous a précédée. Peut-être que vous avez descendu ces deux gosses sans raison valable...

— Écoutez...

— Peut-être que vous avez pris peur, perdu votre sang-froid ou autre. Ce qui fait de vous un flic dangereux. Vu ?

Je reçus le message cinq sur cinq. Ce type était mon supérieur hiérarchique et le moindre rapport de sa part selon lequel j'aurais violé les procédures policières ou désobéi à ses directives ne pouvait que me nuire. J'adoptai donc une attitude de neutralité.

— Je crois que tous ces meurtres récents ont un lien avec une ancienne affaire criminelle dont je me suis occupée, expliquai-je. La signature du tueur paraît être la même. On pourrait peut-être s'épauler mutuellement.

— Il n'y a pas de *on* qui tienne avec moi, Boxer. Vous êtes sur la touche. Ne venez pas tripatouiller mes scènes de crime. Et fichez la paix à mes témoins. Allez vous balader. Lisez un bouquin. Ressaisissez-vous. Ou n'importe quoi d'autre. Mais que je ne vous trouve pas dans mes pattes.

Quand je repris la parole, ma voix n'était plus

qu'un filet si tendu qu'un funambule aurait pu traverser la pièce en faisant des soleils dessus.

— Moi, chef, à votre place, je n'aurais qu'une idée en tête : un *psychopathe* se promène en liberté dans les rues. Je ne penserais qu'à une seule et unique chose : comment l'arrêter une fois pour toutes ? Je pourrais même faire bon accueil à un inspecteur de la criminelle, désireux de me donner un coup de main. Mais je pressens que là-dessus nous divergeons.

Mon petit speech fit tiquer le chef une ou deux fois, aussi saisis-je l'occasion pour me retirer dignement.

— Vous savez où me joindre ? lui dis-je.

Et je quittai d'un bon pas le poste de police.

Je pouvais quasiment entendre mon avocate me chuchoter à l'oreille : *Détendez-vous. Faites-vous oublier.* Des nèfles, Yuki. Autant me conseiller d'apprendre à jouer de la harpe.

Je fis rugir mon moteur et quittai le parking sur les chapeaux de roue.

59.

Je roulais dans la Grand-Rue, maugréant entre mes dents, réfléchissant à ce que j'aurais aimé dire au chef quand je m'aperçus que le voyant de ma jauge clignotait dangereusement.

Je fis halte à la station de l'Homme dans la Lune, passant avec l'Explorer sur le câble avertisseur. Comme Keith n'apparaissait pas, je traversai la plate-forme asphaltée puis m'enfonçai dans les profondeurs du garage.

Les *Riders of the Storm* des Doors doublèrent de volume quand j'ouvris la porte de l'atelier de réparations.

Sur le mur, à ma droite, était accroché un calendrier où Miss Juin n'était vêtue que de son abondante chevelure. Au-dessus d'elle trônait une extraordinaire collection de rares et magnifiques ornements de capot de Bentley, Jaguar et Maserati, montés sur des socles en bois laqués, tels des trophées. Plus loin, lové à l'intérieur d'un pneu, un gros chat tigré piquait un roupillon.

J'admirai la Porsche rouge garée dans un coin puis m'adressai aux jeans et bottes de chantier de Keith qui dépassaient de la fosse.

— Belle caisse ! fis-je.

Keith s'extirpa de dessous la voiture. Un sourire éclairait déjà son visage maculé de cambouis.

— N'est-ce pas ?

Il sortit de la fosse, s'essuya les mains à un chiffon et baissa la musique.

— Alors, Lindsay, z'avez des ennuis avec cette Bonneville ?

— Pas du tout. J'ai remplacé l'alternateur et les bougies. Le moteur ronronne aussi bien que ce matou-là.

— Je vous présente Boule de Poil, fit Keith en grattant le chat sous le menton. Mon chat de combat. Il a déboulé dans ma vie sur le carburateur d'un pick-up, il y a deux ou trois ans de ça.

— Ouille.

— Il avait fait tout le chemin depuis Encino. Il s'y est brûlé les pattes, mais il est comme neuf aujourd'hui, pas vrai, mon poteau ?

Keith me demanda si j'avais besoin de faire le plein d'essence. J'acquiesçai et nous sortîmes ensemble sous le doux soleil de l'après-midi.

— Je vous ai aperçue à la télé hier soir, déclara Keith tandis que le supercarburant sans plomb gargouillait dans le vaste réservoir de l'Explorer.

— Mais non.

— Si. Votre avocate est passée aux infos et on a montré une photo de vous en uniforme bleu, précisa-t-il avec un grand sourire. Alors, z'êtes vraiment flic.

— Vous ne m'aviez pas crue ?

Le jeune homme haussa les épaules d'une façon craquante.

— Si, plutôt. Mais l'un ou l'autre, c'était O.K. pour moi, Lindsay. Que vous soyez flic ou juste une nana bien carrossée.

Comme je m'esclaffais, le visage de Keith se plissa de rire. Au bout d'un petit moment, je lui retraçai l'affaire Cabot... dans les grandes lignes, moins le chagrin et le sang. Keith se montra positif, me proposa son soutien. Je préférais de loin lui parler à lui qu'au chef Stark. Et puis, ses attentions me faisaient même plaisir. Brad Pitt, c'était bien ça ?

Il leva le capot de l'Explorer, retira la jauge d'huile en plantant ses yeux bleus dans les miens. Je lui rendis suffisamment longtemps son regard pour remarquer qu'il avait l'iris frangé de bleu marine et tacheté de marron, comme des paillettes d'or.

— Vous êtes en manque de lubrifiant, l'entendis-je me dire.

Je me suis sentie rougir.

— C'est ça, ça va comme ça.

Keith ouvrit un bidon de Castrol et en versa dans le moteur. Ce faisant, il glissa sa main dans la poche revolver de son jeans, adoptant une pose de nonchalance étudiée.

— Bon, vous devez satisfaire ma curiosité, me dit-il. Parlez-moi de votre mec.

60.

M'arrachant à ce petit jeu de séduction, je parlai de Joe, du type super qu'il était, drôle, gentil, intelligent.

— Il bosse à Washington DC. À la sécurité intérieure du territoire.

— Impressionnant, dit Keith.

Je le vis ravaler sa salive.

— Et vous êtes amoureuse de lui ?

J'acquiesçai, le visage de Joe devant les yeux, mesurant combien il me manquait.

— Un veinard, ce Manicotti.

— Molinari, rectifiai-je en souriant.

— Un veinard, peu importe son nom, répliqua Keith, en refermant le capot.

Au même moment, une berline noire de location est arrivée devant le garage.

— Et merde, murmura Keith. Voilà Mister Porsche et sa bagnole n'est pas prête.

Alors que je tendais à Keith ma MasterCard, « Mister Porsche » est descendu de son véhicule, puis entra dans mon champ de vision.

— Salut, Keith ! lança-t-il. Ça se présente comment, mon pote ?

Minute papillon. *Je le connaissais.* Certes, il

paraissait plus âgé en plein jour, mais c'était bien le type puant qui nous avait fait du rentre-dedans à Carolee et moi, au Cormoran.
Dennis Agnew.
— Donnez-moi cinq minutes, j'arrive ! lui cria Keith.

Avant que j'aie pu le questionner sur ce connard, Keith se dirigea vers le bureau et Agnew fonça droit sur moi. Une fois à un jet de pierre, il s'arrêta, posa lourdement la main sur le capot de ma voiture puis me fusilla d'un œil noir.

Il accompagna son regard d'un sourire plein de sous-entendus.
— On s'encanaille, lieutenant ? Ou on a simplement du goût pour la chair fraîche ?

Je peaufinais ma riposte quand Keith surgit derrière moi.
— C'est moi, la chair fraîche ? demanda-t-il, collant son corps près du mien. (Il opposa à l'expression sarcastique d'Agnew un sourire des plus lumineux.) Il faut prendre ça comment, vieux dégueulasse ?

Sourire contre sourire, les deux hommes ne cédaient pas un pouce de terrain. Un long moment de brûlante expectative s'écoula.

Puis Agnew retira sa main de mon capot.
— Par ici, la chair fraîche. Allons voir ma voiture.

Keith m'adressa un clin d'œil en me rendant ma carte de crédit.
— On reste en contact, Lindsay ?
— O.K. pour moi.

Je montai dans ma voiture. Avant de démarrer, je me suis attardée un instant, observant Agnew qui suivait Keith dans le garage. Ce type n'était pas net, mais en quoi et jusqu'à quel point, je n'en savais fichtrement rien.

61.

J'avais mal dormi. Des fragments de rêves fous m'avaient réveillée à maintes reprises. Pour l'heure, penchée sur le lavabo de la salle de bains, je me brossais les dents avec des idées de vengeance stupides.

J'étais à cran, j'étais furieuse et je savais pourquoi.

En me menaçant, le chef Stark m'empêchait de me lancer sur certaines pistes qui pourraient enfin résoudre le meurtre de Monsieur X # 24. Si j'avais raison, l'assassin de ce dernier sévissait toujours à Half Moon Bay.

Je m'affairai dans la cuisine, nourris Martha, préparai du café et mangeai mes céréales.

Je suivais d'un œil distrait l'émission *Today* sur la petite télé de la cuisine quand un bandeau rouge apparut soudain au bas de l'écran.

EN DIRECT. Dernières nouvelles.

Une journaliste de la télé locale, une jeune femme à la mine sombre, se tenait devant une maison en séquoia. Dans son dos, un ruban jaune de la police établissait un cordon de sécurité entre la maison et la rue. Sa voix couvrait la rumeur d'une foule, visible en amorce de l'image.

— Ce matin, à 7 h 30, on a retrouvé morts Anne-

Marie et Joseph Sarducci, à leur domicile d'Outlook Road. C'est Anthony, leur fils de treize ans, qui a découvert leurs corps tailladés et partiellement dévêtus. Nous avons eu un entretien avec le chef de la police Stark, il y a seulement quelques minutes.

Cut sur un plan de Stark faisant face aux journalistes à l'extérieur du commissariat. La foule se poussait du coude. On lisait les sigles des networks sur certains micros tendus. C'était un véritable siège.

J'ai monté le son.

— Chef Stark, s'agit-il d'un véritable carnage, comme on le dit ?

— Chef ! Par ici ! C'est Tony Carducci qui les a trouvés ? C'est bien le gamin qui a découvert ses parents ?

— Au fait, Pete. Vous avez un suspect ?

Je regardai avec fascination Stark effectuer le numéro d'équilibriste de sa vie : dire la vérité, ou bien mentir et le payer au prix fort plus tard, tout en calmant la rue et en ne fournissant aucun renseignement que le tueur puisse utiliser. J'avais vu la même expression au chef Moose quand le tireur fou de Washington DC[1] était encore dans la nature.

— Écoutez, commença Stark, ce que je peux vous dire, c'est que deux nouvelles personnes sont mortes, il m'est impossible de vous apporter d'autres précisions. On y travaille. Nous tiendrons le public informé dès que nous aurons quelque chose de substantiel à communiquer.

J'attrapai une chaise, la plantai devant l'écran et me posai dessus violemment. Malgré le grand nombre de meurtres auxquels j'avais assisté, cette affaire m'atteignait au tréfonds.

Je ne me pensais pas capable d'une telle réaction.

---

1. Il sévit pendant vingt-trois jours à l'automne 2002. Il s'avéra au final qu'il y avait deux *snipers* (*N.d.T.*).

J'étais si choquée de l'audace des assassins que j'en tremblais.

Je me mêlai en pensée à la cohue devant le poste de police. Je me surpris à apostropher un écran trente centimètres Sony et l'image ratatinée du chef Stark.

Quel est l'auteur de tout ça, chef? Bordel, qui assassine ces pauvres gens?

IV

Procès et épreuves diverses

62.

On sortait les corps de la maison, lorsque j'arrivai à proximité. Je me garai entre deux véhicules blanc et noir sur la pelouse, puis je levai les yeux sur une bâtisse contemporaine, époustouflante, tout en verre et séquoia.

La foule des badauds s'ouvrit devant les urgentistes. Même sans avoir connu Anne-Marie et Joseph Sarducci, une tristesse indescriptible me submergeait.

Je me frayai un passage à travers la cohue jusqu'à la porte d'entrée, dont un agent en uniforme défendait l'accès, à l'aise, les mains derrière le dos.

Je vis que j'avais affaire à un pro car, malgré son sourire chaleureux, il me toisait d'un œil froid. Je tentai ma chance et lui montrai mon insigne.

— Le chef est à l'intérieur, lieutenant.

J'ai sonné.

Les premières mesures des *Quatre Saisons* carillonnèrent.

C'est le chef Stark qui ouvrit la porte. Lorsqu'il me reconnut, il serra les dents.

— Qu'est-ce que vous foutez là ?

Je mis tout mon cœur dans ma réponse, car je disais vrai.

— J'ai envie de vous aider, nom de Dieu ! Je peux entrer ?

Nous nous toisâmes longuement jusqu'à ce que le chef Stark cille enfin.

— On ne vous a jamais dit que vous étiez une emmerdeuse *de première* ? me lança-t-il en s'effaçant devant moi.

— Si. Merci.

— Inutile de me remercier. J'ai appelé un de mes amis du SFPD. Charlie Clapper m'a assuré que vous étiez un bon flic. Il a raison une fois sur deux. Faites que je ne m'en morde pas les doigts.

— Vous croyez franchement que vous pourriez vous les mordre davantage que vous ne le faites en ce moment ?

Je passai devant le chef Stark, puis traversai le vestibule pour entrer dans le salon dont l'immense baie vitrée donnait sur l'eau, en contrebas. Le mobilier était de style scandinave, dépouillé – lignes épurées, tapis tissés main, toiles abstraites. Même si les Sarducci étaient morts, je sentais leur présence dans les choses qu'ils avaient laissées derrière eux.

Tout en répertoriant ce que j'avais sous les yeux, je remarquais ce qui manquait. Il n'y avait ni cônes ni marques sur le sol du rez-de-chaussée. *Par où le tueur était-il entré ?*

Je me tournai vers le chef.

— Ça vous embêterait de me montrer la scène de crime ?

— Ce salopard a emprunté la lucarne en haut de l'escalier, précisa Stark.

63.

La chambre conjugale n'était pas simplement froide et vide, la pièce elle-même semblait accuser le coup de cette terrible perte.

Les fenêtres étaient ouvertes, les stores verticaux claquaient dans la brise avec un bruit d'ossements. La literie bleue froissée était maculée de sang.

Une demi-douzaine de techniciens du CSU ensachaient des babioles sur les tables de nuit, aspiraient la moquette, poudraient toutes les surfaces au pinceau pour le relevé des empreintes. Le sang mis à part, la pièce paraissait étrangement en ordre.

J'empruntai des gants chirurgicaux, puis me penchai sur une photo des Sarducci prise en studio qui trônait sur le secrétaire. Anne-Marie était une jolie femme. Joe avait l'air d'un « bon géant », entourant fièrement de ses bras épouse et enfant.

Pourquoi quelqu'un désirerait-il la mort d'un tel couple ?

— On a tranché la gorge d'Anne-Marie, expliqua Stark. On l'a quasi décapitée.

Il me désigna la moquette imbibée de sang, près du lit.

— Elle est tombée là. Joe n'était pas couché quand ça s'est produit.

Stark me montra du doigt qu'en jaillissant le sang d'Anne-Marie avait éclaboussé transversalement le lit d'une tache ininterrompue.

— Aucune trace de lutte, continua le chef. On a buté Joey dans la salle de bains.

Je suivis Stark dans la salle de bains. Le sang était concentré dans une partie de la pièce. Une gerbe rouge vif aspergeait latéralement le marbre blanc à hauteur du genou. Dégoulinant le long du mur, le sang rejoignait le lac figé de celui répandu par terre. Je pouvais distinguer le contour du corps de Joe, là où il était tombé.

Je me baissai pour regarder mieux.

— L'intrus a dû trouver la dame seule dans son lit, suggéra le chef. Peut-être qu'il lui a plaqué une main sur la bouche, demandé : « Où est votre mari ? » Ou peut-être qu'il a entendu tirer la chasse. Il a expédié Anne-Marie vite fait. Puis a surpris Joe sur le trône. Joe, en entendant la porte s'ouvrir, a dit « Chérie... ? » Puis il a relevé la tête...

— Ce sang provient de la blessure de son cou, dis-je en indiquant la gerbe au bas du mur. Le tueur a dû obliger Joe à se mettre à quatre pattes pour le maîtriser. Joe était du genre colosse.

— Ouais, lâcha Stark avec lassitude. On dirait qu'il l'a fait se baisser puis, se tenant dans son dos, il a tiré la tête de Joe en arrière en le prenant par les cheveux et alors...

Le chef se passa un doigt en travers de la gorge.

Le chef répondit à mes nombreuses questions : on n'avait rien volé. Leur fils n'avait rien entendu. Amis et voisins avaient témoigné spontanément que les Sarducci étaient heureux, n'avaient pas d'ennemi connu.

— Tout comme pour les Daltry, conclut Stark. Même histoire qu'avec les O'Malley. Pas d'armes, pas d'indices, rien de bizarre sur le plan financier, aucun mobile apparent. Et les victimes ne se connaissaient pas.

Les traits du chef se crispèrent. Le temps d'un éclair, il fut vulnérable et je perçus sa douleur.

— Le seul point commun de toutes les victimes, c'est qu'elles étaient mariées, poursuivit-il. Où tout cela nous mène-t-il ? Quatre-vingts pour cent des habitants d'Half Moon Bay sont des gens mariés. Toute la ville pète de trouille. Moi, le premier.

Le chef finit son discours. Il détourna les yeux, fourra le pan de sa chemise dans son pantalon, se tapota les cheveux. Il se ressaisit afin de paraître moins aux abois qu'il devait l'être. Puis il me regarda dans les yeux.

— Eh bien, qu'en pensez-vous, lieutenant ? Épatez-moi !

64.

Je n'avais pas examiné le corps des victimes, quant aux résultats du labo concernant ce double meurtre, empreint de sauvagerie, ils commenceraient à tomber au compte-gouttes, pas avant plusieurs jours. Pourtant, j'ignorai le sarcasme du chef et lui communiquai ce que j'avais ressenti.

— Il y avait deux tueurs, dis-je.

Stark eut un sursaut.

— Débile ! s'écria-t-il.

— Regardez bien, continuai-je. Il n'y a aucun signe de lutte, d'accord ? Pourquoi Joe n'a-t-il pas maîtrisé son agresseur ? Il était costaud. Une vraie armoire à glace. Considérons que les choses se sont déroulées comme ça, développai-je. On a fait sortir Joe de la chambre en le menaçant d'un couteau... il a coopéré car il y était *obligé*. *Le Tueur Numéro Deux était encore dans la chambre avec Anne-Marie.*

Le chef promena son regard autour de lui, examinant la scène sous ce nouvel angle, l'imaginant selon mon point de vue.

— J'aimerais voir la chambre de leur fils, dis-je.

Dès que j'entrai dans la pièce, je sus qu'Anthony Sarducci était un gosse intelligent. Il possédait de bons livres, des terrariums bien entretenus et un ordinateur à forte puissance sur son bureau. Mais ce qui m'intéressa au plus haut point, ce furent les marques dans la moquette qui indiquaient l'endroit où le fauteuil de bureau se trouvait en temps normal. *On avait bougé ce fauteuil. Pourquoi ?*

En tournant la tête, je l'aperçus, juste à côté du battant de la porte.

Je repensai au flic en sentinelle devant la maison Sarducci et fis le rapprochement.

L'enfant n'avait rien entendu.

Mais que se serait-il passé si tel avait été le cas ?

Je désignai le siège au Chef.

— Quelqu'un a déplacé ce fauteuil ? demandai-je.

— Personne n'est entré dans cette pièce.

— J'ai changé d'avis, lui dis-je. Il n'y avait pas deux, mais trois intrus. Ils étaient trois. Deux, pour tuer. Un, pour s'occuper du gosse s'il se réveillait. Il s'est assis ici même, dans ce fauteuil.

Avec raideur, le chef fit volte-face et sortit. Puis il revint avec une jeune technicienne. Elle attendit près de la porte avec son rouleau d'adhésif qu'on sorte de la chambre. Puis elle la condamna d'un cordon.

— Je ne veux pas croire une chose pareille, lieutenant. Comme si c'était pas suffisant qu'on se coltine un seul psychopathe.

Je soutins son regard. Puis, l'espace d'un instant, il me sourit.

— Je vous interdis de me citer, fit-il. Mais je crois bien que je viens de dire *on*.

65.

Ce fut tard dans l'après-midi que je quittai le domicile des Sarducci. Je pris la direction du sud-est le long de Cabrillo, l'esprit bourdonnant des détails des crimes et de ma conversation avec Stark. Quand il m'avait confirmé qu'à l'exemple des autres victimes des doubles meurtres les Sarducci avaient été fouettés, je lui annonçai que je m'étais déjà frottée à ces assassins, moi-même.
Je lui déballai tout sur Monsieur X # 24.
Même si je n'avais pas complètement relié les meurtres d'Half Moon Bay à celui de mon Monsieur X, j'étais à cent pour cent sûre de ne pas me tromper. Dix ans de criminelle m'avaient enseigné que le mode opératoire avait beau changer avec le temps, la signature, elle, restait toujours la même. La combinaison coups de fouet/coups de couteau représentait une signature rare et sans doute unique.
Le feu était au rouge quand j'approchai du carrefour, juste à quelques blocs de chez les Sarducci. Au moment où je freinai, je jetai un coup d'œil dans le rétroviseur et aperçus une voiture de sport rouge qui arrivait derrière moi à toute allure. Je m'attendais à ce que la voiture s'arrête, mais elle ne ralentit même pas.

Ce qui se passa ensuite, je n'en crus pas mes yeux. Le regard rivé au rétro, j'observai la voiture qui fonçait sur moi à une vitesse qui rendait la collision inévitable.

J'appuyai sur le klaxon, mais la voiture ne cessait de grossir dans mon rétroviseur. Bon sang, que se passait-il ? Le conducteur téléphonait-il sur son portable, bordel ? M'avait-il vue ?

Poussée d'adrénaline. J'appuyai sur le champignon et braquai en même temps pour éviter le choc. Je quittai la route puis mordis sur une pelouse, emportant au passage un chariot de jardin avant d'atterrir à l'ombre d'un sapin de Douglas.

Je repartis aussitôt en marche arrière. L'Explorer arracha des mottes de gazon avant de revenir sur la route. Je me lançai alors à la poursuite de ce fou du volant qui disparaissait après avoir manqué écraser ma banquette arrière – sans même daigner s'arrêter... Cet enfoiré aurait pu me tuer.

Je gardai la voiture rouge en vue, m'en approchant suffisamment pour reconnaître l'élégance de ses lignes. C'était une Porsche.

J'avais le visage en feu, sous l'effet conjugué de la peur et de la colère. J'ai emballé le moteur, poursuivant la Porsche qui se faufilait dans la circulation, franchissant régulièrement la ligne jaune.

La dernière fois que j'avais vu cette voiture, Keith en réparait le carter.

C'était celle de Dennis Agnew.

Une vingtaine de kilomètres plus loin, j'étais toujours à la poursuite de la Porsche. Elle monta les collines puis redescendit dans San Mateo, avant de prendre au sud El Camino Real, artère miteuse qui longe les voies du CalTrain. Puis, sans prévenir, la Porsche vira à droite pour gagner l'entrée d'un centre commercial.

Je la suivis, en faisant crier mes pneus, et allai me garer dans un parking quasi à l'abandon. Je coupai le moteur et, le temps que mon cœur retrouve un rythme normal, j'observai les alentours.

Le mini centre commercial offrait une collection de boutiques bas de gamme : commerce de pièces détachées automobiles, bazar, magasin de vins et spiritueux. De l'autre côté du parking, se dressait un bâtiment carré en béton avec une enseigne au néon rouge dans la vitrine : *Le Parc à Playmates. Filles en Live XXX.*

La voiture de Dennis Agnew était garée devant la façade placardée d'affiches.

Je verrouillai l'Explorer, puis couvris les vingt mètres qui me séparaient du sex shop et y entrai.

66.

Le Parc à Playmates était un mauvais lieu, éclairé par des plafonniers à lumière crue et des néons clignotants. À ma gauche, sur des présentoirs, s'alignaient divers accessoires érotiques : godemichés et vibromasseurs aux couleurs criardes, parties du corps moulées en plastique très ressemblantes. À ma droite, des distributeurs de boissons gazeuses et de sandwiches – rafraîchissements pour tous les cinéphiles piégés dans de minuscules boxes vidéo, le cerveau branché sur leurs fantasmes, les mains agrippées fermement à leur manche.

Je sentis qu'on me suivait des yeux pendant que j'arpentais les travées étroites où s'alignaient les cassettes vidéo. J'étais la seule femme lâchée en ces lieux. Et à mon avis, je devais en jeter davantage en pantalon ample et blazer que si j'avais été complètement nue.

J'allais aborder l'employé à l'accueil quand je sentis une sombre présence me frôler le coude.

— Lindsay ?

Je sursautai... Dennis Agnew, lui, paraissait aux anges de me voir.

— À quoi dois-je l'honneur, lieutenant ?

J'étais prise dans un labyrinthe de piles de bites et de chattes en vrac, mais telle une jeune génisse menée à l'abattoir, je voyais bien que la seule issue était droit devant.

Le bureau d'Agnew était un cube aveugle, violemment éclairé. Il s'installa sur un fauteuil derrière un bureau en Formica imitation bois et m'indiqua où m'asseoir... un canapé en cuir noir qui avait connu des jours meilleurs.

— Je préfère rester debout. Je n'en ai pas pour longtemps, fis-je.

Mais, plantée sur le seuil, je ne pus résister à jeter un regard circulaire dans la pièce.

Sur tous les murs étaient accrochées des photos encadrées, dédicacées à « Randy Long » par des ravissantes en cache-sexe, à côté de clichés publicitaires de films pornos où des accouplements super chauds mettaient en scène ledit Randy Long et ses partenaires. Je vis même quelques photos au flash d'Agnew, posant aux côtés de types souriants en costard.

Ça a fait tilt quand je fis le rapprochement entre les bobines des jeunes affranchis en herbe et celles des mafieux qu'ils étaient devenus par la suite. Deux d'entre eux au moins étaient morts à l'heure qu'il était.

Il me fallut encore quelques secondes pour comprendre que Dennis Agnew et le jeune Randy Long aux longs cheveux des photos ne faisaient qu'un. *Agnew avait été une super star du porno.*

67.

— Eh bien, lieutenant, en quoi puis-je vous être utile ? me demanda Dennis Agnew, avec un sourire, en farfouillant dans ses papiers.

— J'ignore à quoi vous jouez, répliquai-je, mais, chez moi, expédier un véhicule dans le fossé est un délit.

— Soyons sérieux, Lindsay. Ça ne vous dérange pas que je vous appelle Lindsay ?

Agnew croisa les mains et me gratifia d'un de ses sourires étincelants.

— Je ne vois pas de quoi vous parlez.

— Arrêtez vos conneries. Il y a vingt minutes vous m'avez forcée à quitter la route. Des gens auraient pu être tués. J'aurais pu l'être, *moi aussi*.

— Ah, mais non ! Impossible qu'il s'agisse de moi, répondit Agnew, le front creusé de sillons. Je crois que je m'en serais aperçu. Non, je crois que vous êtes venue ici parce que vous aviez envie de me voir.

Agnew m'exaspérait. Primo, c'était un salopard qui roulait en grosse bagnole en se foutant de tout, et deuxio, son attitude moqueuse me gonflait vraiment.

— Voyez ces filles ? continua-t-il, désignant du pouce son « mur de gloire ». Vous savez pourquoi elles font ce genre de cinoche ? Leur estime perso est tellement au ras des pâquerettes qu'elles croient qu'en s'avilissant avec des types elles ressentiront un certain pouvoir. N'est-ce pas ridicule ? Regardez-vous. Vous qui vous avilissez, rien qu'en venant ici. Ça vous fait mieux éprouver *votre pouvoir* ?

Suffoquant sous ce tombereau d'insanités, je bredouillais déjà « Sale frimeur de merde » quand j'entendis une voix qui s'exclamait :

— Wouah ! Pitié, dites-moi que vous démarchez pour bosser ici.

Un petit bonhomme en veste verte, boutonnée sur une panse gonflée par la bière, s'encadra sur le seuil du bureau. Appuyé au chambranle, à deux pas d'où je me tenais, il me dévorait des yeux. Son regard me donnait envie de gerber.

— Rick Monte, lieutenant Lindsay Boxer, nous présenta Agnew. Le lieutenant fait partie de la criminelle de San Francisco. Elle est en vacances... à ce qu'elle dit, du moins.

— Et vous profitez bien de votre congé, lieutenant ? s'enquit Rick en louchant sur mon buste.

— On ne peut mieux. Mais je pourrais rendre cette visite officielle quand ça me chante.

À peine avais-je prononcé ces mots que je ressentis un coup au cœur.

Je faisais quoi, là ?

J'étais en disponibilité et hors de mon secteur. J'avais pris en chasse un citoyen avec mon propre véhicule. Je n'avais pas de renfort et, si l'un ou l'autre de ces branleurs téléphonait pour se plaindre, j'étais bonne pour une sanction disciplinaire.

La dernière chose dont j'avais besoin avant mon procès.

— Si je ne vous connaissais pas mieux, je penserais que vous êtes stressée, me dit Dennis de sa voix mielleuse. Je n'ai pas cherché à vous nuire, vous savez.

— La prochaine fois que vous me verrez, grommelai-je, les dents serrées, changez de trottoir et faites demi-tour.

— Oh, mille pardons. Je dois avoir tout faux. J'ai cru que c'était vous qui me suiviez.

Même si je brûlai de lui répondre, cette fois, je me retins. Il avait raison. Il ne m'avait effectivement rien fait. Il ne m'avait même pas insultée.

Je quittai le bureau d'Agnew, me maudissant de m'être aventurée sur le territoire de cette crapule.

J'avais déjà mis le cap sur l'entrée de la boutique, résolue à oublier cette déplaisante petite scène, quand un jeune type musclé, des mèches blondes agrémentant sa coupe mulet et des flammes tatouées dépassant de son T-shirt, me bloqua le passage.

— Tire-toi de là, l'étalon ! grognai-je, en tâchant de l'esquiver.

Le type m'ouvrit les bras, planté tel un gros rocher au milieu de la boutique. Il sourit, me mettant au défi.

— Allez, viens, maman. Viens voir Rocco !

— Ça va comme ça, Rocco, lui lança Agnew. Cette dame est mon invitée. Je vous raccompagne, Lindsay.

Je tendis la main vers la porte, mais Agnew s'appuya dessus, me coinçant bel et bien. Il se tenait si près de moi que je pouvais voir le moindre pore de sa peau, le moindre vaisseau capillaire de ses yeux injectés de sang. Il me fourra une cassette vidéo entre les mains.

La jaquette vantait la performance épique de Randy Long dans *Dure est la nuit*.

— Jetez-y un œil à l'occasion. J'ai mis mon numéro de téléphone au dos.

Je repoussai Agnew et la vidéo alla se fracasser sur le sol.

— Dégagez ! fis-je.

Agnew recula, libérant suffisamment la porte pour me permettre de l'ouvrir. Il me regarda partir, un grand sourire aux lèvres et la main posée sur sa braguette.

68.

Je me réveillai le lendemain matin en pensant à cette ordure de Dennis Agnew. J'emportai mon café sur la véranda et, en attendant qu'il refroidisse suffisamment pour être buvable, je transférai mon agitation sur un cliquetis du moteur de la Bonneville.

Un calibre d'épaisseur en main, je faisais joujou avec les valves quand une voiture vint se garer dans l'allée.

Claquements de portières.

— Lindsay ? Saluuut.

— Je crois bien que ce gros cachalot l'a avalée.

Je bondis hors du capot, essuyai mes mains pleines de cambouis à une peau de chamois et ouvris mes bras à Cindy et à Claire, les englobant toutes deux dans une embrassade collective. Nous sautâmes de joie avec des cris aigus, et Martha, qui dormait sur la véranda, se joignit à la fête.

— On passait justement dans le coin, finit par dire Claire. Alors on a pensé s'arrêter, histoire de voir dans quelle nouvelle galère tu avais bien pu encore te fourrer. Et ça, c'est quoi, Lindsay ? Je croyais qu'on avait mis toutes ces bouffeuses de carburant à la casse.

— Ne dis pas de mal de mon bébé.

— Et ça roule ?

— Non, m'dame, ça vole.

Les filles me tendirent une corbeille enrubannée de chez Nordstrom, remplie de sels de bains très relaxants et autres produits pour le corps. Après un vote à main levée unanime, nous nous entassâmes dans la Bonneville pour faire un tour.

Je descendis électriquement les vitres de la voiture, le vent soufflant de la baie emmêla nos cheveux. Nous roulions tranquillement dans le quartier de Cat et nous apprêtions à attaquer la montagne quand Claire me tendit une enveloppe.

— J'ai failli oublier. De la part de Jacobi.

Je jetai un coup d'œil à la grande enveloppe Kraft presque carrée qu'elle brandissait. La veille au soir, j'avais appelé Jacobi en lui demandant de me faire parvenir tout ce qu'il pourrait trouver sur Dennis Agnew, connu aussi sous le nom de Randy Long.

Je racontai à Claire et Cindy ma première rencontre accidentelle avec le dénommé au bar du Cormoran, ma prise de bec avec le même au garage de Keith et l'emplafonnage manqué de justesse. Puis je passai à une description minutieusement détaillée de ma visite peu ragoûtante au Parc à Playmates.

— Il t'a vraiment dit ça ? s'exclama Cindy après que je lui eus cité le couplet d'Agnew sur « ces femmes qui s'avilissent avec des types afin d'éprouver leur pouvoir ».

Ses joues rosirent, elle était furieuse jusqu'à la racine des cheveux.

— Eh bien en voilà un qui mériterait d'être également mis à la casse.

J'éclatai de rire avant d'ajouter :

— Agnew a un « mur de gloire », genre celui qu'on voit dans le bureau de Tony Soprano au Bada Bing[1]. Rien que des photos dédicacées de reines du porno et

---

1. Allusion à la série *Les Sopranos* (N.d.T.).

de mafieux. C'est surréaliste. Claire, tu veux bien m'ouvrir ça, s'il te plaît ?

Claire sortit trois pages de l'enveloppe. Elles étaient tenues par un trombone et annotées d'un Post-it de Jacobi.

— Lis à haute voix, si ça ne te dérange pas, suggéra Cindy en se penchant par-dessus le dossier du siège avant.

— D'abord des broutilles : conduite en état d'ivresse, violence domestique, saisie de drogue et un séjour à Folsom. Mais voilà pour toi, Linds. Ça dit ici qu'il a été accusé d'assassinat, il y a cinq ans. Ça s'est soldé par un non-lieu.

Je tendis la main et décollai le Post-it de Jacobi : « La victime était la petite amie d'Agnew. Son avocat, Ralph Brancusi. »

Je n'ai rien eu à rajouter. On savait toutes que Brancusi était une star du barreau. Seuls les très riches pouvaient s'offrir ses services.

Brancusi était aussi l'avocat attitré de la mafia.

69.

Quand nous revînmes chez Cat, une voiture de patrouille était garée dans l'allée. Le chef Stark s'avançait vers nous. Il avait l'air plus sinistre que jamais, le sourcil froncé, un regard hanté – ce qui était de fait contagieux.

— Qu'y a-t-il, chef ? Qu'est-il arrivé ?

— Le médecin légiste démarre l'autopsie des Sarducci, expliqua-t-il en plissant les yeux à cause du soleil. C'est une invitation à y assister en bonne et due forme.

J'éprouvai aussitôt une profonde excitation que je masquai pour ménager le chef. Je lui présentai Cindy et Claire.

— Le Dr Washburn est médecin légiste à San Francisco, précisai-je. Elle peut venir sans problème ?

— Bien sûr, pourquoi pas ? grommela le chef. Toute aide est la bienvenue. Je suis en apprentissage, non ?

Cindy nous regarda tous les trois avant de comprendre qu'elle n'était pas incluse dans l'invitation.

— Vu, fit-elle d'un ton bon enfant. Écoutez, je vais rester par ici, pas de souci. J'ai mon ordinateur portable et un boulot très pressé. En plus, je suis une paria.

Claire et moi remontâmes dans la Bonneville pour suivre le chef.

— Génial ! fis-je, débordante d'enthousiasme. Il me laisse participer à l'enquête.

— Que suis-je en train de faire ? s'exclama Claire en secouant la tête. Sinon te porter assistance et complicité. Ton implication là-dedans est complètement inconsidérée. On sait toi comme moi que la seule chose que tu as à faire c'est de rester sur ta véranda avec un gin tonic à la main, le cul dans un fauteuil et les pieds sur la balustrade.

Je ris.

— Reconnais que toi aussi t'es devenue accro ! m'écriai-je. Tu ne peux pas fermer les yeux sur ce truc-là, toi non plus.

— T'es dingue, maugréa-t-elle.

Puis elle me regarda. Mon sourire déclencha le sien.

— Tu me tues, Lindsay. Vraiment. Mais tu joues ta peau, ma fille.

Dix minutes plus tard, sur les traces de la voiture de Stark, nous quittâmes la route pour Moss Beach.

70.

La morgue se trouvait au sous-sol du Seton Medical Center. C'était une pièce carrelée de blanc, à l'odeur aussi aseptisée et fraîche que le rayon surgelés d'un supermarché. Une glacière ronronnait doucement à l'arrière.

J'adressai un signe de tête à deux techniciens du CSU qui rouspétaient au sujet d'une bourde de planning tout en rangeant les vêtements des victimes dans des sacs en papier brun.

Je fus attirée vers les tables d'autopsie au centre de la pièce où le jeune assistant du médecin légiste passait à l'éponge et au jet les corps des Sarducci. Il ferma l'eau et s'écarta en me voyant approcher.

Joseph et Anne-Marie étaient nus, exposés sous les cyalitiques. Leurs corps luisants étaient intacts sauf au cou, entaillé de vilaine façon. Leurs visages dans la mort étaient aussi lisses que ceux de deux enfants.

Claire prononça mon nom, cassant ma communion silencieuse avec les défunts.

Je me retournai et elle me présenta à un homme en blouse bleue, sanglé d'un tablier en plastique, un filet sur ses cheveux gris. Il était légèrement voûté, avec un sourire en biais, comme s'il souffrait de paralysie faciale ou avait subi une attaque.

— Lindsay, voici le Dr Bill Ramos, pathologiste judiciaire. Bill, voici le lieutenant Lindsay Boxer, de la brigade criminelle du SFPD. Il existe peut-être un lien entre ces meurtres et une vieille affaire dont elle s'est occupée.

Je serrais la main de Ramos quand le chef Stark nous rejoignit.

— Docteur, répétez-lui ce que vous m'avez annoncé au téléphone.

— Laissez-moi vous montrer, plutôt, me fit Ramos. (Il s'adressa à son assistant :) Eh, Samir, j'aimerais jeter un coup d'œil sur le dos de la femme, donc faisons-la pivoter sur le flanc.

Samir croisa la cheville gauche d'Anne-Marie sur la droite et le médecin lui saisit le poignet gauche. Puis additionnant leurs efforts, ils placèrent le corps en position requise.

J'examinai les sept marques jaunâtres qui s'entrecroisaient sur les fesses de la morte, chacune d'environ deux centimètres de large sur dix centimètres de long.

— Ces coups ont été portés avec une force extraordinaire, expliqua Ramos. Et pourtant, on a du mal à les discerner. Samir, retournons Mr Sarducci à présent.

Médecin et assistant mirent l'homme sur le côté, sa tête pendant lamentablement en arrière pendant la manœuvre.

— Voyez maintenant, fit le médecin. Ici aussi, on trouve de multiples abrasions de forme rectangulaire quasi indistinctes. Elles ne présentent pas la coloration brunâtre tirant sur le rouge qui apparaîtrait si l'on avait frappé cette partie du corps pendant que le sujet était encore en vie. Et ce ne sont pas non plus des abrasions d'un jaune parcheminé qu'on obtiendrait dans le cas de coups administrés *post mortem*.

Le médecin légiste releva la tête pour s'assurer que je l'avais bien compris.

— Filez-moi un coup de poing en pleine figure, puis tirez-moi deux balles dans la poitrine. La pression sanguine sera insuffisante pour que je me récolte une ecchymose mahousse sur le visage, mais il y aura quand même un petit *quelque chose* là, si mon cœur bat encore, ne serait-ce qu'un instant.

Le médecin approcha un scalpel de l'une des marques sur le dos de l'homme, tranchant à travers le tissu intact et la trace pâle laissée par le coup.

— On peut voir cette teinte légèrement brunâtre sous les abrasions, en d'autres termes une « accumulation focale de sang bien circonscrite ». En langage courant, ajouta Ramos. Vous êtes d'accord, docteur Washburn, n'est-ce pas ? La profonde entaille de la carotide et des nerfs vagues a arrêté le cœur quasiment sur-le-champ, mais pas instantanément. Le cœur de cet homme a battu une dernière fois pendant qu'on le fouettait. Ces coups ont été administrés *cum mortem*... juste avant sa mort ou à l'instant précis de sa mort. Le tueur avait dans l'idée que la victime pouvait encore sentir le fouet.

— Il semblerait qu'on en faisait une affaire personnelle, observa Stark.

— Ah ça oui ! Je dirais même que les tueurs détestaient leurs victimes.

La pièce devint silencieuse tandis que les paroles du médecin légiste faisaient leur chemin.

— Les marques que porte Joe sont plus étroites que celles d'Anne-Marie, remarqua Claire.

— Oui, en effet. L'objet qui les a occasionnées est de nature différente.

— Comme si cela provenait d'une ceinture, ajoutai-je. Ces flagellations auraient-elles pu être pratiquées avec deux ceintures différentes ?

— Je ne peux pas l'affirmer mais c'est cohérent, dit Ramos.

Claire semblait non seulement concentrée mais triste.

— À quoi tu penses ? lui demandai-je.

— Ça m'écorche la bouche, Lindsay, mais tout ça me ramène des années en arrière. Ces traces ressemblent, dans mon souvenir, à celles que j'avais vues sur ton Monsieur X.

71.

À minuit passé, le Guetteur regagna l'intérieur des terres depuis la plage. Il escalada l'escarpement sableux, puis couvrit les quatre cents mètres de sentier qui coupait à travers les chardons et les oyats qui poussaient dru. Le Guetteur distingua enfin la route sinueuse qui longeait la baie.

Alors qu'il avançait vers une maison, il trébucha sur un morceau de bois. Il eut beau tenter d'amortir sa chute, il tomba lourdement à plat ventre, s'égratignant les mains aux oyats.

Le Guetteur se remit vite à genoux et tapota la poche-poitrine de sa veste... son appareil photo avait voltigé dans les airs.

— Merde, merde, merde ! s'écria-t-il, contrarié.

Il rampa à quatre pattes, chercha à tâtons dans le sable, sentant la sueur qui perlait à sa lèvre sécher à l'air frais.

La rage du désespoir lui tenailla la poitrine. Enfin, il retrouva son minuscule et si précieux trésor... l'objectif dans le sable.

Il souffla dessus pour en déloger la poussière, le braqua vers les maisons et colla son œil au viseur. Il aperçut un brouillard de fines rayures qui zébraient l'objectif.

Pas bon, ça.

Jurant entre ses dents, le Guetteur vérifia l'heure. 0 h 14. Puis il se dirigea vers la maison où séjournait Lindsay.

Maintenant que son zoom était inutilisable, il lui faudrait aller plus près et à pied.

Le Guetteur escalada la barrière de sécurité au bout du champ et se tint planté sur le trottoir, la tête illuminée par un lampadaire.

Deux maisons avant le bout de l'avenue, celle de Cat Boxer brillait de toutes ses lampes.

Il plongea dans l'ombre, puis s'approcha de la maison en oblique, en coupant par des cours latérales avant de s'accroupir enfin à l'abri de la haie de troènes, qui bordait le salon de la maison Boxer.

Le cœur battant, il se redressa, puis regarda à travers la baie.

La bande se trouvait au grand complet : Lindsay dans son T-shirt du SFPD et en collants, Claire, la médecin légiste black, en caftan doré, et Cindy, cheveux blonds ramenés sur le sommet du crâne, dans un long peignoir.

Les femmes parlaient avec véhémence, riant parfois aux éclats avant de retrouver leur sérieux. Si seulement il pouvait démêler ce qu'elles disaient, bon sang !

Le Guetteur repassa en revue les faits, les événements récents, les circonstances. *Le fauteuil dans la chambre du gamin.* Ça ne reliait aucun d'entre eux à quoi que ce fût, mais il avait commis une erreur.

Aller de l'avant était-il sans danger ?

Il y avait encore tellement à faire.

Le Guetteur ressentit les effets accumulés du stress dans son corps. Ses mains tremblaient et l'acidité lui brûlait la poitrine. Il ne pouvait pas s'attarder ici plus longtemps. Impossible pour lui.

Il jeta un regard alentour, s'assurant que personne

ne promenait son chien, ni ne sortait ses poubelles. Puis il quitta la protection de la haie et fut brièvement éclairé par la lumière du lampadaire. Sautant par-dessus la barrière, il reprit le sentier obscur en direction de la plage.

Il fallait prendre une décision concernant Lindsay Boxer.

Une décision drastique.

Cette femme était flic.

72.

Je me réveillai tôt, le lendemain matin. Une idée faisait surface dans mon esprit tel un marsouin, de sous la vague.

Je lâchai Martha derrière la maison, mis du café en route et démarrai mon ordinateur portable.

Bob Hinton m'avait dit que deux autres personnes avaient été tuées à Half Moon Bay deux ans auparavant, Ray et Molly Whittaker. Des estivants, avait-il précisé. Ray était photographe, Molly, actrice de complément, figurante à Hollywood.

J'allai les chercher sur la banque de données NCIC. C'est encore sous le choc que je vins réveiller les filles dans leurs chambres.

Une fois habillées, du café et des scones devant elles, je les informai de ce que je venais de découvrir sur Ray et Molly Whittaker.

— C'étaient des pornographes, tous les deux. Ray était derrière l'objectif, Molly devant avec des gamins. Garçons, filles, ça ne semblait pas avoir d'importance. On les a arrêtés puis acquittés. Leur avocat ? Brancusi, encore une fois.

Les filles qui me connaissaient bien me tombèrent sur le dos, me conseillant de rester prudente, me rappelant qu'en tout état de cause j'étais en disponibilité et que, même s'il semblait logique de vérifier l'éventualité d'un lien entre les Whittaker et Dennis Agnew, je n'étais pas dans mon secteur. Personne ne me couvrait et je me préparais de gros ennuis.

Je dus leur répéter « je sais, je sais » une bonne demi-douzaine de fois. Au moment de nous dire au revoir dans l'allée, je leur promis en long et en large d'être une fille bien sage.

— Tu devrais songer à rentrer chez toi, Lindsay, me suggéra Claire, en prenant mon visage entre ses mains.

— Oui. Je vais y réfléchir sérieusement.

Toutes deux me serrèrent dans leurs bras comme si l'on ne devait jamais se revoir et, franchement, cela m'a émue. Alors que la voiture de Claire faisait marche arrière dans l'allée, Cindy se pencha à la portière.

— Je t'appelle ce soir ! Repense à tout ce qu'on t'a dit, Lindsay.

Je leur envoyai des baisers, puis rentrai dans la maison. J'attrapai mon sac accroché à une poignée de porte, histoire de m'assurer de la présence de mon portable, de mon insigne et de mon arme.

Un instant plus tard, je démarrai l'Explorer.

Le trajet était court jusqu'à la ville. Mon esprit était en ébullition à la seconde même où je me garai dans le parking, à l'extérieur des baraquements de la police.

Je trouvai le chef dans son bureau, l'œil fixé sur son ordinateur, une tasse de café en main, une boîte de beignets au sucre posée sur une chaise à sa portée.

— Ces saletés-là auront votre peau, dis-je.

Il poussa les beignets de côté pour que je puisse m'asseoir.

— Si vous voulez mon avis, une mort causée par indigestion de beignets me paraît enviable. Qu'est-ce qui vous turlupine, lieutenant ?

— Ceci.

J'étalai sous ses yeux et sur sa pile de paperasses le casier judiciaire de Dennis Agnew.

— Ray et Molly Whittaker ont été fouettés, n'est-ce pas ?

— Ouaip. C'étaient les premiers de la liste.

— Suspectiez-vous quelqu'un pour leurs meurtres ?

Le chef acquiesça.

— Je n'ai rien pu prouver à l'époque, je ne le peux toujours pas aujourd'hui, mais on tient ce type à l'œil depuis longtemps.

Il prit le casier judiciaire d'Agnew et me le rendit.

— On sait tout sur Dennis Agnew. C'est notre principal suspect.

73.

J'étais sur la véranda au coucher du soleil, à improviser un petit air sur ma guitare, quand des phares remontèrent lentement la rue avant de s'arrêter devant la maison de Cat.

Je me dirigeai vers la voiture et vis le chauffeur s'extirper de son siège pour ouvrir la portière arrière, côté passager.

— Pigé ! fis-je, le visage suffisamment radieux pour illuminer l'obscurité. Tu passais justement dans le quartier.

— Exactement, répondit Joe en m'enlaçant la taille. Je me suis dit que j'allais te faire la surprise.

J'ai posé ma main sur le plastron de sa chemise blanche amidonnée.

— Claire t'a appelé.
— Cindy aussi.

Joe a ri, un peu penaud.

— Je t'emmène dîner dehors.
— Mmm. Et si je préparais à dîner ici ?
— O.K.

Joe tapota le toit de la berline qui démarra.

— Viens voir un peu par ici, toi, murmura-t-il en m'enveloppant de ses bras.

Puis il m'embrassa, provoquant en moi une fois de plus une véritable explosion : comment un simple baiser pouvait-il provoquer une telle réaction ? J'eus encore une pensée modérément raisonnable qu'une vague de chaleur me traversait déjà le corps. *Et nous voilà repartis. Nouvel interlude romantique sur les montagnes russes de ma vie.*

Joe prit mon visage entre ses mains et m'embrassa encore. Mon cœur renonça à manifester la plus faible protestation. Nous entrâmes dans la maison et je claquai la porte derrière nous.

Je restai sur la pointe des pieds, les bras noués autour du cou de Joe. Puis je le laissai m'entraîner à travers la maison jusqu'à ce que je me retrouve sur mon lit et sur le dos tandis que Joe me déshabillait. Il me retira d'abord mes chaussures, puis embrassa tout ce qu'il dénudait en remontant jusqu'à mes lèvres.

Mon Dieu, tout fond en moi sauf mon Kokopelli !

Haletante, je tendis la main vers lui mais il n'était plus là.

J'ouvris les yeux et l'observai pendant qu'il se dévêtait à son tour. Il était magnifique. En forme, bronzé, dur. Et tout à moi.

Je souris de pur délice. Cinq minutes plus tôt, j'envisageais avec plaisir de me faire un marathon de la série *New York District*. Et maintenant... Je tendis les bras et Joe couvrit mon corps du sien.

— Salut, me dit-il. Tu m'as tellement manqué.

— Chut.

Je lui mordis le bas de la lèvre, doucement, puis offris ma bouche à la sienne en l'emprisonnant de tous mes membres.

Lorsque nous émergeâmes de la chambre une heure plus tard, pieds nus et échevelés, il faisait noir comme dans un four dehors. Martha battait bruyamment de la queue, exigeant que je la nourrisse. Ce que je me suis empressée de faire.

Puis je nous préparai une appétissante salade tricolore avec vinaigrette à la moutarde et copeaux de parmesan. Je mis des pâtes à cuire tandis que Joe mélangeait du basilic, de l'origan et de l'ail à la sauce tomate avant de remuer le tout. Bientôt un arôme divin parfuma l'atmosphère.

Nous dînâmes à la cuisine, en échangeant ce qui faisait les gros titres de notre semaine écoulée. Ceux de Joe valaient bien ceux de CNN. Attentats à la voiture piégée, infiltrations dans les aéroports et autres règlements de comptes politiques : je n'avais nul besoin d'une autorisation top-secret pour entendre tout ça. Plus tard, alors que nous faisions la vaisselle côte à côte, je narrai à Joe la version la plus courte et la moins incendiaire de mes rencontres avec Agnew.

Il serra les mâchoires pendant mon récit.

— Fais comme si je ne t'avais rien raconté, dis-je en l'embrassant sur le front et en le resservant de vin.

— Et toi, fais comme si je n'étais pas furieux contre toi d'aller te fourrer dans ce genre de guêpier.

Bon Dieu, tout le monde avait donc oublié que j'étais flic ? Et un bon flic, soit dit en passant. Première femme à avoir été nommée au grade de lieutenant à San Francisco...

— Un Cary Grant, ça te va ? demandai-je. Et Katharine Hepburn, elle te branche ?

Pelotonnés sur le canapé, nous regardâmes *L'Impossible Monsieur Bébé*, l'une de mes comédies préférées. Comme d'habitude, je pleurai de rire devant la séquence où Cary Grant course à quatre pattes le terrier qui tient l'os de dinosaure dans sa gueule et Joe a ri avec moi, en me serrant dans ses bras.

— Si tu me surprends à faire la même chose avec Martha, ne t'étonne pas, déclarai-je en pouffant.

— Je t'aime tant, Lindsay.
— Moi aussi, Joe.

Tard dans la nuit, je me suis endormie, lovée contre le corps de Joe en songeant : *Je ne suis jamais rassasiée de cet homme.*

74.

Joe prépara du bacon et des œufs brouillés dans la lumière éblouissante que déversaient les fenêtres de la cuisine. Je remplis les tasses de café. Joe lut dans mes yeux la question qui me taraudait.

— Je suis ici jusqu'à ce que je reçoive un appel. Si tu veux, je vais t'aider à faire le point... à propos des meurtres.

Nous montâmes dans l'Explorer, Joe prit le volant et Martha s'installa sur mes genoux. Alors que nous passions lentement devant la maison de verre des Sarducci, non loin de la baie, je résumai à Joe leur affaire.

Puis nous nous dirigeâmes vers Crescent Heights et prîmes la route de terre sinueuse jusqu'à la porte de la petite maison abandonnée des Daltry.

L'endroit semblait ravagé par la violence de l'assassinat. La pelouse en façade était montée en graine, on avait cloué des planches sur les portes et les fenêtres et des fragments de ruban jaune voletaient tels des canaris dans les buissons.

— Milieu socio-économique très différent de celui des Sarducci, observa Joe.

— Ouais. Mais je ne crois pas que ces meurtres soient en rapport avec l'argent.

Nous partîmes ensuite vers le bas de la montagne

et, en quelques minutes, nous entrâmes dans Ocean Colony, là où les O'Malley avaient vécu et étaient morts. Je désignai à Joe la demeure aux volets bleus de style colonial. Un écriteau À VENDRE était planté dans le jardin et une Lincoln était garée dans l'allée.

Tandis que nous nous rangions au bord du trottoir, une femme blonde en robe rose Lilly Pulitzer sortit de la maison et verrouilla la porte d'entrée. Lorsqu'elle nous aperçut, son visage se fendit d'un sourire lourdement fardé de rouge à lèvres.

— Bonjour, nous dit-elle. Emily Harris, Agence immobilière Pacific Homes. Je regrette, la visite portes ouvertes, c'est seulement le dimanche. Je ne peux pas vous montrer la maison maintenant, j'ai un rendez-vous en ville...

Ma figure dut afficher une certaine déception, car je vis Mrs Harris nous envisager comme des clients potentiels.

— Écoutez. Vous n'aurez qu'à glisser la clé dans la boîte aux lettres en sortant. D'accord ?

Nous descendîmes de la voiture et je nouai mon bras à celui de Joe. Tel un couple marié en quête d'un nouveau foyer, Joe et moi avons grimpé les marches du perron et déverrouillé la porte d'entrée des O'Malley.

75.

L'intérieur de la maison avait été assaini, restauré et repeint... pour valoriser au maximum une propriété fort attractive. Je m'attardai dans le vestibule central avant de suivre Joe dans l'escalier en colimaçon.

En arrivant dans la chambre principale, je le trouvai en train d'examiner la porte du dressing.

— Il y avait un petit trou ici, à hauteur des yeux, tu vois, Linds ? On l'a bouché.

Il entailla le mastic encore malléable du bout de l'ongle.

— Un œilleton ?

— Un œilleton dans un dressing, dit Joe. Bizarre, tu ne trouves pas ? À moins que les O'Malley n'aient fait du cinéma en chambre.

La tête me tourna un instant tandis que j'établissais un lien entre du porno amateur et celui, plus pro, d'un Randy Long. Les flics avaient-ils découvert cette installation ?

Et même si c'était le cas, qu'est-ce que cela prouvait ?

Ce petit jeu n'avait rien d'illégal entre adultes majeurs et vaccinés.

J'entrai dans le dressing fraîchement repeint,

repoussai les cintres en laiton avant de les rattraper pour stopper leur cliquetis.

C'est alors que j'aperçus un autre raccord de mastic, visible sous la couche de peinture fraîche.

Je le sondai du doigt et sentis mon cœur s'emballer. *Il y avait un autre œilleton au fond du dressing et il traversait le mur.*

M'emparant d'un des cintres sur la tringle, je le modelai en un seul et long fil de fer que j'insérai dans le trou.

— Joe, tu peux aller voir où ça ressort ?

Le fil de fer semblait vivre entre mes doigts pendant que j'attendais qu'on le tire à l'autre extrémité – ce qui ne manqua pas d'arriver. Joe reparut quelques instants plus tard.

— Il tombe dans une autre pièce. Il faut que tu voies où, Lindsay.

La chambre mitoyenne était encore en partie meublée : lit à baldaquin à fanfreluches, assorti à la coiffeuse et au miroir en pied mural, tarabiscoté. Joe me montra le trou, camouflé en détail floral du cadre sculpté du miroir.

— Et merde, Joe. C'était la chambre de leur fille. Ces salauds-là espionnaient Caitlin ? Ils la filmaient ?

Je restai immobile à fixer la vitre de la portière, pendant que Joe nous reconduisait à la maison de Cat. Je ne cessai de penser à ce second œilleton. Quel genre de gens étaient donc les O'Malley ? Pourquoi auraient-ils braqué une caméra sur cette enfant ?

S'agissait-il à l'origine d'une sorte de caméra pour surveiller les nounous ?

Ou bien de quelque chose de bien plus glauque encore ?

J'effectuais de véritables acrobaties mentales autour de cet œilleton, envisageant toutes les possibilités. Tout se ramenait à une seule et unique question : tout cela était-il lié aux meurtres ?

76.

Il n'était que midi lorsque nous sommes revenus à la maison de Cat. Nous allâmes dans la chambre de mes nièces pour utiliser leur panneau en liège mural afin d'examiner point par point ce qu'on savait de ces meurtres.

Je sortis des marqueurs et du papier cartonné de couleur, puis je rapprochai deux petits tabourets en plastique rouge pour nos fesses.

— Bon, que sait-on ? commença Joe, punaisant du papier jaune sur le tableau.

— Les preuves indirectes suggèrent l'existence de trois tueurs. D'après le médecin légiste, il semblerait qu'on ait utilisé des couteaux et des ceintures différents, ce qui vient confirmer mon hypothèse qu'il y aurait plusieurs auteurs. Mais, en fait, on n'a rien de plus. Pas un cheveu ni un poil, pas une fibre, pas une empreinte, pas une once d'ADN. C'est comme mener une enquête dans les années 40. La police scientifique ne nous sera d'aucune utilité dans cette affaire.

— Qu'est-ce que tu vois comme schéma ? Allez, dis-moi tout, m'exhorta Joe.

— Ça n'est pas clair, fis-je, mes mains en suspension au-dessus d'une boule de cristal imaginaire. Stark dit que les victimes étaient toutes des personnes mariées. Mais il a aussitôt ajouté que cela ne signifiait rien car quatre-vingts pour cent des habitants d'Half Moon Bay sont des mariés.

Joe inscrivait le nom des victimes sur les feuilles cartonnées.

— Continue, m'encouragea-t-il.

— Tous ces couples, sauf les Whittaker, avaient des enfants. Ces derniers donnaient dans le porno pédophile. Caitlin O'Malley a-t-elle été l'une de leurs victimes ? Pure spéculation. L'aspect porno de l'affaire m'amène à penser qu'il y a peut-être un lien avec les pornocrates du coin et, à travers eux, avec le crime organisé... Pure spéculation, là encore. Et pour finir, mon Monsieur X ne semble pas correspondre au profil des victimes.

— Peut-être que ce premier meurtre résultait d'une pulsion, suggéra Joe, alors que les derniers étaient prémédités.

— Hmmm, fis-je, en laissant mon regard s'égarer vers le rebord de la fenêtre, où des semis de patates douces, qui poussaient dans des verres, étalaient vrilles et feuilles vert tendre. Ça se tient. Peut-être que mon Monsieur X a été victime d'un crime passionnel. Si tel est bien le cas, son assassin, ou ses assassins, n'a plus ressenti de pulsion de meurtre pendant un très long laps de temps. C'est la même signature. Mais quel est le lien ?

— Je ne le sais pas encore. Essaie de me résumer l'essentiel.

— On a huit meurtres en rapport les uns avec les autres dans un rayon de quinze kilomètres. On a tranché la gorge de toutes les victimes, sauf de Lorelei O'Malley qui a été éventrée. Toutes les huit, plus Monsieur X, ont été fouettées. Mobile inconnu. Et on a un principal suspect, ex-étalon du porno et ordure garantie pur jus.

— Je vais passer deux ou trois coups de fil, déclara Joe en se levant.

77.

Quand Joe eut terminé son appel au FBI, j'attrapai le marqueur pendant qu'il récapitulait ses notes.

— Rien qui puisse nous mettre la puce à l'oreille chez les victimes : aucun délit, aucun changement de nom, aucune relation avec Dennis Agnew. Quant aux types du Parc à Playmates, ajouta Joe, Ricardo Montefiore, plus connu sous le pseudo de Rick Monte, a été condamné pour proxénétisme, obscénité publique et agression. Et ça s'arrête là pour lui. Rocco Benuto, le videur de ta boutique porno, est un poids plume. Un chef d'accusation pour possession de substances illicites. Un autre pour vol avec effraction d'une supérette dans le New Jersey à l'âge de dix-neuf ans. Non armé.

— Pas vraiment le profil type d'un tueur en série.

Joe acquiesça et poursuivit :

— Tous trois sont répertoriés comme « associés notoires » de divers mafieux de bas étage ou de médiocre importance. Ils ont assisté à plusieurs fêtes d'affranchis comme pourvoyeurs de filles. Quant à Dennis Agnew, tu es déjà au courant de sa mise en examen pour meurtre en 2000 qui s'est traduite par un non-lieu.

— Ralph Brancusi est l'avocat qui lui a sauvé la mise.

Joe hocha la tête.

— La victime était une starlette porno originaire d'Urbana, Illinois. La vingtaine, accro à l'héroïne, arrêtée deux ou trois fois pour prostitution. C'était l'une des petites amies d'Agnew avant sa disparition en bonne et due forme.

— Sa disparition ? Genre, on n'a pas retrouvé son corps ?

— Désolé, Lindsay. Pas de corps.

— Donc, on ignore si elle a eu la gorge tranchée.

— Oui.

Je restai pensive. Il était terriblement frustrant d'être quasiment au cœur de ce film de grand-guignol, sans avoir pour autant une seule piste sérieuse à se mettre sous la dent.

Mais un schéma se dessinait clairement. Les meurtres se succédaient de façon de plus en plus rapprochée. Mon Monsieur X avait été tué dix ans plus tôt, les Whittaker, huit ans plus tard, les Daltry il y avait un mois et demi. Et à présent, deux doubles assassinats avaient eu lieu la même semaine.

Joe se posa sur le petit tabouret près du mien. Il me prit la main et nous observâmes ensemble les notes punaisées sur le tableau de liège.

— Les assassins accélèrent la cadence, Joe. À l'heure actuelle, ils tirent déjà des plans pour recommencer, finis-je par dire.

— Pour toi, c'est tangible ? demanda Joe.

— Oui. Je le sens.

78.

Le bruit discordant du téléphone près du lit me réveilla brusquement. Je décrochai à la seconde sonnerie, en constatant que Joe n'était plus là mais m'avait laissé un mot sur le fauteuil où il posait ses vêtements.
— Joe ?
— Yuki, à l'appareil. Je vous ai réveillée, Lindsay ?
— Non, je suis déjà debout, mentis-je.
Nous parlâmes cinq minutes à la vitesse grand V – comme toujours avec Yuki. Après avoir raccroché, plus question pour moi de me rendormir. J'ai lu l'adorable petit mot d'adieu de Joe, puis enfilai un survet. Je mis Martha en laisse et partis faire du jogging avec elle sur la plage.
Une brise purifiante, en provenance de la baie, nous fouetta. Nous nous dirigions vers le nord, quand j'entendis quelqu'un me héler. Une petite silhouette, loin devant, courait dans notre direction.
— Lindsay-ay-ay, Lindsay-ay-ay !
— Allison ! Salut, fillette.
La gamine aux yeux noirs me serra très fort contre elle, puis se laissa tomber sur le sable pour embrasser Martha.

— Ali, ne me dis pas que tu es toute seule dans ce coin ?

— On fait une sortie, répondit-elle en me montrant un groupe de gens et de parapluies, au loin sur la plage.

En m'approchant, j'entendis des gosses chanter *Yolee yolee yolee*, l'air du générique de l'émission *Koh-Lanta*. Et j'aperçus Carolee qui venait vers moi.

Nous nous embrassâmes, puis Carolee me présenta à « ses » enfants.

— Il est de quelle race, ton clebs ? s'enquit un gamin à la tignasse blonde, coiffé rasta.

— C'est pas un clebs. Martha la Douce est une chienne, une border collie.

— Elle ressemble pas du tout à Lassie, intervint une petite fille à boucles rousses qui arborait un œil au beurre noir en voie de guérison.

— Non. Les border collies sont d'une race différente. Ils viennent, comme leur nom l'indique, de la frontière entre l'Angleterre et l'Écosse. Leur rôle est très important. Ils gardent les moutons et aussi les bovins.

J'avais désormais capté leur attention et Martha leva la tête vers moi, comme si elle savait que je parlais d'elle.

— Les border collies doivent apprendre à obéir aux ordres de leurs maîtres, bien sûr, mais ce sont des chiens très intelligents qui non seulement aiment travailler mais ont aussi l'impression que les bêtes du troupeau leur appartiennent et qu'ils en sont responsables.

— Donne-lui des ordres, Lindsay ! Montre-nous comment elle obéit, me supplia Ali.

Je lui fis un grand sourire.

— Qui veut jouer le mouton ? demandai-je à la ronde.

Beaucoup de gamins ricanèrent, mais quatre d'entre eux, Ali comprise, se portèrent volontaires. J'ordonnai aux « moutons » de se disperser et de courir sur la plage, puis je retirai sa laisse à Martha.

— Va, Martha !

La chienne se mit à courir vers le petit groupe. Les enfants poussèrent des cris aigus en essayant de lui échapper, mais sans succès. Martha était rapide et agile. Tête basse, les yeux braqués sur eux, elle leur aboyait aux talons. Les gamins se rassemblèrent en une petite formation, puis avancèrent en rangs serrés.

— Ici ! criai-je à ma chienne.

Martha manœuvra aussitôt le troupeau de gamins, dans le sens des aiguilles d'une montre, en direction de la baie.

— Là-bas, criai-je encore.

Et Martha fit faire demi-tour vers la falaise aux enfants qui pouffaient de plaisir.

— Suffit ! ordonnai-je à mon border collie qui ramena les enfants, essoufflés et tout étourdis, vers leurs serviettes de bain.

— Au pied, Martha ! dis-je. Beau travail. Excellent, ma douce.

Martha, à mes côtés, aboya, histoire de s'autocongratuler. Les gosses applaudirent et sifflèrent, Carolee nous tendit des gobelets de jus d'orange et nous porta un toast. Une fois l'attention détournée de Martha et moi, je pris Carolee à part et lui rapportai ma conversation avec Yuki.

— J'ai besoin d'un service, lui dis-je.

— Tout ce que vous voudrez, me répondit Carolee Brown qui se sentit obligée d'ajouter : Quelle super maman vous feriez, Lindsay !

79.

Quelques instants après avoir dit au revoir à Carolee et aux enfants, Martha et moi avons grimpé la dune puis traversé le champ d'oyats pour gagner Miramontes Street. Mes pieds venaient à peine de toucher le trottoir quand j'aperçus un individu, à une centaine de mètres, en train de braquer un minuscule appareil photo dans ma direction.

Il était si loin de moi que je ne distinguais que le reflet de l'objectif, son sweat-shirt orange et sa casquette de base-ball rabattue sur ses yeux. Il ne me laissa pas le temps d'approcher. À peine vit-il que j'avais remarqué sa présence qu'il tourna les talons.

Peut-être que ce type prenait simplement des photos du panorama, ou bien la presse tabloïd m'avait débusquée, ou encore ce pincement au cœur n'était dû qu'à ma paranoïa, n'empêche que je rentrai à la maison, plutôt mal à l'aise.

Quelqu'un me surveillait.

Quelqu'un qui ne voulait pas que je le voie.

De retour chez Cat, j'ôtai les draps du lit, fis mes bagages. Puis je nourris Pénélope et changeai son eau.

— Bonne nouvelle, Penny, dis-je à la truie prodige. Carolee et Allison m'ont promis de passer plus tard. Je te prédis un avenir plein de pommes, baby.

Je rangeai l'adorable mot d'« adieu momentané » de Joe dans mon sac et, après une inspection complète des lieux, je gagnai la porte d'entrée.

— On rentre à la maison, déclarai-je à Martha.

Nous montâmes dans l'Explorer et repartîmes pour San Francisco.

80.

À 19 heures, ce soir-là, j'ouvrais la porte de l'Indigo, un tout nouveau restaurant situé sur McAllister, à deux pas du tribunal. Ce qui aurait dû me couper l'appétit. Après avoir traversé le bar lambrissé de bois, j'entrai dans le restaurant à haut plafond, où le maître d'hôtel vérifia mon nom sur sa liste. Puis il m'escorta jusqu'à une banquette de velours bleu où mon avocate feuilletait une liasse de papiers.

Yuki se leva pour m'embrasser. Tandis que je la serrais dans mes bras, je pris conscience du plaisir immense que j'avais à la retrouver.

— Comment allez-vous, Lindsay ?

— Formidablement bien, sauf quand je me souviens que mon procès démarre lundi.

— On va le gagner, assura-t-elle. Cessez donc de vous inquiéter.

— Bien sûr, quelle idiote je suis de m'en faire !

J'esquissai un sourire, mais j'étais plus ébranlée que je ne désirais le laisser paraître. Mickey Sherman avait convaincu les hautes instances que je serais mieux défendue si j'étais représentée par une femme et que Yuki Castellano était « une super pointure pour ce boulot ».

J'aurais aimé en être autant persuadée.

Même si je la surprenais à l'issue d'une longue journée de travail, Yuki semblait fraîche et pleine de dynamisme. Mais, par-dessus tout, elle avait l'air jeune. Je m'agrippai instinctivement à mon Kokopelli tandis que mon avocate de vingt-huit ans et moi commandions à dîner.

— Alors, quoi de neuf en ville depuis mon escapade ? demandai-je à Yuki.

Je repoussai le bar saisi à la poêle et sa purée de panais du chef Larry Piaskowsky au bord de mon assiette, puis grignotai la salade de fenouil aux pignons, arrosée d'une vinaigrette au jus de carotte et à l'estragon.

— Je suis contente de vous revoir, Lindsay, car les requins s'en sont donné à cœur joie, répondit Yuki.

Je remarquai qu'elle me fixait droit dans les yeux et que ses mains ne restaient jamais en repos.

— Éditoriaux plus reportages-télé sur les parents indignés se sont succédé vingt-quatre heures sur vingt-quatre et sept jours sur sept... Vous n'avez pas vu *Saturday Night Live* ?

— Je ne l'ai jamais regardé.

— Bon, autant que vous le sachiez... On vous a surnommée Dirty Harriet[1].

— À se rouler par terre, dis-je avec une grimace. Je devine que ç'a été ma fête.

— Ça risque d'être pire, fit Yuki en tirant sur une boucle de ses cheveux. La juge Achacoso accepte la présence des caméras dans le prétoire pour une retransmission du procès en direct. Et je viens de recevoir la liste des témoins à charge. Sam Cabot viendra à la barre.

— Ma foi, c'est plutôt bon, ça, non ? Sam a avoué

---

1. En référence à *Dirty Harry (L'Inspecteur Harry)* de Don Siegel (1971) où Clint Eastwood, dans le rôle éponyme, flingue à tout va *(N.d.T.)*.

avoir commis ces meurtres par électrocution. On peut s'en servir !

— Je crains que non, Lindsay. Ses avocats ont déposé une requête afin que ses aveux ne soient pas pris en compte, car ses parents n'étaient pas présents quand il les a lâchés à cette urgentiste. Écoutez, reprit Yuki en me tenant les mains, émue sans doute de me voir sous le choc. On ignore ce que Sam dira... Je vais l'asticoter, comptez là-dessus. Mais on ne peut plus l'accuser sur la base de ses aveux. C'est sa parole contre la vôtre... et puis, il n'a que treize ans et vous êtes taxée d'alcoolo.

— Par conséquent, vous me conseillez de « ne pas m'inquiéter » parce que... ?

— Parce que la vérité se fera jour. Les jurés sont des êtres humains, la plupart d'entre eux ont déjà bu dans leur vie. Je pense qu'ils jugeront que vous êtes en droit de prendre quelques verres de temps à autre et sans doute même, qu'on ne peut *s'attendre à autre chose*. Vous avez essayé de venir en aide à ces jeunes, Lindsay. Et ça, ce n'est certainement pas un crime.

81.

— Gardez-vous d'oublier que vous êtes en procès dès votre arrivée au tribunal, me recommanda Yuki pendant qu'on marchait ensemble dans la fraîcheur de la nuit tombante.

Nous prîmes l'ascenseur du garage de l'Opéra Plaza sur Van Ness jusqu'au niveau où Yuki avait garé son Acura deux portes, couleur taupe.

Peu après, nous roulions sur Golden Gate Avenue vers mon troquet préféré, même si ce soir, je décidais de m'en tenir au Coca. Simple mesure de précaution.

— Venez dans une voiture des plus banales : ni bagnole de flic, ni 4 × 4 flambant neuf... rien de ce genre.

— J'ai une Ford Explorer vieille de quatre ans. Avec un pet dans la portière. Ça vous va ?

— Ça roule, fit Yuki en riant. Parfait ! Quant à votre tenue de l'audience préliminaire, c'était la bonne. Tailleur sombre, insigne du SFPD au revers, pas d'autres bijoux. Quant aux journalistes, lorsqu'ils vous assailliront, vous pourrez sourire poliment sans répondre à une seule de leurs questions.

— Je vous laisse vous en charger.

— Bingo ! me dit-elle au moment où l'on s'arrêtait devant Chez Susie.

L'orchestre calypso avait mis les dîneurs de bonne humeur et Susie elle-même, en sarong rose des plus sexy, dansait le limbo au milieu de la piste. Mes deux meilleures amies nous firent signe de les rejoindre dans *notre* box. Je procédai aux présentations.

— Claire Washburn, Yuki Castellano. Yuki, Cindy Thomas.

Les filles lui tendirent la main. Je percevais à leur air tendu que mon épreuve à venir les inquiétait autant que moi-même.

— Je suis l'amie de Lindsay..., annonça Claire, mais inutile de vous préciser que je suis aussi citée comme témoin à charge.

Cindy, la gravité incarnée, ajouta :

— Moi, je travaille pour le *Chronicle* et, à ce titre, je suis prête à hurler toutes les questions déplaisantes qu'il faudra sur les marches du tribunal.

— Et à passer Lindsay à la moulinette, si l'article va dans ce sens, termina Yuki.

— Tout à fait.

— Je vais bien m'occuper d'elle, rassurez-vous, leur affirma Yuki. On a une vilaine bataille sur les bras, c'est certain, mais on va la gagner.

Et comme si nous savions d'avance que ce serait le cas, nous serrâmes nos huit mains au centre de la table.

— Une pour toutes, toutes pour une ! ai-je clamé.

Cela faisait du bien de rire et je fus ravie de voir Yuki retirer sa veste et Claire servir une tournée collective de margaritas, en m'excluant du lot.

— C'est une première pour moi, fit Yuki, un peu incertaine.

— Il est grand temps de vous y mettre, maître. Mais buvez gentiment et doucement, vu ? Et maintenant, ajouta Claire, racontez-nous tout sur vous. En commençant par le début.

— Ouais, je vois... D'où me vient ce drôle de nom et tout ça ? dit Yuki, léchant le sel sur sa lèvre. D'abord, il faut que vous sachiez que Japonais et Italiens sont comme deux pôles opposés. Leur façon de se nourrir, par exemple : calamar cru au riz contre linguini nappés de marinara au scungilli.

Yuki éclata d''un rire charmant, tel un tintement de clochettes.

— Quand ma petite Japonaise de mère si réservée a rencontré mon Italo-Américain de père baraqué et passionné, lors d'une soirée d'échange étudiant, leur attirance fut purement magnétique, poursuivit Yuki avec son drôle de débit de mitraillette. Mon futur père lui a dit « marions-nous tant qu'on est amoureux », ce qu'ils ont fait, environ trois semaines après s'être connus. Et moi, je suis arrivée neuf mois plus tard.

Yuki nous expliqua que, suite aux nombreux préjugés à l'encontre du métissage dans un Japon toujours conservateur, ses parents étaient partis s'installer en Californie alors qu'elle n'avait que six ans. Mais elle se rappelait très bien ce qu'elle avait ressenti à l'école lorsqu'on la harcelait parce qu'elle était métisse.

— J'ai voulu être avocate dès que j'ai été assez grande pour connaître la profession de Perry Mason dans le feuilleton télé, continua-t-elle, les yeux brillants. Croyez-moi, et sans vouloir me vanter, j'alignais les vingt sur vingt en fac de droit à Berkeley et j'ai eu un avancement rapide chez Duffy & Rogers, dès l'obtention de mon diplôme. À mon avis, il faut un moteur pour améliorer ses performances. Vous les filles, vous devriez donc comprendre ce qui l'a été pour moi. J'ai toujours eu quelque chose à prouver : l'intelligence et la compétence ne me suffisent pas, il faut que je sois la meilleure. Quant à Lindsay, votre vieille amie et ma nouvelle amie, je sais, au fond de mon cœur, qu'elle est innocente. Et ça aussi, je le prouverai.

82.

Yuki avait eu beau me prévenir de la folie médiatique qui m'attendait, je restai stupéfaite, le lendemain matin, face à la cohue qui cernait Civic Center Plaza. Les camionnettes des équipes de télé par satellite s'alignaient sur Polk Street et des deux côtés de McAllister, une foule malveillante et versatile se déployait en éventail, dans toutes les directions, bloquant l'accès à l'Hôtel de Ville et au tribunal.

Après avoir laissé ma voiture au garage sur Van Ness, à trois blocs de marche seulement du tribunal, je tâchai de me fondre parmi les piétons. Mais je n'y ai pas coupé. À peine les journalistes me repérèrent-ils qu'ils se jetèrent sur moi, me brandissant micros et appareils photo en pleine figure et me hurlant des questions auxquelles je ne comprenais rien et auxquelles je pouvais encore moins répondre.

Les accusations de « brutalité policière », tout le battage, le grondement de la foule me donnaient le tournis et me causaient du chagrin. *J'étais un bon flic, merde. Comment se faisait-il que ceux que j'avais juré de servir s'étaient retournés contre moi de la sorte ?*

Carlos Vega de KRON-TV se donnait à fond pour « le Procès de Dirty Harriet ». Ce nabot, du style roquet, était connu pour ses interviews si courtoises que ses invités sentaient à peine son couteau fouailler leurs entrailles. Mais moi, je connaissais Carl pour l'avoir déjà pratiqué. Quand il me demanda « Reprochez-vous aux Cabot l'action qu'ils ont intentée contre vous ? », je faillis le mordre.

J'allais offrir au sieur Vega une petite phrase malavisée pour les infos de six heures quand quelqu'un m'arracha à la populace en me prenant par le coude. Je me libérai d'une secousse... pour mieux m'apercevoir que mon sauveur était un uniforme ami.

— Conklin ! fis-je. Dieu merci.

— Ne me quittez pas, Lindsay, me recommanda-t-il en me cornaquant à travers la foule jusqu'à une haie de policiers qui me ménageaient un étroit couloir jusqu'au tribunal. J'eus le cœur gonflé de gratitude tandis que mes collègues agents, faisant la chaîne pour m'ouvrir une brèche sécurisée, m'adressaient un signe de tête ou des mots d'encouragement au passage.

— *Ne vous laissez pas faire, lieutenant.*

— *Tenez bon, chef.*

Lorsque j'aperçus Yuki au milieu de la foule qui se pressait sur les marches du bâtiment, je me dirigeai droit sur elle. Elle prit le relais de l'agent Conklin et, ensemble, nous poussâmes les lourdes portes de verre et d'acier du tribunal. Nous grimpâmes une volée de marches en marbre et, quelques instants plus tard, pénétrâmes dans l'impressionnante salle d'audience, au premier étage.

Des têtes se tournèrent vers nous à notre entrée. Je redressai mon col repassé de frais, passai une main dans mes cheveux et traversai avec Yuki la salle au sol moquetté pour gagner la table des avocats. Si les dernières minutes m'avaient permis de retrouver un calme apparent, en réalité je bouillais littéralement, à l'intérieur.

83.

Yuki s'écarta pour me permettre de m'installer près de Mickey Sherman. Boucles et Bouche d'Argent. Il se leva à demi et me serra la main.

— Comment va, Lindsay ? Vous êtes superbe ! Bien dans vos baskets ?

— Jamais sentie mieux, plaisantai-je.

Nous savions, lui comme moi, qu'aucune personne saine d'esprit ne se sentirait « bien dans ses baskets » à ma place. Je jouais ma carrière et, si les jurés se retournaient contre moi, toute ma vie s'envolerait en fumée. Le Dr Andrew Cabot et sa femme réclamaient 50 millions de dollars de dommages et intérêts, et même si 49,99 concernaient la ville de San Francisco, je n'en serais pas moins ruinée et sans doute stigmatisée le reste de mon existence par ma réputation de Dirty Harriet.

Comme Yuki prenait place près de moi, le chef Tracchio passa la main au-dessus de la balustrade pour me presser l'épaule. Je ne m'attendais pas à une telle marque d'affection et cela me toucha. Puis des voix retentirent et la partie adverse prit place à notre hauteur, à l'autre table.

Un instant plus tard, le Dr Cabot et son épouse pénétrèrent dans le prétoire et vinrent s'asseoir derrière leurs avocats. Le Dr Cabot, frêle comme un roseau, et sa femme blonde, à l'affliction manifeste, braquèrent immédiatement leur regard sur moi.

Andrew Cabot n'était qu'un bloc vibrant de rage contenue et d'angoisse. Le visage d'Eva Cabot était l'image même d'une désolation infinie. Cette mère avait perdu sa fille d'une façon qu'elle jugeait inexplicable à cause de moi – moi qui avait par ailleurs rendu son fils infirme. Quand elle posa ses yeux gris et rougis sur moi, je ne pus y déchiffrer qu'une fureur insondable.

Eva Cabot me haïssait.
Elle voulait me voir morte.

La main fraîche de Yuki sur mon poignet brisa l'emprise de Mrs Cabot... mais pas avant que notre échange de regards intense n'ait été enregistré sur bande.

— La cour ! tonna l'huissier.

C'est dans un brouhaha assourdissant que l'assemblée se leva et que la petite silhouette à lunettes de la juge Achacoso gagna son siège.

On y était.

Mon procès allait commencer.

84.

La sélection des jurés prit presque trois jours. À l'issue du premier, comme je ne pouvais plus supporter la sonnerie incessante du téléphone et le grouillement des médias devant ma petite maison, Martha et moi fîmes nos paquets et partîmes nous installer dans le trois-pièces de Yuki au Crest Royal, une mini tour très bien protégée.

Le grouillement des médias gagnait chaque jour en ampleur et en clameur. La presse alimentait l'agitation publique en détaillant les composantes ethnique et socio-économique de chaque personne choisie comme juré, nous accusant, comme de bien entendu, de nous livrer à du *profiling* racial. En fait, j'avais la nausée de voir les deux parties accepter ou récuser des jurés potentiels en se fondant sur les préjugés tangibles ou supposés en ma faveur ou défaveur. Quand on récusa quatre hommes et femmes noirs et latinos d'affilée, j'en touchai un mot à Yuki pendant la suspension d'audience qui suivit.

— N'est-ce pas vous qui me décriviez l'autre jour l'effet que ça fait d'être victime de discrimination raciale ?

— Ce n'est pas une question de race, Lindsay. Ceux et celles que nous récusons actuellement nourrissent tous un certain ressentiment envers la police, dont ils ont une vision négative. Parfois, les gens ne se rendent pas compte de leurs partis pris jusqu'à ce qu'on les interroge. Souvent, lors d'une affaire énormément médiatisée comme celle-ci, les gens mentent pour obtenir leur fameux quart d'heure de célébrité. Nous procédons à cet examen préliminaire car nous en avons le droit. Je vous en prie, faites-nous confiance. Si on n'attaque pas frontalement, c'est fichu d'avance.

Plus tard, le même jour, le camp adverse eut recours à trois reprises à des récusations formelles : deux fonctionnaires de race blanche d'un certain âge, deux femmes qui auraient pu me considérer d'un bon œil, comme si j'étais leur fille, ainsi qu'un pompier du nom de McGoey qui, selon toute vraisemblance, ne m'aurait jamais tenu rigueur d'avaler une pleine cuve de margaritas.

Au final, même si aucune des parties n'était satisfaite, toutes deux acceptèrent les douze hommes et femmes plus leurs trois suppléants. À 14 heures, le troisième jour, Mason Broyles se leva pour exposer les faits.

Même dans mon pire cauchemar, jamais je n'aurais pu imaginer comment ce personnage présenterait les griefs des Cabot contre moi.

85.

Mason Broyles avait l'air d'avoir fait le tour du cadran, la veille. Frais comme un gardon dans son costume Armani classique, bleu marine. Chemise bleu pâle amidonnée, assortie à ses yeux. Il se leva et, sans recourir à des notes, s'adressa à la cour et aux jurés.

— Madame le Président, mesdames et messieurs les jurés. Afin de mieux comprendre les événements de la soirée du 10 mai, il faut vous mettre dans la tête de deux enfants qui ont été saisis d'une lubie. Leurs parents étaient absents. Ils ont trouvé les clés de la Mercedes neuve de leur père et décidé de partir en virée. Certes, ils ont eu tort, mais ce n'étaient que deux gamins. Sara n'avait que quinze ans. Et Sam Cabot, élève en quatrième, n'en a que treize.

Broyles se détourna un instant des jurés pour faire face à ses clients, comme pour dire : « Regardez bien ces gens-là. Voyez la douleur que leur inflige cette manifestation de brutalité policière. »

Broyles revint vers les jurés et poursuivit son exposé.

— Sara Cabot avait pris le volant ce soir-là. Les jeunes Cabot roulaient dans un quartier mal famé, une zone réputée pour sa forte criminalité, le quartier du Tenderloin. Ils se trouvaient dans un véhicule de luxe.

Surgie de nulle part, une autre voiture les a pris en chasse.

» Sam Cabot vous racontera que sa sœur et lui ont été terrorisés par le véhicule de police qui les poursuivait. La sirène hurlait. Les gyrophares éclairaient la rue comme une discothèque infernale...

» Si Sara Cabot était présente, elle témoignerait qu'elle a eu si peur de cette voiture lancée à leurs trousses, qu'elle a pris la fuite, puis perdu le contrôle de son véhicule. Elle vous dirait qu'en comprenant que ses poursuivants étaient des policiers, la panique lui a fait perdre la tête. Elle avait commis un délit de fuite, réduit la voiture de son père à l'état d'épave et conduisait sans permis. En outre, son petit frère avait été blessé dans l'accident.

» Elle vous dirait aussi qu'elle avait eu peur car lesdits policiers étaient armés.

» Mais Sara Cabot, une jeune fille au Q.I. de cent soixante, qui avait deux ans d'avance dans ses études et des espérances quasi illimitées, ne peut plus rien nous raconter... car elle est morte. Et elle est morte parce que l'accusée, le lieutenant Lindsay Boxer, a fait preuve d'une erreur de jugement insigne et tué Sara de deux balles en plein cœur.

» Le lieutenant Boxer a aussi tiré sur Sam Cabot, un pré-adolescent, jeune garçon brillant et populaire, capitaine de son équipe de foot, champion de natation et athlète d'exception.

» Sam Cabot ne rejouera plus jamais au foot, ne nagera plus jamais. Il ne se lèvera plus, ne marchera plus, ne s'habillera plus, ni ne se baignera tout seul. Sam ne tiendra jamais plus un livre, ni une simple fourchette entre ses doigt de toute sa vie.

Des salves de hoquets d'indignation claquèrent dans le prétoire alors que la tragique description de Broyles marquait les esprits. Ce dernier resta planté un long moment dans le cercle qu'il venait de créer autour de lui, sorte de mise en suspens du temps, de la réalité et de la vérité – une technique perfectionnée au fil de ses années d'expérience du barreau.

Broyles mit les mains dans ses poches, révélant ses bretelles bleu marine, puis baissa les yeux vers ses mocassins noirs luisants comme si lui aussi souffrait de l'horrible tragédie qu'il venait de dépeindre.

Il avait presque l'air de prier, ce qui, je l'aurais parié, ne lui arrivait certainement jamais.

Tout ce que je trouvai à faire fut de fixer en silence la juge au visage impassible jusqu'à ce que Broyles nous libère en tournant son regard vers le box des jurés.

Ayant ainsi préparé sa conclusion, il l'asséna, vite et fort.

— Mesdames et messieurs, vous entendrez des témoignages selon lesquels le lieutenant Boxer n'était pas en service la nuit de l'incident et avait bu. Elle n'en a pas moins pris la décision de monter dans une voiture de police et d'utiliser son arme.

» On vous dira aussi que Sara et Sam Cabot étaient armés. Le fait est que le lieutenant Boxer avait suffisamment d'expérience pour désarmer deux enfants terrifiés, mais, ce fameux soir, elle a violé toutes les règles en vigueur. Toutes, sans exception.

» Voilà pourquoi le lieutenant Boxer est responsable de la mort de Sara Cabot, une jeune fille dont l'avenir prometteur a volé en éclats en un seul instant. Et voilà aussi pourquoi le lieutenant Boxer est responsable d'avoir estropié Sam Cabot pour le restant de ses jours.

» Nous vous demandons, après que vous aurez entendu les divers témoins, de juger le lieutenant Lindsay Boxer coupable de recours excessif à la force et de violence policière illégitime, ayant entraîné l'homicide arbitraire de Sara Cabot et le handicap de Sam Cabot, son frère.

» Pour ces raisons, nous vous demandons d'accorder aux plaignants la somme de cinquante millions de dollars pour traitement médical à vie de Sam Cabot, pour sa souffrance physique et sa douleur morale ainsi que pour celles infligées à sa famille. Nous réclamons cent millions supplémentaires de dommages et intérêts dissuasifs afin d'adresser un message clair au département de police de cette ville comme à tout autre dans notre pays : il ne s'agit pas là d'un comportement acceptable.

» On ne fait pas respecter la loi dans nos rues quand on se trouve en état d'ivresse.

86.

En entendant décrire Sam Cabot, ce petit psychopathe à sang-froid comme notre plus grand espoir sportif, je faillis vomir. Champion de natation ? Capitaine de l'équipe de foot ? songeai-je. Et merde, quel rapport avec les meurtres qu'il a commis ou avec les balles qu'il a logées dans le corps de Warren Jacobi ?

Je m'efforçai de garder un air neutre quand Yuki se leva à son tour.

— Le 10 mai, un vendredi soir, marquait la fin d'une rude semaine pour le lieutenant Boxer, déclara Yuki, sa douce voix mélodieuse, résonnant haut et clair dans le prétoire. Deux jeunes hommes avaient été découverts assassinés dans le Tenderloin et le lieutenant Boxer était autant troublée par la brutalité des meurtres que par l'absence d'indices utilisables.

Yuki s'avança jusqu'au box des jurés ; elle effleura de la main la balustrade, tout en fixant chacun d'entre eux, chacun à leur tour. Ils suivaient la mince jeune femme au visage en forme de cœur et aux yeux lumineux marron et buvaient ses mots.

— Aux commandes de la criminelle du SFPD, le lieutenant Boxer est responsable des enquêtes effectuées sur chaque homicide commis en ville. Mais le fait que les victimes de ces meurtres fussent des adolescents la perturbait particulièrement.

» La nuit en question, poursuivit Yuki, le lieutenant Boxer, qui n'était plus en service, prenait un verre avec des amies avant de dîner, quand elle a reçu un appel de l'inspecteur Warren Jacobi. Ce dernier est l'ancien coéquipier du lieutenant Boxer et, comme il s'agissait d'une affaire spéciale, ils s'en occupaient ensemble.

» L'inspecteur Jacobi témoignera devant vous qu'il a téléphoné au lieutenant Boxer pour lui apprendre que leur seule piste – une Mercedes qu'on avait aperçue précédemment à proximité des deux lieux du crime – venait d'être repérée à nouveau au sud de Market Street.

» Beaucoup, à la place du lieutenant Boxer, auraient répondu : « Oublions ça. Je ne suis plus en service. Je n'ai aucune envie de passer la soirée à planquer dans une voiture de patrouille. » Mais, le lieutenant Boxer prenait très à cœur cette affaire et désirait par-dessus tout arrêter le meurtrier des deux garçons avant qu'il ne frappe à nouveau.

» Quand le lieutenant Boxer est montée dans le véhicule de patrouille de l'inspecteur Jacobi, elle lui a précisé qu'elle avait bu mais qu'elle était en pleine possession de ses facultés. Mesdames, messieurs, les plaignants feront un usage abusif du terme ivre. Mais ils ne feront en cela que déformer la réalité.

— Objection, madame le Président. Argument spécieux.

— Rejetée. Je vous prie de vous rasseoir, maître Broyles.

— En fait, reprit Yuki, en se campant face au box des jurés, le lieutenant n'avait consommé que deux ou trois verres. Elle n'était pas en état d'ébriété, ne titubait pas, avait la parole fluide et ne tenait aucun propos incohérent.

» De plus, le lieutenant Boxer n'a pas pris le volant. Les verres qu'elle avait bus ont été absolument sans aucune incidence sur les événements qui se sont produits ce soir-là.

» Cette représentante de l'ordre est accusée d'avoir fait preuve de brutalité en abattant une jeune adolescente avec son pistolet de service. Mais vous saurez que le lieutenant Boxer n'était pas la seule à être armée sur les lieux. Les « victimes » (Yuki mima les guillemets) étaient non seulement armées, mais ont tiré *les premières* et *dans l'intention de tuer.*

87.

Mason Broyles s'était levé et éructait de fureur.
— Objection, madame le Président. L'avocat de la défense insulte les victimes d'une façon totalement injustifiée. On ne fait pas ici le procès de Sam et Sara Cabot, mais celui du lieutenant Boxer.
— Eh bien, tel ne devrait pas être le cas, répliqua Yuki, poursuivant sur sa lancée. Ma cliente n'a rien à se reprocher. Absolument rien. Elle est ici à cause de la souffrance des plaignants qui cherchent à faire payer leur perte à quelqu'un, à tort ou à raison.
— Objection, madame le Président ! Argument spécieux !
— Retenue. Maître Castellano, je vous prie de réserver cet argument pour votre plaidoyer.
— Oui, madame le Président, veuillez m'excuser.
Yuki s'approcha de la table, y consulta ses notes. Puis, se redressa comme si on ne l'avait jamais interrompue.
— Le soir en question, les enfants Cabot, si *exemplaires*, se sont soustraits à la police en roulant à cent vingt kilomètres/heure dans des rues animées, au mépris délibéré de toute sécurité publique. Ce qui est un délit. Ils étaient armés – autre délit – et, après que Sara Cabot eut accidenté la voiture de son père, son

frère et elle ont été sortis de l'épave par deux policiers inquiets de leur sauvegarde. Leur arme remisée dans leur étui, ils ont accompli leur devoir, c'est-à-dire servir et protéger le citoyen et, par-dessus tout, lui prêter secours et assistance.

» Vous entendrez le témoignage d'un expert en balistique de la police qui vous apprendra que les balles, extraites chirurgicalement du corps du lieutenant Boxer et de l'inspecteur Jacobi, ont respectivement été tirées par les armes de Sara et de Sam Cabot. Et vous apprendrez aussi que Sara et Sam Cabot ont tiré sur ces mêmes policiers sans qu'il y ait eu de leur part la moindre provocation.

» Le soir en question, tandis que le lieutenant Boxer gisait sur le sol, proche de la mort, ayant perdu un bon tiers de son sang, elle a sommé les plaignants de lâcher leurs armes, ce qu'ils n'ont pas fait. Au lieu de cela, Sara Cabot a tiré encore à trois reprises sur ma cliente, la manquant par bonheur.

» C'est alors, et alors seulement, que le lieutenant Boxer a riposté.

» Si *n'importe qui d'autre* – un banquier, un boulanger ou même un bookmaker – avait abattu quelqu'un en légitime défense, il n'y aurait pas eu de procès. Mais si un officier de police se défend, tout le monde veut participer à la curée...

— Objection !

Mais le temps des objections était passé. La colère venait de faire voler en éclats le masque de pierre du Dr Cabot. Se dressant brusquement, il marcha sur Yuki comme s'il allait lui sauter à la gorge. Mason Broyles maîtrisa son client et le prétoire entra en ébullition, malgré les nombreux coups de maillet du juge Achacoso.

— J'ai terminé, madame le Président, déclara Yuki.

— Ah ça non, vous n'avez pas terminé ! Je ne tiens pas à ce que ce procès devienne une foire d'empoigne. Huissier, faites évacuer la salle. Je vais recevoir les deux parties dans mon cabinet, annonça la juge.

88.

Quand l'audience reprit, les yeux de Yuki étincelaient. Il m'a semblé que, pour elle, le coup de semonce qu'elle venait de recevoir de la part de la juge valait largement les points qu'elle avait marqués lors de sa récapitulation des faits.

Broyles appela son premier témoin : Betty d'Angelo, l'infirmière urgentiste qui m'avait prodigué des soins, le soir où j'avais été blessée. Miss d'Angelo répéta à contrecœur ce qu'elle avait déclaré pendant l'audience préliminaire... que mon taux d'alcoolémie dans le sang était de 0,67 et qu'il lui était impossible d'affirmer que j'étais ivre, mais que 0,67 était qualifié d'« état d'ébriété ».

Juste après, Broyles appela mon amie le Dr Claire Washburn. Il mit en avant ses références de médecin légiste en chef de la ville et le fait d'avoir pratiqué l'autopsie de Sara Cabot.

— Docteur Washburn, avez-vous été capable d'établir avec certitude la cause du décès de Sara Cabot ?

Utilisant le contour dessiné d'une forme humaine, Claire indiqua où mes balles étaient entrées dans le corps de Sara Cabot.

— Oui. J'ai noté deux blessures par balle dans la poitrine. La balle A a pénétré la partie supérieure/extérieure gauche, juste ici. Le projectile a ensuite traversé la cavité pectorale de Sara Cabot entre les troisième et quatrième côtes gauches, perforé le lobe supérieur du poumon gauche, est entré dans le sac péricardique, a transpercé le ventricule gauche avant de venir se loger dans la colonne thoracique, toujours du côté gauche.

» La seconde blessure par balle, poursuivit Claire, en tapotant le schéma de sa baguette, est située à une douzaine de centimètres du sternum, en dessous de l'épaule gauche. Le projectile a continué sur sa lancée, traversant directement le cœur pour achever son parcours dans la quatrième vertèbre thoracique.

Les jurés écoutèrent, fascinés, Claire détailler le résultat des coups de feu que j'avais tirés dans le cœur de Susan Cabot. Mais à peine Broyles en eut-il terminé avec elle que Yuki était prête à procéder au contre-interrogatoire de Claire.

— Pouvez-vous nous parler de l'angle de pénétration des projectiles, docteur Washburn ? lui demanda Yuki.

— On les a tirés vers le haut, à quelques centimètres au-dessus du sol.

— Sara Cabot a-t-elle été tuée sur le coup, docteur ?

— Oui.

— Par conséquent, vous pourriez affirmer que Sara était trop morte pour tirer sur quiconque *après* avoir été abattue ?

— *Trop* morte, maître Castellano ? La mort n'est pas graduée, que je sache.

Yuki rougit.

— Permettez-moi de reformuler ma question. Étant donné que l'arme de Sara Cabot a tiré deux fois sur le lieutenant Boxer, il tombe sous le sens que Sara Cabot a fait feu la première... puisqu'elle est morte sur le coup, abattue par le lieutenant Boxer.

— Oui. Miss Cabot a bien été tuée sur le coup par le lieutenant Boxer.

— Encore une question, fit Yuki qui paraissait avoir été prise d'une idée après coup. Avez-vous soumis le sang de Miss Cabot à un test toxicologique ?

— Oui. Quelques jours après l'autopsie.

— Et qu'avez-vous découvert ?

— Sara Cabot avait de la méthamphétamine dans son système sanguin.

— Elle était défoncée ?

— *Défoncée* n'est pas le terme médical usité, mais oui, on peut dire ça comme ça. Elle avait vingt-trois milligrammes de méthamphétamine par litre de sang. Ce qui est un taux élevé.

— Et quels sont les effets de la méthamphétamine ? demanda Yuki à Claire.

— La méthamphétamine est un puissant stimulant du système nerveux central et produit un large éventail d'effets. Côté positif, il y a le *rush*, qualifié aussi de *pointe*, très agréable, mais les utilisateurs à long terme subissent de nombreux effets négatifs : paranoïa, pensées suicidaires ou criminelles, entre autres.

— Pourrait-on y ajouter *actes* criminels ?

— Absolument.

— Merci, docteur Washburn. J'en ai terminé avec le témoin, madame le Président.

89.

J'exultais quand Claire quitta la barre, mais ma joie fut de courte durée.

J'entendis Mason Broyles appeler le Dr Robert Goldman. Dès que ce moustachu à cheveux bruns et costume bleu clair eut prêté serment, il entreprit de décrire les terribles blessures que j'avais infligées à Sam par le méchant truchement de mon arme.

En se référant à un schéma similaire à celui utilisé par Claire, le Dr Goldman montra comment ma première balle avait transpercé la cavité abdominale de Sam pour aller se loger dans sa huitième vertèbre thoracique, où elle se trouvait toujours.

— Cette balle a paralysé Sam depuis la taille, précisa le médecin, en se caressant la moustache. Le second projectile a pénétré à la base de la nuque, puis traversé la troisième vertèbre cervicale, paralysant tout le corps à partir du cou.

— Docteur, lui demanda Broyles, Sam Cabot remarchera-t-il un jour ?

— Non.

— Pourra-t-il un jour avoir des rapports sexuels ?

— Non.

— Pourra-t-il un jour respirer normalement et profiter pleinement de la vie ?

— Non.

— Il est donc condamné à rester dans un fauteuil roulant, le reste de son existence, est-ce bien exact ?

— Oui.

— Le témoin est à vous, dit Broyles à Yuki en revenant à sa place.

— Je n'ai pas de questions à poser à ce témoin, répondit Yuki.

— J'appelle Sam Cabot à la barre ! lança Broyles.

Je jetai un regard anxieux à Yuki avant qu'on ne se retourne toutes deux, vers le fond du prétoire. Les portes s'ouvrirent à la volée et une jeune femme entra en poussant un fauteuil roulant – un Jenkinson Supreme brillant de tous ses chromes, la Rolls du genre.

Sam Cabot, frêle et tassé sur lui-même, en veste sport et cravate de garçonnet, n'avait plus rien du sauvageon pervers qui avait assassiné deux personnes pour le plaisir avant de tirer sur Jacobi. N'eût été son regard venimeux, je ne l'aurais pas reconnu.

Lorsque Sam tourna son regard brun vers moi, mon cœur s'emballa sous l'effet de l'horreur, de la culpabilité, et même de la pitié, que j'éprouvai.

Je baissai les yeux vers l'appareil respiratoire qui bourdonnait, sous l'assise du fauteuil de Sam. C'était un lourd boîtier métallique muni de cadrans et de jauges. Le fin tube en plastique qui en sortait serpentait jusqu'à l'endroit où il était agrafé, tout près de la joue gauche de Sam.

Une petite boîte vocale électroniquement assistée était placée devant sa bouche.

Sam referma ses lèvres autour du tube. Un son de succion épouvantable, produit par l'air comprimé pompé dans ses poumons, se répétait toutes les trois ou quatre secondes, chaque fois que Sam Cabot devait reprendre son souffle.

Je regardai la jeune femme pousser le fauteuil de Sam jusqu'à la barre.

— Madame le Président, intervint Mason Broyles, étant donné que nous ignorons combien de temps Sam sera appelé à témoigner, nous aimerions brancher son respirateur dans une prise électrique pour en alimenter la batterie.

— Faites donc, répondit la juge.

La jeune femme déroula un long cordon orange jusqu'à une prise murale, puis alla s'installer derrière Andrew et Eva Cabot.

Je ne pouvais plus détacher mes yeux de Sam.

Il avait la nuque raide. Sa tête était maintenue au dossier du fauteuil grâce à un dispositif de traction par halo crânien, sanglé en travers du front. Cela avait tout d'un instrument de torture du Moyen Âge et j'étais persuadée que Sam le ressentait ainsi.

L'huissier, un jeune homme de haute taille en uniforme vert, s'approcha de Sam.

— Levez la main droite, s'il vous plaît.

Sam Cabot roula des yeux affolés en tout sens. Il aspira de l'air puis parla dans la petite boîte vocale verte. La voix qui en sortit avait un son mécanique, étrange et très dérangeant.

— *Je ne peux pas*, fit Sam.

90.

Si la voix de Sam n'avait plus rien d'humain, la jeunesse de ses traits et son petit corps frêle le faisaient passer pour plus fragile et plus vulnérable que n'importe qui d'autre dans la salle. Des murmures de compassion s'élevèrent dans le public tandis que l'huissier se tournait vers la juge Achacoso.
— Madame la Présidente ?
— Huissier, procédez à la prestation de serment.
— Jurez-vous de dire la vérité, toute la vérité, rien que la vérité ?
— Oui, je le jure, fit Sam Cabot.
Broyles lui sourit, laissant aux jurés le temps de s'imprégner de l'état pitoyable de Sam Cabot afin qu'ils mesurent quel enfer sa vie était devenue.
— Ne soyez pas nerveux, Sam, dit Broyles, rassurant. Dites simplement la vérité. Racontez-nous ce qui s'est passé, ce soir-là.
Broyles soumit ce dernier à un questionnaire d'échauffement, patientant chaque fois que le garçon refermait les lèvres autour du tube. Ses réponses étaient hachées, la longueur de ses phrases étant déterminée par le volume d'air qu'il pouvait garder dans ses poumons avant de respirer via l'embouchure du tube, une fois de plus.

Broyles demanda son âge et son adresse à Sam, quel établissement scolaire il fréquentait avant d'en venir à l'essentiel de son interrogatoire.

— Sam, te rappelles-tu ce qui s'est passé dans la soirée du 10 mai ?

— Je ne l'oublierai jamais... tant que je vivrai, fit Sam, aspirant de l'air avant d'expulser ses mots par giclées à travers la boîte vocale. Je ne pense qu'à ça... et j'ai beau essayer de toutes mes forces... je ne peux pas m'enlever ça de la tête... c'est le soir où *elle* a tué ma sœur... et fichu ma vie en l'air, aussi.

— Objection, madame le Président ! lança Yuki en se levant.

— Jeune homme, intervint la juge, je sais combien cela est difficile pour vous, mais je vous en prie, tâchez de limiter vos réponses aux questions posées.

— Reprenons, Sam, dit Mason Broyles gentiment. Peux-tu nous retracer les événements de ce soir-là, s'il te plaît, étape par étape.

— Plein de choses se sont passées, reprit Sam, en reprenant de l'air dans le tube avant de poursuivre. Mais je ne me souviens pas... de tout. Je sais qu'on avait pris la voiture de papa... et qu'on a eu peur... On a entendu les sirènes approcher... Sara n'avait pas son permis. Puis l'airbag a explosé... Tout ce dont je me souviens... c'est d'avoir vu cette femme-là... qui tirait sur Sara... je ne sais pas pourquoi elle a fait ça.

— O.K., Sam. C'est bien.

— J'ai aperçu un éclair, continua le garçon, ses yeux rivés sur moi. Et puis ma sœur... elle était morte.

— Oui. Nous le savons tous. Maintenant, Sam, te rappelles-tu que le lieutenant Boxer a fait feu sur toi ?

Dans les limites auxquelles l'autorisait son appareillage, Sam fit rouler sa tête d'un côté à l'autre. Puis il se mit à pleurer. Ses sanglots à fendre l'âme, régulièrement interrompus par l'aspiration de l'air, furent amplifiés par la boîte vocale.

C'était un son pas de ce monde. Jamais je n'avais entendu quelque chose de semblable. Un frisson me parcourut l'échine ainsi que, je l'aurais juré, celle de tous ceux présents dans le prétoire.

Broyles traversa rapidement la salle pour s'approcher de son client, sortit sa pochette qu'il déplia d'une secousse puis en tamponna les yeux et le nez de Sam.

— Veux-tu qu'on fasse une pause, Sam ?

— Non... maître... ça va bien, répondit-il dans un braiment.

— Le témoin est à vous, maître, lança Mason Broyles, en nous jetant un regard de défi.

91.

Yuki s'approcha du jeune tueur de treize ans, qui paraissait encore plus jeune et plus pitoyable après sa crise de larmes.

— Vous sentez-vous un peu mieux, Sam ? demanda Yuki en posant ses mains sur ses genoux et se baissant légèrement pour être à hauteur de ses yeux.

— Oui, je crois... vu les circonstances.

— Ravie de l'entendre, dit Yuki, en se relevant pour reculer de quelques pas. Je vais essayer de m'en tenir à des questions brèves. Que faisiez-vous dans le quartier du Tenderloin, le 10 mai ?

— Je sais pas... m'dame... Sara conduisait...

— Votre voiture était garée devant le Balboa Hotel. Pourquoi à cet endroit ?

— On a acheté un journal... je crois... On voulait aller au cinéma.

— Et vous pensiez qu'il y avait un kiosque à journaux à l'intérieur du Balboa ?

— Je crois que oui.

— Sam, savez-vous faire la différence entre la vérité et le mensonge ?

— Bien sûr.

— Et vous savez que vous avez promis de dire toute la vérité ?

— Oui.

— Bien. Alors, pouvez-vous nous dire pourquoi Sara et vous étiez armés ce soir-là ?

— C'étaient les armes de... Papa, répondit le garçon.

Il marqua une pause pour reprendre sa respiration. Peut-être aussi pour réfléchir.

— J'ai sorti un flingue de la boîte à gants... parce que j'ai cru que ces gens-là... allaient nous tuer.

— Vous ne saviez pas que c'était la police qui vous demandait de vous arrêter ?

— J'avais peur... c'était pas moi qui conduisais et puis... tout est arrivé très vite.

— Sam, étiez-vous défoncé au crack, ce soir-là ?

— Pardon, m'dame ?

— Sous métamphétamine. Vous savez bien, on dit aussi « ice, crystal, shabu »...

— J'avais pas pris de drogue.

— Je vois. Vous rappelez-vous l'accident ?

— Pas vraiment.

— Vous rappelez-vous avoir vu le lieutenant Boxer et l'inspecteur Jacobi vous aider à sortir de la voiture après le choc ?

— Non, parce que j'avais du sang dans les yeux... mon nez était cassé... Tout à coup... j'ai vu des flingues et tout ce dont je me souviens, c'est qu'... *on nous a tiré dessus.*

— Vous rappelez-vous avoir fait feu sur l'inspecteur Jacobi ?

Le gamin ouvrit de grands yeux. La question l'avait-elle surpris ? Ou bien revoyait-il simplement ce moment-là ?

— J'ai pensé qu'il allait *me faire du mal*, finit par lâcher Sam d'une voix rauque.

— Donc, vous vous rappelez avoir fait feu sur lui ?

— Il allait pas m'arrêter ?

Yuki ne lâcha pas un pouce de terrain, tout en attendant que Sam se remplisse les poumons.

— Sam, pourquoi avez-vous tiré sur l'inspecteur Jacobi ?

— Non. Je ne me souviens pas de... d'avoir fait ça.

— Dites-moi, Sam, êtes-vous suivi par un psychiatre ?

— Ouais, je suis suivi... parce que je traverse une mauvaise passe. Parce que je suis paralysé... et parce que cette femme a assassiné ma sœur.

— D'accord, laissez-moi vous poser une question à ce sujet. D'après vous, le lieutenant Boxer a assassiné votre sœur. N'avez-vous pas vu que votre sœur a tiré sur le lieutenant Boxer, la première ? N'avez-vous pas vu le lieutenant, étendue sur le sol ?

— Je m'en *souviens* pas de cette façon.

— Sam, vous vous rappelez que vous êtes sous serment ?

— Je dis la vérité, fit-il avant de se remettre à sangloter.

— Bien. Êtes-vous déjà allé au Lorenzo Hotel ?

— Objection, madame le Président. Où tout cela nous mène-t-il ?

— Maître Castellano ?

— Cela sera évident dans un instant, madame le Président. Il ne me reste plus qu'une seule question.

— En ce cas, allez-y.

— Sam, n'est-il pas vrai qu'en ce moment même vous êtes le principal suspect d'une enquête concernant plusieurs meurtres ?

Sam détourna sa tête de quelques centimètres avant de gémir de sa voix mécanique :

— Maître Broyles...

— Objection ! Demande non fondée, madame le Président, clama Broyles par-dessus les murmures de l'assistance et les coups de maillet de la juge Achacoso.

— J'exige que cette question ne soit pas portée au procès-verbal, cria encore Broyles, et je vous demande, madame le Président, de donner instruction aux jurés de ne tenir aucun compte...

Mais avant que la juge ait pu statuer, Sam, les yeux fous, prit la parole.

— J'en appelle..., commença-t-il, s'accordant une nouvelle provision d'air avant de poursuivre. J'en appelle au Cinquième Amendement aux motifs...

Soudain, une alarme suraiguë se déclencha sous le fauteuil du garçon. Il y eut des cris dans la galerie et sur le banc des jurés tandis que le cadran-indicateur du respirateur chutait à zéro.

Andrew Cabot se dressa d'un bond, poussant l'infirmière de son fils en avant.

— Faites quelque chose ! Faites quelque chose !

Le public retint collectivement son souffle tandis que la jeune femme s'agenouillait puis, tripotant des boutons, réamorçait le respirateur. L'alarme finit par s'éteindre.

On entendit un *wouch* sonore quand Sam aspira la goulée d'air salvatrice.

Un soulagement général emplit bruyamment le prétoire.

— J'en ai terminé avec le témoin, déclara Yuki d'une voix forte pour couvrir les murmures qui se propageaient d'un bout à l'autre de la salle.

— L'audience est suspendue, conclut la juge Achacoso, en abattant son maillet. Nous reprendrons les débats demain à 9 heures.

92.

Tandis que le tribunal se vidait, Yuki s'adressa à la juge du haut de son mètre cinquante-huit :
— Madame le Président ! Je requiers un vice de procédure.

La magistrate lui fit signe d'approcher. Elle et Mickey ainsi que Broyles, flanqué de son second, avancèrent.

J'entendis Yuki qui disait :
— Cette fichue alarme n'a pu que causer un préjugé favorable au plaignant chez les jurés.
— Vous n'êtes pas en train d'accuser ce dernier d'avoir délibérément déclenché cette « fichue alarme » pour reprendre vos termes, n'est-ce pas ? demanda la juge.
— Non, bien sûr que non, madame le Président.
— Maître Broyles ?
— Passez-moi l'expression, madame le Président, mais ce genre de couille arrive. Les jurés ont assisté à un incident courant du quotidien de Sam Cabot. Ce respirateur connaît parfois des défaillances et mon client se trouve alors en danger de mort. Les jurés l'ont vu, soit. Mais je crois que cela ne rend en rien notre

dossier plus solide, hormis le fait que Sam soit dans ce fauteuil et sa sœur, morte.

— J'en conviens. Demande rejetée, maître Castellano. Les débats continueront comme prévu, demain matin.

93.

Je ne sais qui de moi ou de Yuki était la plus abattue. Nous dévalâmes bruyamment les marches en béton de l'escalier de secours, puis sortîmes par la porte latérale donnant sur Polk Street, laissant le soin à Mickey de se charger des journalistes.

Yuki semblait stupéfaite, indéniablement... mortifiée, aussi.

— Le témoignage de Sam a été un vrai cauchemar, dit-elle. Quand l'alarme s'est déclenchée, mon contre-interrogatoire a été réduit à néant. Personne ne pouvait penser autre chose que : « Grand Dieu, qu'a-t-elle fait à ce gamin ? »

Nous prîmes l'itinéraire le plus détourné et le moins touristique jusqu'au garage. Je dus retenir Yuki par la taille pour l'empêcher de traverser au vert le tunnel de Van Ness Avenue.

— Mon Dieu ! ne cessait de répéter Yuki, en levant les bras au ciel. Mon Dieu, mon Dieu. Quelle bouffonnerie. Quelle parodie !

— Mais Yuki, vous avez fait valoir votre point de vue. Vous avez tout dit. Les gamins étaient garés dans le Tenderloin. Ils n'avaient rien à faire là, insistai-je. Ils étaient armés. Vous avez précisé que Sam faisait l'objet d'une enquête criminelle et qu'il sera mis en examen pour ces meurtres. On a retrouvé ses empreintes sur le rebord de la baignoire où ce pauvre garçon a été électrocuté. Sara et lui ont *assassiné* ces gosses, Yuki ! Sam Cabot est un monstre. Les jurés doivent le savoir.

— J'ignore ce qu'ils savent. Je ne peux pas m'en tirer en leur répétant qu'il est suspect car sa mise en examen n'est pas encore effective. Les jurés pourraient même penser que je harcèle le gamin, tâchant de le faire craquer. Ce à quoi, apparemment, j'ai déjà réussi.

Nous traversâmes Opera Plaza, un complexe commercial et résidentiel, comprenant des restaurants, une librairie et des cinémas au rez-de-chaussée. Évitant les regards de la foule, nous descendîmes en ascenseur au garage et, après moult allées et venues entre les rangées de voitures, nous retrouvâmes l'Acura de Yuki.

Quand Yuki a mis le contact, le moteur a rugi. Je pensais déjà au lendemain.

— Vous êtes sûre que c'est une bonne idée que je vienne à la barre ? demandai-je à mon avocate.

— Tout à fait. Mickey et moi sommes complètement d'accord là-dessus. Il nous faut obtenir la sympathie des jurés à votre endroit. Et pour ce faire, ces hommes et ces femmes doivent voir et entendre de quelle étoffe vous êtes faite. Voilà pourquoi vous devez témoigner.

94.

Le lendemain matin, la vue que l'on avait depuis la kitchenette de Yuki était bouchée par d'énormes nuages qui s'amassaient au-dessus de la ville. Tel était, étrangement, le San Francisco cher à mon cœur : pluvieux et tempétueux.

Je bus mon café, nourris Martha. Puis nous descendîmes faire un petit tour dans Jones Street.

— Faut faire vite, Boo, fis-je, en humant l'humidité brumeuse de l'atmosphère. Branle-bas de combat, aujourd'hui. Maman risque de se faire lyncher.

Vingt minutes plus tard, Mickey passa nous prendre en voiture. Nous arrivâmes au tribunal à 7 h 45, ce qui nous permit d'éviter habilement le plus gros de la populace.

Dans la salle d'audience B, Mickey et Yuki, installés l'un près de l'autre, se mirent à argumenter à voix basse. Les mains de Yuki voltigeaient tels de petits oiseaux effarouchés. Pour ma part, je contemplais, à l'extérieur de la fenêtre du tribunal, la pluie tomber à seaux pendant que, sur le mur, la pendule électrique égrenait son compte à rebours.

Soudain, je sentis qu'on me touchait légèrement le bras.

— Je n'irai pas par quatre chemins, je n'ai rien

connu de pire que cette alarme dans toute ma carrière, me dit Mickey, penché devant Yuki. Même si l'idée que Broyles ait mis la chose en scène me déplaît, ça lui ressemblerait assez bien d'avoir trafiqué le cordon électrique.

— Vous n'êtes pas sérieux ?

— Je ne peux rien affirmer, mais il nous faut limiter les dégâts. À notre tour d'exposer *notre* vision des choses. On a deux messages à faire passer. Ce gamin est, et reste, un monstre, même dans son fauteuil roulant. Et vous, vous êtes un grand flic.

— Écoutez, Lindsay, ne vous inquiétez pas pour votre témoignage, ajouta Yuki. Si vous étiez un tant soit plus préparée, vous seriez beaucoup moins naturelle. Le moment venu, contentez-vous de raconter votre version. Prenez votre temps, arrêtez-vous pour réfléchir si vous n'êtes pas sûre d'un détail. Et n'ayez pas l'air coupable. Contentez-vous d'être le grand flic que vous êtes.

— D'accord, fis-je.

Et pour faire bonne mesure, je le répétai.

Bien trop tôt, le public emplit la salle. Imperméables mouillés, certains secouaient encore leurs parapluies. Puis ceux de la partie adverse parurent et déposèrent avec bruit, sur la table de l'accusation, leurs serviettes en cuir. Broyles nous adressa un signe de tête poli, masquant avec peine sa joie. Il était dans son élément. Court TV. Les principaux networks. L'ensemble du monde médiatique voulait s'entretenir avec Mason Broyles.

Du coin de l'œil, je l'aperçus qui serrait la main d'Andrew Cabot, embrassait Eva sur la joue. Il donna même un coup de main à l'infirmière pour positionner le fauteuil roulant de Sam, comme il le fallait. S'il orchestrait *tout* de la sorte, pourquoi pas cette alarme, hier ?

— Bien dormi, Sam ? Super, fit Broyles au garçon.

Pour moi, le cauchemar recommençait.

Le bruit de succion du respirateur de Sam, toutes les deux, trois secondes, m'était un si douloureux et constant rappel de ce que j'avais fait que moi aussi j'avais du mal à respirer.

Soudain, la porte latérale de la salle d'audience s'ouvrit sur les douze hommes et femmes de bonne volonté qui regagnèrent leur banc. La juge, un gobelet de café en carton en main, s'installa sur son siège tandis qu'on annonçait la reprise des débats.

95.

Yuki, respirant le calme et la sérénité, sensationnelle dans son tailleur gris, toutes perles dehors, donna le coup d'envoi en appelant à la barre Carla Reyes, notre standardiste de toujours. Yuki interrogea Carla sur ses fonctions, en général, et sur sa permanence du 10 mai, en particulier.

Puis elle diffusa l'enregistrement des messages radio que j'envoyai lors de cette épouvantable soirée : quatre minutes et demie qui n'en finissaient pas où ma voix signalant nos cordonnées se mêlait à d'autres appels de la police.

Leur transmission hachée par la friture des parasites fit grimper mon taux d'adrénaline et je revécus cette terrible soirée où je m'étais lancée à la poursuite de suspects inconnus, au volant d'une Mercedes noire.

La voix de Jacobi réclamant des secours d'urgence pour les passagers du véhicule accidenté était interrompue au beau milieu d'une phrase par le claquement d'une fusillade.

Je sursautai au bruit des coups de feu. Mes mains devinrent moites et je me mis à trembler.

Un instant plus tard, j'entendis ma propre voix affaiblie réclamer une ambulance. *Deux agents abattus. Deux civils abattus.*

Puis la voix inquiète de Carla Reyes. *Ça va, lieutenant ? Lindsay, répondez-moi.*

— J'ai vraiment cru qu'elle était perdue, déclarait Carla, toujours à la barre. Lindsay est l'un de nos meilleurs éléments.

Une fois le contre-interrogatoire tiédasse de Mason emballé, Yuki appela notre témoin suivant, Mike Hart du service balistique. Celui-ci confirma que les balles retirées de mon corps correspondaient à l'arme de Sara et que celles, extraites de celui de Jacobi, avaient été tirées par l'arme que l'on avait retrouvée près de Sam Cabot.

Broyles n'ayant pas de questions à poser à Mike, Yuki appela Jacobi à la barre.

J'eus les larmes aux yeux en voyant s'avancer mon ami et ancien coéquipier. La démarche de Jacobi était pesante, même s'il avait perdu beaucoup de poids. Il s'installa avec difficulté dans le box des témoins.

Yuki lui donna le temps de se verser un verre d'eau, puis lui posa des questions de routine : depuis combien de temps était-il dans la police ? depuis quand faisait-il partie de la Criminelle ?

— Inspecteur Jacobi, continua-t-elle, depuis quand connaissez-vous le lieutenant Boxer ?

— Sept ans environ.

— Aviez-vous déjà eu l'occasion de travailler avec elle avant la soirée en question ?

— Oui. Nous avons été coéquipiers pendant trois ans.

— Avez-vous connu d'autres situations où elle ait dû faire usage de son arme ?

— Oui. Deux ou trois.

— Et comment décririez-vous sa façon de réagir sous pression ?

— Elle assure un max. Et vous savez, quand on va sur le terrain, on est tout le temps sous pression, parce qu'un *rien* peut devenir tout à coup *quelque chose* et ça, sans prévenir.

— Inspecteur, quand vous avez rejoint le lieutenant Boxer, le soir du 10 mai, avez-vous remarqué si son haleine sentait l'alcool ?

— Non.

— Saviez-vous qu'elle avait bu ?

— Oui. Parce qu'elle me l'avait signalé.

— Bien. Et pourquoi vous l'avait-elle signalé ?

— Parce qu'elle voulait que je sois au courant et que je puisse la virer de la voiture si je le jugeais utile.

— À votre avis et, après avoir travaillé avec elle pendant toutes ces années, jouissait-elle de toutes ses facultés ?

— Bien sûr. Elle était sur le coup, comme toujours.

— Si elle avait été diminuée un tant soit peu, l'auriez-vous emmenée avec vous ?

— Certainement pas.

Yuki demanda à Jacobi de décrire la soirée du 10 mai, à compter du moment où il était passé me prendre chez Susie jusqu'à son tout dernier souvenir.

— J'étais content qu'on ait pu sortir ces deux jeunes de la voiture, je craignais que le réservoir ait une fuite d'essence et que tout le truc explose. J'étais en ligne avec notre standardiste, Carla Reyes, ici présente, en train de lui dire que Sam Cabot avait eu le nez cassé par l'airbag qui lui avait éclaté à la figure et que ces gamins souffraient peut-être de lésions internes. J'étais loin de me douter...

— De quoi, inspecteur ?

— J'étais loin de me douter que, pendant que j'appelais les secours d'urgence, ce petit enculé allait me canarder.

Mason Broyles péta les plombs, comme de bien entendu, et la juge admonesta Jacobi. J'étais aux anges que Jacobi ait eu les couilles de traiter Sam Cabot d'enculé. Une fois le calme revenu, Yuki posa une dernière question à mon ex-coéquipier.

— Inspecteur, quelle est la réputation du lieutenant Boxer au sein de la police ?

— En deux mots ? Celle d'être un sacré bon flic.

96.

Pendant son contre-interrogatoire, Broyles ne tira pas grand-chose de plus de Jacobi. Il répondit par oui ou par non et ne tomba pas dans le panneau quand Broyles insinua qu'il avait fait preuve de laxisme dans l'exercice de ses fonctions, selon les procédures en vigueur au SFPD.

— J'ai fait du mieux que j'ai pu pour ces deux jeunes et je me félicite que votre client ne soit pas meilleur tireur, déclara Jacobi. Autrement, à l'heure qu'il est, je serais mort au lieu d'être en train de vous parler.

Pendant la suspension d'audience pour la pause-déjeuner, je me dénichai un coin tranquille au deuxième étage entre un distributeur de Coca-Cola et le mur. Puis j'appelai Joe, nos échanges se déployant sur trois fuseaux horaires. Il s'excusa une bonne demi-douzaine de fois : il était plongé au cœur d'une enquête gigantesque concernant des menaces proférées à l'encontre de plusieurs aéroports, de Boston à Miami, ce qui expliquait son absence à San Francisco.

J'avalai une bouchée d'un sandwich au jambon des plus secs, bus une gorgée de café avant de reprendre place près de Yuki au moment où l'on annonçait la reprise des débats.

Puis arriva le moment que je redoutais entre tous. Yuki m'appela à la barre. Une fois que je fus assise dans le box, elle se planta en face de moi afin d'effacer la famille Cabot de mon champ de vision et me gratifia de son plus lumineux sourire.

— Lieutenant Boxer, croyez-vous au respect des procédures policières ?

— Oui.

— Étiez-vous ivre le soir en question ?

— Non. Je dînais avec des amies. J'avais bu deux ou trois verres avant que je ne reçoive l'appel de Jacobi.

— Vous n'étiez plus en service ?

— Non.

— Aucun règlement ne vous interdit de boire hors service, n'est-ce pas ?

— Non.

— En montant dans la voiture de l'inspecteur Jacobi, vous étiez en revanche de nouveau en service.

— Oui. Cependant, j'étais en pleine possession de mes moyens, j'en suis certaine. Et je n'en démordrai pas.

— Vous définiriez-vous comme étant « à cheval sur le règlement » ?

— Oui, plutôt. Mais ledit règlement ne couvre pas toutes les circonstances. Parfois, on doit se débrouiller face au problème qui se présente et faire preuve de jugeote.

Encouragée par Yuki, je racontai ma version de la soirée jusqu'au moment où avec Jacobi nous avions libéré les jeunes Cabot.

— J'ai commis une erreur parce que ces deux gamins me paraissaient très mal en point. J'en étais malade pour eux.

— Et pourquoi ça ?

— Ils pleuraient tous les deux. Sam, en particulier. Il saignait, vomissait et il me suppliait.

— Pourriez-vous développer ?
— Il m'a dit : « S'il vous plaît, ne dites rien à mon père. Il me tuerait. »
— Alors qu'avez-vous fait ?
— Comme vous l'a dit l'inspecteur Jacobi tout à l'heure, il fallait les extraire de la voiture. Nous craignions que le réservoir d'essence n'explose. J'ai rangé mon arme afin d'avoir les deux mains libres. L'inspecteur Jacobi et moi, nous les avons sortis ensemble du véhicule.
— Poursuivez, lieutenant.
— Une fois libérée, j'aurais dû menotter Sara. Au lieu de ça, je l'ai traitée comme la victime d'un grave accident de la route. Quand je lui ai réclamé son permis de conduire, elle a sorti une arme de sa veste et m'a tiré dans l'épaule, puis dans la cuisse. Je me suis effondrée.
— Où se trouvait l'inspecteur Jacobi quand Sara a fait feu sur vous ?
— L'inspecteur Jacobi appelait une ambulance.
— Où était son arme ?
— Dans son étui.
— Vous en êtes sûre et certaine ?
— Oui. Il était au téléphone. Son arme était rengainée. Je lui ai crié qu'elle avait un flingue, juste avant que Sara ne tire sur moi. Jacobi s'est retourné au moment où je suis tombée. Au même instant, Sam Cabot a fait feu sur lui... et l'a blessé à deux reprises.
— Vous êtes bien certaine d'avoir vu tout ceci, lieutenant ? Vous n'avez pas perdu connaissance ?
— Non, je suis restée consciente tout le temps.
— L'inspecteur Jacobi a-t-il perdu connaissance ?
— Oui. J'ai même cru qu'il était mort. Quand Sam Cabot lui a donné un coup de pied en pleine tête, il n'a ni bronché, ni même cherché à se protéger.
— Vous avez vu Sam Cabot donner des coups de

pied dans la tête de l'inspecteur Jacobi... Continuez, s'il vous plaît.

— Peut-être que lui et sa sœur ont pensé que j'étais morte car ils ont semblé m'avoir complètement oubliée.

— Objection. Pure spéculation du témoin.

— Retenue.

— Bornez-vous à nous dire ce que vous avez vu, entendu ou fait, me dit Yuki. Vous vous en sortez très bien.

Je baissai la tête, et tentai de me concentrer.

— J'ai entendu Sara dire à Sam qu'ils devaient quitter les lieux. J'ai sorti mon arme de son étui et demandé à Sara Cabot de lâcher la sienne. Elle m'a traitée de salope, puis m'a tiré dessus à plusieurs reprises. Alors, j'ai riposté.

— Que s'est-il passé ensuite ?

— Sara s'est effondrée sur le sol et Sam s'est mis à hurler que j'avais tué sa sœur. Une fois de plus, je l'ai sommé de lâcher son arme, ce qu'il a refusé de faire. Alors, j'ai tiré sur lui.

— Dites-moi, lieutenant, désiriez-vous faire du mal à ces enfants ?

— Non, bien sûr que non. J'aimerais du fond du cœur que rien de tout cela ne soit arrivé.

— À votre avis, si Sam et Sara Cabot n'avaient pas été armés, cette tragédie aurait-elle été évitée ?

— Objection ! s'écria Broyles. On demande au témoin de tirer des conclusions.

La juge s'appuya contre son dossier et fixa le plafond de ses lunettes à grosse monture noire. Puis, elle se redressa et déclara sèchement :

— Retenue.

— Lindsay, est-il vrai qu'en dix ans de brigade criminelle vous ayez reçu trente-sept citations pour l'excellence de vos arrestations, plus quinze distinctions honorifiques et vingt autres décorations pour service méritoire ?

— Je n'ai pas tenu le compte, mais il me paraît à peu près juste.

— En résumé, lieutenant Boxer, il semblerait que le Département de police de San Francisco soit d'accord avec le jugement de l'inspecteur Jacobi vous concernant. Vous êtes un sacré bon flic.

— Objection. L'avocat de la défense nous inflige un discours.

— Merci, Lindsay. J'en ai fini, madame le Président.

97.

Yuki se détourna de moi. Je l'avais déjà oubliée, ramenée à la douleur de cette horrible nuit. Le souffle *chuintant* de Sam ravivait mes plaies encore ouvertes, telle l'eau salée de la mer. Les visages dans l'assemblée me renvoyaient l'image de ma propre souffrance.

Je reconnus six membres de la famille Cabot à leur ressemblance avec Sara et Sam ainsi qu'à la rage perceptible dans leurs yeux. J'aperçus des flics çà et là, des hommes et des femmes avec lesquels je travaillais depuis des années. Mes yeux se plantèrent dans ceux de Jacobi qui me rendit mon regard en levant les deux pouces. J'eus envie de lui sourire, mais Mason Broyles s'avançait déjà vers moi.

Il ne perdit pas de temps en amabilités.

— Lieutenant Boxer, quand vous avez fait feu sur mon client et sur sa sœur, avez-vous tiré dans l'intention de tuer ?

Les oreilles tintaient fortement pendant que je tâchais de bien comprendre sa question. *Avais-je tiré dans l'intention de tuer ? Oui. Mais comment pouvais-je dire que j'avais voulu tuer ces deux gosses ?*

— Pardonnez-moi, maître Broyles. Pouvez-vous répéter votre question ?

— Je vais vous la formuler autrement. Si cet incident s'est déroulé selon vos dires, si Sara et Sam Cabot ont refusé de lâcher leurs armes, pourquoi ne pas les avoir simplement mis hors d'état de nuire ? En leur tirant dans les bras ou les jambes, par exemple.

J'hésitai, tâchant d'imaginer la chose. Sara, plantée face à moi sur la chaussée. Ces coups de feu éprouvés dans ma chair. Ma chute en pleine rue. L'état de choc. La douleur. La honte.

— Lieutenant ?

— Maître Broyle, j'ai tiré en état de légitime défense.

— Stupéfiant que vous ayez visé si juste. Ivre comme vous l'étiez.

— Objection ! On harcèle le lieutenant Boxer.

— Retenue. Surveillez vos paroles, maître Broyles.

— Oui, madame le Président. Lieutenant, je ne comprends pas. Vous avez tiré deux balles dans le cœur de Sara... une cible plutôt ciblée si j'ose dire, ne trouvez-vous pas ? Pourquoi ne pas avoir fait feu sur elle pour seulement la maîtriser ? Pourquoi ne pas avoir fait sauter l'arme de la main de Sam Cabot ?

— Madame le Président ! On fournit les demandes et les réponses.

— Je retire ma question. Nous comprenons ce que vous avez fait, lieutenant, ricana Broyles. Nous comprenons fort bien ce qui s'est exactement passé.

98.

— Je sollicite un nouvel interrogatoire, madame le Président, lança Yuki.

Puis elle s'approcha rapidement de moi. Et attendit que je la regarde dans les yeux.

— Lindsay, quand vous avez tiré sur Sam et Sara Cabot, votre vie était-elle en danger ?

— Oui.

— Quelle est la procédure policière régulière dans ce type de situation ? Qu'est-ce qui figure « dans le règlement » ?

— On vise le centre de gravité pour réduire la menace et, une fois la menace réduite, on cesse le feu. Ce genre de tir est souvent fatal. On ne peut pas prendre le risque de tirer sur les extrémités. On pourrait rater sa cible. Le contrevenant pourrait être encore en état de riposter et on doit s'assurer que ce dernier ne peut blesser ni soi-même ni autrui.

— Aviez-vous un autre choix que de faire feu comme vous l'avez fait ?

— Non. Aucun autre, après que les jeunes Cabot ont fait la preuve de leur intention criminelle.

— Merci, lieutenant. À présent nous comprenons ce qui s'est exactement passé.

Le soulagement me coupait les jambes quand je

quittai la barre. À peine revenue à ma place, j'entendis la juge suspendre la séance.

— Reprise des débats demain à 9 heures ! annonça-t-elle.

Yuki, Mickey et plusieurs autres avocats de son cabinet formèrent une zone tampon autour de moi pendant que nous quittions la salle d'audience par une porte dérobée et que nous montions dans la Lincoln Town noire qui nous attendait sur Polk Street.

À travers les vitres fumées du véhicule, j'aperçus la foule houleuse qui brandissait des pancartes avec ma photo et scandait des slogans « Lindsay la Flingueuse » ou « Dirty Harriet ».

— Vous avez été super, Lindsay, m'assura Mickey, en me tapotant le bras.

Mais son œil marron ne souriait pas et le bas de son visage était comme figé.

— Je n'aurais pas dû hésiter. Je... simplement, je n'ai plus su quoi dire.

— Y a pas de mal. Nous allons aller dîner maintenant. Yuki et moi devons consacrer un peu de temps à revoir sa plaidoirie. Si vous voulez vous joindre à nous, vous êtes la bienvenue.

— Si vous n'avez pas besoin de moi, pourquoi ne pas me déposer chez Yuki ? Comme ça, vous pourrez bosser en paix.

Les clés de Yuki serrées dans ma main, j'ai regardé la ville que je connaissais si bien défiler derrière les vitres teintées de la voiture. Je savais que je m'étais bel et bien plantée. Quelques secondes d'hésitation et chacun, dans le prétoire, avait pu clairement lire en moi.

L'impression que les jurés en garderaient, c'était que j'avais tiré sur ces gamins dans l'intention de les tuer.

Et ils n'auraient pas tort.

99.

Une sonnerie perçante fracassa le cauchemar qui me tenait dans son étau. Je restai pétrifiée, incapable de bouger le petit doigt, à essayer de retrouver mes esprits, puis la sonnerie reprit, moins stridente cette fois.

Je m'emparai de mon mobile sur la table de nuit, l'ouvris d'une chiquenaude, mais mon correspondant avait déjà raccroché.

Mal réveillée et grognon à 6 heures du matin, je peinai à remettre la main sur ma tenue de jogging et mes baskets. Je m'habillai en silence, et sortis discrètement avec Martha du Crest Royal aux premières lueurs de l'aube.

J'effectuai l'itinéraire dans ma tête, persuadée que je pouvais couvrir trois kilomètres de collines en pente douce et de terrain plat. Puis, Martha sur les talons, je partis à petite foulée et en ligne droite vers Jones Street, le tiraillement de mes articulations me rappelant combien je détestais courir.

Je retirai sa laisse à Martha pour éviter qu'elle ne me fasse tomber, puis j'accélérai l'allure en descendant Jones Street jusqu'à ce que la gêne persistante dans mon épaule et dans ma jambe ne se dissolve dans la douleur plus générale de mes muscles rouillés.

Même si je détestais ça, courir était mon seul espoir d'échapper à l'obsession du procès, car c'était le meilleur moyen de passer à un état, physique, plus gérable pour moi. Malgré la souffrance, j'appréciais de sentir mes baskets fouler le trottoir, ma sueur sécher à la fraîcheur de l'air, l'aube cédant la place au matin.

Je continuai de courir vers le nord sur Jones, traversant Vallejo Street jusqu'à ce que j'atteigne le sommet de Russian Hill. En face de moi je voyais Alcatraz avec son phare clignotant et la vue splendide d'Angel Island.

Là, mon esprit se libéra, flotta sans entrave, tandis que mon cœur battait à tout rompre, de fatigue cette fois.

Je soufflai à fond pour m'engager dans Hyde Street et mes endorphines firent merveille. À ma droite, dominait le célébrissime bloc sinueux, tout en lacets, de Lombard Street, artère au charme infini qui dévale la colline jusqu'à Leavenworth. Je sautillai sur place, attendant qu'un feu rouge passe au vert, enchantée d'être encore à l'avant-garde de la foule des banlieusards qui, d'ici à une demi-heure, obstrueraient rues et trottoirs.

Le feu changea et je poussai plus loin. Mon itinéraire me fit traverser les plus magnifiques quartiers de la ville et découvrir des panoramas de carte postale, même si la brume dérivait encore autour de la baie. Martha et moi arrivions aux abords de Chinatown quand j'entendis le chuintement des roues d'une voiture qui me talonnait de près.

— Mademoiselle, me héla quelqu'un, vous devriez tenir votre chien en laisse.

Irritée qu'on vienne troubler ma félicité retrouvée, je me retournai et aperçus un véhicule de patrouille blanc et noir qui ne me lâchait pas d'une semelle. Je cessai de courir et rappelai Martha près de moi.

— Oh, mon lieutenant. C'est vous.

— Bonjour, Nicolo, répondis-je en haletant, au jeune policier qui m'avait apostrophée. Salut, Friedman, fis-je au chauffeur.

— On est tous derrière vous, chef, dit Friedman. Enfin, pas comme en ce moment, bredouilla-t-il. Je veux dire que vous nous manquez vraiment, lieutenant.

— Merci. Ça signifie beaucoup pour moi, précisai-je en souriant. Surtout, aujourd'hui.

— Vous en faites pas pour le chien, d'acc ?

— Mais vous avez eu raison de m'interpeller, Nicolo. Elle doit rester en laisse.

— Le respect des procédures ?

— Ouais, c'est tout moi.

— Bonne chance, lieutenant !

— Merci, les gars.

Friedman me fit un appel de phares quand ils me dépassèrent. Tenant serrée à deux mains la laisse de Martha, contre mon corps, j'ai tourné dans Clay Street, puis repartis grimper la colline en direction de Jones Street.

Quand je déboulai en trébuchant dans le hall de l'immeuble de Yuki, je m'étais purgé le corps de tout ce qui le nouait. Quelques instants plus tard, je m'attardais sous une douche chaude bien méritée. La plus formidable des récompenses.

Je me séchai avec l'un des draps de bain géants en éponge de Yuki, puis essuyai la buée sur le miroir.

Je m'examinai d'un œil critique.

J'avais le teint frais, le regard clair. Je venais de couvrir ma distance habituelle en un temps correct, l'arrêt-laisse du chien compris. J'étais en forme. Gagnante ou perdante, je restais semblable à moi-même.

Même un Mason Broyles ne pourrait pas m'enlever ça.

100.

Hormis le bruit de la respiration laborieuse de Sam Cabot, le prétoire était silencieux tandis que Broyles, à sa table, les yeux rivés à l'écran de son ordinateur portable, prolongeait jusqu'à l'intolérable le moment d'entamer son réquisitoire.

Il finit par s'approcher du banc des jurés et, après les avoir salués avec une grâce onctueuse, il se lança dans l'exposé de ses conclusions.

— Je ne doute pas que nous ne soyons tous ici conscients de la tâche difficile qui incombe à la police. À dire vrai et à titre personnel, ce n'est pas une tâche que j'aimerais accomplir. Un policier fraye avec des brutes, affronte de sales situations et doit prendre des décisions radicales en un quart de seconde et ce, chaque jour.

» Telles sont les contraintes du boulot dont le lieutenant Boxer a accepté de se charger en recevant son insigne. Elle a fait le serment de faire respecter la loi et de protéger ses concitoyens.

» Il est en revanche indiscutable que l'on ne peut appliquer correctement ce programme en état d'ivresse.

Au fond de la salle, quelqu'un pris d'une quinte de toux vint déranger ce morceau d'éloquence. Broyles attendit patiemment, les mains dans les poches, que la crise passe.

Quand le prétoire eut retrouvé son calme, il reprit le fil de son discours, exactement là où il l'avait laissé.

— Nous avons tous entendu hier le témoignage du lieutenant Boxer. Je trouve intéressant qu'elle nie ce qu'elle ne peut admettre... et admette ce qu'elle ne peut nier.

» Le lieutenant Boxer *nie* qu'elle n'aurait jamais dû monter dans ce véhicule. Qu'elle n'aurait jamais dû assumer la fonction d'un représentant de l'ordre, en ayant trop bu. Mais elle *doit admettre* qu'elle n'a pas suivi la procédure habituelle. Comme elle *doit admettre* qu'elle a tué Sara Cabot et détruit à jamais la vie de son frère Sam.

» Mesdames et messieurs, si certaines procédures policières sont en place, c'est dans le but d'empêcher des fusillades meurtrières, semblables à celle de la soirée du 10 mai.

» De telles procédures n'ont pas attendu pour être établies que survienne ce tragique incident. Elles ont été testées sur une longue période, et sont en vigueur depuis des décennies et ce, non sans raison. Le premier policier venu vous dira que l'on s'approche d'un véhicule suspect en ayant dégainé son arme afin de montrer aux occupants que l'on ne plaisante pas.

» Et qu'on désarme les individus suspects afin que nul ne soit blessé.

Broyles se dirigea vers sa table et but un grand verre d'eau. J'eus envie de me dresser sur mes ergots et de l'interpeller sur sa façon de travestir la vérité, mais au lieu de ça, je l'observai en silence se tourner vers les caméras avant de revenir vers les jurés, qui semblaient tous pétrifiés par ses paroles.

— Sam et Sara Cabot se sont comportés en jeunes gens débridés, prenant des libertés avec la loi. Ils avaient emprunté la voiture de leur père sans sa permission et se sont enfuis devant la police. Ils manquaient de maturité et de jugement. Ce qui signifie pour moi qu'ils requéraient davantage de protection que des adultes dans une situation similaire.

» Il se trouve que le lieutenant Boxer a échoué à leur fournir ladite protection car elle avait fait fi des procédures policières de base. Elle avait décidé de « servir et protéger » bien qu'en état d'ivresse.

» Et cette décision s'est soldée par la mort d'une jeune femme exceptionnelle tandis qu'un jeune homme, qui aurait pu être tout ce qu'il voulait, va passer le reste de son existence dans un fauteuil roulant.

Mason Broyles appuya la paume de ses mains l'une contre l'autre, presque comme s'il était en prière et, bordel de merde, il fallait reconnaître qu'il était émouvant. Il prit une profonde inspiration, puis expira. Et il exposa enfin sa triste conclusion aux jurés.

— Rien ne ressuscitera Sara Cabot, soupira-t-il. Et vous avez vu par vous-même ce qu'il reste de vie à Sam. Si notre système judiciaire ne peut effacer les torts infligés à ces enfants, vous, en revanche, détenez le pouvoir de dédommager Sam Cabot et ses parents pour leur deuil et pour leurs souffrances.

» Mesdames et messieurs les jurés, je vous demande, je vous prie instamment d'accomplir le bon choix et d'accorder à mon client la somme de cent cinquante millions de dollars.

» Ne le faites pas seulement pour la famille Cabot.

» Faites-le pour votre famille comme pour la mienne, faites-le pour chaque famille et chaque personne vivant dans notre ville.

» Déclarer l'accusée coupable est le seul moyen de nous assurer que semblable tragédie ne se reproduira jamais plus.

101.

Yuki referma son bloc, puis s'avança dans le prétoire. Elle tourna son joli visage vers les jurés et les salua. Je serrai très fort les mains en tâchant de « passer outre » le puissant réquisitoire de Mason Broyles.

— Cette affaire a une forte charge émotionnelle, déclara Yuki. D'une part, nous avons une tragédie qui affectera la famille Cabot à jamais. Et de l'autre, un « sacré bon flic » que l'on accuse injustement d'avoir provoqué cet incident.

» Étant donné la forte charge émotionnelle du dossier, étant donné l'extrême jeunesse des victimes, je veux vous exposer les faits une fois encore, car votre tâche dans cette affaire est de statuer sur des faits, non de vous fonder sur des émotions.

» Le fait est que, si une représentante de l'ordre a envie de boire deux margaritas un vendredi soir alors qu'elle n'est plus en service, il n'y a là absolument rien de répréhensible. Les policiers sont des gens comme vous et moi. Et même s'il est entendu qu'ils doivent être disponibles vingt-quatre heures sur vingt-quatre, le lieutenant Boxer aurait parfaitement pu répondre à l'inspecteur Jacobi qu'elle était occupée.

» Mais cette dernière prend son travail très à cœur

et, en outrepassant l'appel du devoir, ce soir-là, elle s'est mise en mauvaise posture.

» Vous avez entendu la partie adverse répéter à satiété que le lieutenant Boxer était ivre. En fait, elle ne l'était pas. Et même si sa consommation d'alcool a pu être l'un des facteurs de cet incident, il n'en a pas été la cause.

» Je vous prie de ne pas perdre de vue ce distinguo.

» Le lieutenant Boxer n'a commis aucune erreur d'appréciation, le soir du 10 mai. Ses réactions n'étaient pas ralenties et son jugement n'a pu être pris en défaut. En revanche, l'unique erreur que le lieutenant Lindsay Boxer ait commise ce soir-là, c'est d'avoir montré trop de compassion à l'égard des victimes.

» Les deux seuls responsables de la mort de Sara et des blessures de Sam sont les jeunes Cabot eux-mêmes. Le fait est que ces deux gosses de riches, gâtés et pourris, n'avaient rien de mieux à faire le soir en question que de sortir, de causer préjudice et infliger des souffrances à autrui puis, en définitive, à eux-mêmes.

» Mesdames et messieurs, Sam et Sara Cabot ont été à l'origine des événements du 10 mai en raison de l'imprudence et la violence de leur comportement. Ce sont eux qui ont fait surgir ce type de violence dans cette affaire, pas le lieutenant Boxer. Et c'est là un fait, un point crucial.

Yuki marqua un temps. Et l'espace d'un instant terrible, je crus qu'elle avait peut-être oublié la conclusion de son plaidoyer. Elle jouait avec les perles de son collier. Elle se retourna enfin vers les jurés et je compris alors qu'elle avait simplement rassemblé ses idées.

— D'habitude, quand un policier passe en jugement, c'est pour une affaire du type Rodney King ou encore Abner Louima[1]. Un flic a été trop rapide à la détente, a tabassé violemment quelqu'un ou bien a abusé de son autorité.

» Lindsay Boxer se retrouve accusée pour avoir fait exactement l'inverse. Elle a rengainé son arme, car les enfants Cabot lui ont paru inoffensifs. De fait, ils étaient en danger. Et la partie adverse cherche à transformer son humanité envers ces mêmes enfants en « manquement à suivre les procédures policières ».

» Passez-moi l'expression, mais c'est une ânerie.

» Le lieutenant Boxer a respecté lesdites procédures en s'approchant du véhicule en question, l'arme au poing. Puis, constatant les blessures manifestes de Sam Cabot, elle a porté secours aux victimes d'un accident de la route.

» Telle était la bonne marche à suivre.

» L'inspecteur Jacobi, un autre sacré bon flic, plus de vingt-cinq ans de service au SFPD, l'a imitée en tout point. Vous l'avez entendu. Il a remis son arme dans son étui. Après que le lieutenant Boxer et lui eurent libéré les enfants Cabot de leur véhicule, il a tenté de leur procurer une assistance médicale.

» N'est-ce pas là le genre d'attitude que nous attendons tous des représentants de la loi en cas d'accident ? envers nos propres enfants ?

» Mais, au lieu de les remercier, les jeunes Cabot ont fait feu sur eux dans l'intention de les tuer. Sam a même donné des coups de pied dans la tête de l'inspecteur Jacobi après avoir tiré sur lui.

» Leur agression haineuse et potentiellement

---

1. Le passage à tabac de Rodney King par des policiers de Los Angeles, en 1991, acquittés lors d'un premier procès en 1992, provoqua les plus violentes émeutes raciales du XXe siècle aux USA. Abner Louima accusa des policiers de l'avoir gravement torturé dans un commissariat de Brooklyn, en 1997. Les deux victimes étaient noires (*N.d.T*).

meurtrière a-t-elle été causée par l'usage de la drogue ? Ou bien par une simple propension au meurtre ?

» Nous l'ignorons.

» Ce que nous savons, en revanche, c'est que l'on a d'abord tiré sur le lieutenant Boxer et qu'elle a riposté en état de légitime défense. C'est un fait. Et se défendre soi-même, mesdames et messieurs, c'est une « procédure policière appropriée ».

» Le lieutenant Boxer vous a déclaré qu'elle donnerait tout au monde pour que Sara Cabot soit vivante aujourd'hui et que ce jeune homme ait le plein usage de ses membres.

» Mais les faits sont là et ils sont têtus : les événements du 10 mai ne se sont pas produits parce que Lindsay Boxer a mis le feu. Elle a tout fait pour l'éteindre.

J'éprouvai un tel élan de gratitude que je faillis me mettre à pleurer. Mon Dieu, être défendue avec tant de cœur et tant d'éloquence ! Je me mordis la lèvre en regardant Yuki terminer son plaidoyer.

— Mesdames et messieurs les jurés, vous avez fait preuve d'une très grande patience au cours de cette semaine, malgré ces nombreux témoignages et le harcèlement médiatique. Je sais que vous avez hâte d'entrer en délibération.

» Nous vous demandons de déclarer le lieutenant Lindsay Boxer coupable d'être le genre de policier dont nous devrions tous être fiers : une représentante de la loi compatissante, dévouée et désintéressée.

» Et nous vous demandons de la déclarer innocente des accusations scandaleuses formulées à son encontre.

102.

— Que diriez-vous de sortir par la grande porte, aujourd'hui ? me demanda Mickey en me prenant le bras. Nous sommes vendredi. Le procès va s'interrompre pendant le week-end. D'après moi, c'est le bon moment pour « rencontrer la presse ».

Flanquée de mes deux avocats, je traversai le hall, puis descendis l'escalier de marbre avant d'atteindre McAllister Street.

Après la pénombre du prétoire, l'éclat du soleil m'aveugla. Comme ça avait été le cas depuis le début de mon procès, McAllister Street était si embouteillée que je ne pouvais voir au-delà de la foule de journalistes et des camionnettes de télé satellite, alignées le long du trottoir.

On se serait cru à l'extérieur du tribunal où avait été jugé O.J. Simpson. Le même genre de folie, carburant à l'adrénaline, qui finissait par masquer la vérité, quelle qu'elle ait pu être. Mon procès ne méritait pas un tel débordement d'attention. L'exposition médiatique allait ici de pair avec taux d'audience et tarifs des écrans de pub. Que je le veuille ou non, aujourd'hui, j'étais « tendance ».

Tels des chiens de chasse coursant un lapin, les journalistes se ruèrent sur moi dès qu'ils m'aperçurent. Mickey, qui avait un communiqué tout prêt, n'eut pas le temps de le faire.

— Combien de temps à votre avis le jury va-t-il délibérer, maître Sherman ?

— Je n'en sais rien. Mais ce dont je suis sûr, même si ses délibérations sont longues, c'est que le jury déclarera le lieutenant Boxer innocente de toutes les accusations portées contre elle.

— Lieutenant Boxer, si jamais les jurés vous prononçaient coupable...

— Ce cas de figure est fort peu probable, répondit Yuki à ma place.

— Maître Castellano, il s'agit de votre première affaire de grande envergure. Comment vous en êtes-vous tirée, d'après vous ?

Quelques mètres plus loin, un autre attroupement s'était formé autour de Mason Broyles, de ses clients et de ses assistants. On mitrailla et filma l'infirmière de Sam Cabot qui poussa son fauteuil le long d'une rampe en bois avant qu'on ne le charge dans une fourgonnette. Les journalistes suivaient, bombardant Sam de questions tandis que son père s'efforçait de le protéger.

Je repérai Cindy dans la foule. Elle jouait des coudes en tâchant de se rapprocher de moi. Aussi ne prêtai-je guère attention à Mickey quand il répondit à son portable.

Puis sa main se posa sur mon épaule. Son visage était couleur de cendre.

— Je viens de recevoir un appel du greffe, me cria-t-il à l'oreille. Les jurés se posent deux questions.

Nous traversâmes la cohue, nous frayant un passage vers la rue et la voiture de Mickey qui nous attendait. Yuki et moi prîmes place à l'arrière, Mickey s'installa à l'avant, près de son chauffeur.

— Que veulent-ils savoir ? lui demanda Yuki, à peine les portières fermées.

La voiture fendait lentement la foule, en direction de Redwood City.

— Ils désirent consulter l'analyse qui établit le taux d'alcoolémie de Lindsay, répondit Mickey en se tournant vers nous.

— Bon Dieu ! lâcha Yuki. Comment peuvent-ils encore buter là-dessus ?

— Quoi d'autre ? demandai-je précipitamment. Vous avez parlé de deux questions.

Je vis Mickey hésiter. Il redoutait de me l'apprendre, mais il le devait.

— Ils ont voulu savoir s'il y avait un plafond à la somme qu'ils peuvent accorder aux plaignants.

103.

Ce fut comme recevoir un coup bas. Le choc se répercuta de mon plexus solaire à tout le reste de mon corps. Je sentis mon estomac se nouer. Si j'avais envisagé la perte de mon procès, c'était sous l'aspect d'un après-coup des plus théoriques, qui me voyait travailler sur des marchés ou bouquiner sur la véranda d'une maison donnant sur la plage... Mais je n'avais pas mesuré, dans sa pleine étendue, l'impact émotionnel de le perdre en réalité.
Près de moi, Yuki se lamentait :
— Oh mon Dieu, tout est de ma faute. Je n'aurais jamais dû leur dire : « Je vous demande de la déclarer coupable d'être un bon flic, etc. » C'était un effet de manche ! J'ai cru que c'était la chose à dire mais j'ai eu tort.
— Vous avez fait du super boulot, bredouillai-je, la voix plombée. Ça n'a rien à voir avec ce que vous avez dit.
Je serrai mes bras autour de mon corps et baissai la tête. Mickey et Yuki parlaient entre eux. J'entendis Mickey lui assurer qu'on n'avait pas encore entendu le chant du coq, mais une petite voix dans ma tête,

telle une aiguille coincée dans le sillon d'un vieux 78 tours rayé, répétait en boucle la même question :
Comment est-ce possible ?
Comment est-ce possible ?

104.

Quand j'ai repris le fil de la conversation dans la voiture, Mickey expliquait quelque chose à Yuki :

— La juge leur a communiqué la paperasserie de l'hôpital et le rapport de l'infirmière. Puis il leur a dit de ne pas s'inquiéter du plafond des dédommagements, que c'était de son seul ressort et qu'ils n'avaient donc pas à s'en soucier.

Mickey se passa une main sur la figure, trahissant ainsi, du moins à mes yeux, une certaine exaspération.

— Yuki, vous avez été fantastique et je le pense vraiment. Je n'arrive pas à croire que les jurés aient marché au numéro de Mason Broyles. Je ne me l'explique pas. Je ne vois pas ce que nous aurions pu faire de plus.

C'est alors que le téléphone de Yuki sonna.

— Les jurés ont fini de délibérer, nous annonça-t-elle.

Elle referma son portable, le serrant au point que ses jointures blanchirent.

— Ils ont un verdict.

Mon esprit décolla. Je vis le mot *verdict* devant mes yeux, le décomposai grammaticalement, en décortiquai les lettres et les syllabes en tâchant d'y trouver une raison d'espérer. Je savais, que, d'après sa racine latine, ce mot signifiait dire la vérité.

Ce verdict-là refléterait-il la vérité ?

Dans l'esprit des habitants de San Francisco, certainement.

Mickey ordonna à son chauffeur de faire demi-tour. Ce dernier s'exécuta. Quelques minutes plus tard, tout en répétant « pas de déclaration, pas de déclaration, je vous en prie », je fendis la foule, gravis les marches raides du perron, puis pénétrai encore une fois dans le tribunal à la suite de Yuki et de Mickey.

Nous reprîmes nos places dans la salle d'audience B et ceux de la partie adverse, les leurs.

J'entendis crier mon nom, comme en provenance d'un autre temps et d'un autre lieu. Je me retournai.

— Joe !

— Je viens à peine d'arriver, Lindsay. Je suis venu directement de l'aéroport.

Nous nous tendîmes la main et, l'espace d'un instant, nos doigts se croisèrent au-dessus des épaules de ceux qui étaient assis juste dans mon dos. Puis je dus lâcher prise et regarder à nouveau devant moi.

Alignés le long des murs, des cameramen faisaient le point, puis, une heure à peine après qu'on eut quitté la salle, la juge entra et les jurés retrouvèrent leur banc.

L'huissier déclara l'audience ouverte.

105.

Les jurés mirent un temps interminable à s'installer confortablement à leur place. Lorsqu'ils furent enfin tout ouïe, je notai que seuls deux d'entre eux m'avaient regardée.

J'entendis, engourdie, la juge leur demander s'ils étaient arrivés à un verdict. Puis le premier juré, un Afro-Américain d'une cinquantaine d'années du nom d'Arnaud Benoit, en veste sport, se leva et prit la parole :

— Oui, madame le Président.

— Je vous prie de remettre le verdict à l'huissier.

De l'autre côté de la travée, la respiration de Sam Cabot s'accéléra, tout comme la mienne, qui épousa le rythme trop rapide de mon cœur, alors que la juge dépliait la simple feuille de papier.

Elle survola le document et, sans rien trahir, le rendit à l'huissier qui, à son tour, le tendit au premier juré.

— Je recommande au public de ne pas manifester de réactions à ce que dira le premier juré et ce, dans tous les cas de figure, prévint la juge. Très bien, monsieur le premier juré. Je vous prie de prononcer votre verdict.

Le susdit sortit ses lunettes de la poche de sa veste,

les déplia et en chaussa son nez. Il procéda enfin à la lecture.

— Nous, membres du jury dans l'affaire susmentionnée, déclarons la prévenue, le lieutenant Lindsay Boxer, non coupable des faits qui lui sont reprochés.

— À l'unanimité ?

— Oui.

Mon engourdissement était tel que je ne fus pas certaine d'avoir bien entendu. Et tout en me répétant cette déclaration mentalement, je m'attendais presque à ce que la juge annule ce que le premier juré venait de dire.

Yuki me saisit le poignet et me le serra très fort. Mais ce fut seulement en voyant le sourire qui éclairait son visage que je compris pleinement que je n'étais pas victime de mon imagination. Le jury avait tranché en ma faveur.

— *Non ! Non ! Vous ne pouvez pas faire ça !* clama une voix.

C'était celle d'Andrew Cabot, debout, agrippé au dossier de la chaise de Mason Broyles assis devant lui, le visage blême, l'air défait.

Comme Broyles exigeait que l'on sonde les jurés, la juge s'y plia.

— À l'énoncé du numéro de votre siège, je vous prie de bien vouloir annoncer à la cour votre verdict, fit la juge Achacoso.

Les jurés s'exprimèrent tour à tour.

— Non coupable.

— Non coupable.

— Non coupable...

J'avais beau connaître cette expression, je n'étais pas sûre d'en avoir compris le sens jusqu'à ce moment précis. Mon avocate m'entoura de ses deux bras et je me laissai aller à un sentiment de soulagement si complet qu'il formait une dimension à lui tout seul. Peut-être était-ce uniquement réservé à des instants de rédemption, tels que celui-ci.

J'étais libre et mon cœur prit son envol.

V

Pipi de Chat

106.

Le ciel était tout gris quand Martha et moi quittâmes en voiture mon appartement et San Francisco. J'allumai la radio, et j'écoutai d'une oreille distraite la météo tout en progressant dans les embouteillages habituels des heures de pointe.

Tandis que je ralentissais sur Potrero Street, je repensai au chef Tracchio. La veille, lors de notre rencontre au Palais de Justice, quand il m'avait demandé de reprendre le travail, j'avais été aussi troublée que s'il me proposait un rendez-vous galant.

Je n'avais qu'à accepter et lui serrer la main.

Si j'avais agi de la sorte, ce matin je serais en train de rouler vers le Palais, avant de faire un discours à mes hommes sur la nécessité de tourner la page, puis de me plonger dans la montagne de paperasserie sur les affaires en cours entassée sur mon bureau. J'aurais retrouvé mon poste de commandement.

Pourtant, malgré les insistances du chef, j'avais refusé.

— Il me reste des jours de congé, chef. J'ai besoin de les prendre.

Il avait eu beau me répondre qu'il comprenait, comment l'aurait-il pu ? Je ne savais toujours pas ce que je comptais faire de ma vie. J'avais l'impression que je ne le saurais pas tant que je ne serais pas allée jusqu'au bout de l'affaire des tueries d'Half Moon Bay.

Ces assassinats faisaient eux aussi partie de moi, maintenant.

Mon instinct me soufflait que, si je persévérais, je trouverais l'enfoiré qui avait tué mon Monsieur X et tous les autres.

Pour l'instant, c'était la seule chose qui m'importait.

Je pris la 280 vers le sud et, une fois la ville derrière moi, j'ai abaissé les vitres et changé de station de radio.

À 10 heures, les cheveux au vent, j'écoutais Sue Hall programmer mes vieux tubes préférés sur 99.7 FM.

— Pas de pluie ce matin, ronronnait-elle. Nous sommes le 1ᵉʳ juillet, une belle journée grise s'annonce sur San Francisco... à peine baignée d'une brume nacrée. Et nous autres, à San Francisco, nous aimons la brume ?

Puis les haut-parleurs diffusèrent la chanson idéale, *Fly like an eagle*, du Steve Miller Band.

Lorsque j'entonnai à pleine voix le refrain, mon moral remonta en flèche, et s'envola au-delà de la couche d'ozone.

J'étais libre.

Cet horrible procès était derrière moi. Mon avenir s'était soudain dégagé, tout comme la route sur laquelle je roulais.

À une trentaine de kilomètres de la ville, je décidai de faire un arrêt. Je me garai dans le parking d'un Taco Bell à Pacifica – une baraque en bois, datant des années 60, construite avant que le service d'occupation des sols n'ait eu le temps de se retourner. Depuis, ce bâtiment hideux défigurait l'un des plus beaux sites de la côte.

Contrairement à la route qui serpentait, en grande

partie, très au-dessus de l'océan, le parking du fast-food se trouvait au niveau de la mer. Un mur de rochers séparait le bitume de la plage, au-delà duquel le Pacifique déroulait ses flots d'un bleu profond jusqu'au bord de l'horizon.

Je ne pus résister à l'achat d'un *churro* au sucre et à la cannelle et d'un grand gobelet de café noir, que j'allai déguster sur les rochers. J'observai les surfeurs musclés et tatoués qui chevauchaient les vagues, pendant que Martha se dégourdissait les pattes sur le sable d'un gris lumineux jusqu'à ce que le soleil ait fini de dissiper la brume.

Une fois ce grand moment gravé dans ma mémoire, je rappelai Martha et la ramenai à la voiture. Vingt minutes plus tard, nous atteignions la périphérie d'Half Moon Bay.

107.

Arrivée au garage de l'Homme dans la Lune, je donnai un petit concert de klaxon italien en attendant que Keith sorte de son bureau. Soulevant sa casquette de base-ball, il secoua sa tignasse dorée, avant de revisser son couvre-chef sur son crâne, puis il s'approcha en souriant.

— Tiens, tiens ! Regardez-moi qui voilà. La Femme de l'Année, dit Keith en posant sa main sur la tête de Martha.

— Eh oui, j'avoue, c'est bien moi, fis-je en riant. Je suis bêtement contente que tout soit fini.

— Ouais, je pige à donf. J'ai vu Sam Cabot aux infos. Il faisait trop pitié. J'ai eu vraiment peur pour vous, Lindsay... Mais tout ça, c'est derrière vous, maintenant. Les félicitations sont de rigueur.

Je remerciai Keith dans un murmure, puis lui demandai de faire le plein. Entre-temps, j'attrapai une peau de chamois dans un seau et nettoyai le pare-brise.

— Bon, il se passe quoi maintenant, Lindsay ? Z'êtes pas obligée de vous remettre à bosser dans la grande ville ?

— Pas tout de suite. Vous savez, je ne suis pas encore vraiment prête à...

Je venais à peine de prononcer ces mots qu'un

éclair rouge traversa le carrefour en coup de vent. Le conducteur ralentit pour mieux me dévisager avant d'emballer son moteur et de foncer dans Main Street.

J'étais en ville depuis moins de cinq minutes et me retrouvais nez à nez avec Dennis Agnew.

— J'ai laissé la Bonneville chez ma soeur, précisai-je en suivant des yeux la traînée du pot d'échappement de la Porsche. Et j'ai un petit boulot à terminer dans le coin.

Keith se retourna et m'aperçut en train d'observer la Porsche d'Agnew qui disparaissait au bout de la rue.

— Comprends pas, fit-il en glissant le pistolet à essence dans le réservoir.

Le compteur de la pompe tintait en additionnant les litres.

— C'est vraiment un sale type. J'ai jamais pigé pourquoi les nanas sont tellement attirées par les emmerdes.

— Vous vous moquez de moi ! m'exclamai-je. Vous pensez que ce mec m'intéresse ?

— Ah bon, il vous intéresse pas ?

— Si, beaucoup. Mais pas dans le sens que vous croyez. L'intérêt que je porte à Dennis Agnew est purement professionnel.

108.

Alors que je roulais vers la maison de Cat, Martha se mit à sauter partout, passant de l'avant à la banquette arrière, en aboyant comme une folle. À peine étais-je garée dans l'allée, qu'elle bondit par la vitre baissée et fila jusqu'à l'entrée, où elle m'attendit en « chantant » et en remuant la queue.

— On se calme, Boo, dis-je. Un peu de tenue.

Je tournai la clé dans la serrure, ouvrit la porte et Martha trottina à l'intérieur de la maison.

J'appelai Joe et lui laissai un message : « Salut, Molinari. Je suis chez Cat. Appelle quand tu peux, mais peux bientôt. » J'en laissai un autre à Carolee, la prévenant que la relève de pig-sitting était arrivée.

Je passai le reste de la journée à repenser aux meurtres d'Half Moon Bay tout en m'activant dans la maison. Je dînai de spaghettis et d'une boîte de petits pois extra-fins, et notai dans un coin de ma tête d'aller au ravitaillement le lendemain matin.

Puis, j'emportai mon ordinateur portable dans la chambre de mes nièces et l'installai sur l'étagère qui leur servait de bureau. Je constatai que, si les pousses de patates douces mordaient de cinq bons centimètres de plus le rebord de la fenêtre, les notes que Joe et moi avions punaisées sur le tableau de liège, elles, n'avaient pas bougé d'un pouce.

Nos gribouillis, détaillant les circonstances et les violences faites aux Whittaker, Daltry, Sarducci et autres O'Malley, ne menaient toujours nulle part. Et bien entendu, mon Monsieur X demeurait épinglé au mur, tout seul dans coin.

Je lançai mon ordinateur puis entrai dans la banque de données VICAP du FBI. Le Violent Criminal Apprehension Program, site Web à l'échelon national, a pour but d'aider les représentants de l'ordre à réunir les bribes éparpillées de renseignements, se rapportant aux crimes en série. Ce site possède un moteur de recherche très performant ; il est de plus constamment remis à jour par les flics des quatre coins du pays.

Je commençai à entrer les mots-clés, susceptibles de me faire gagner le jackpot en m'apportant certaines bonnes réponses.

Je les essayai tous : flagellations administrées *cum-mortem*, couples tués dans leurs lits et, bien entendu, gorges tranchées, ce qui déclencha une avalanche de renseignements. Bien plus qu'il ne m'en fallait.

Au fil des heures, comme ma vision se brouillait, je mis l'ordinateur en veille et me laissai tomber sur l'un des petits lits de mes nièces pour me reposer quelques minutes.

À mon réveil, il faisait nuit noire. J'avais l'impression que quelqu'un m'avait réveillée. Un léger bruit qui jurait dans le décor. À en croire l'heure qui clignotait sur le magnétoscope des enfants, il était 2 h 17. J'éprouvais une sorte de picotement indéfinissable, comme si j'étais surveillée.

En clignant dans l'obscurité, je vis une tache rouge floue passer devant mes yeux. L'image persistante de la Porsche m'évoqua par lambeaux mes divers échanges, déstabilisants, avec le sieur Agnew. Notre accrochage au Cormoran plus celui qui avait eu lieu dans le garage de Keith. Sans oublier notre quasi-collision sur la route.

Je pensais toujours à Agnew. C'était la seule chose qui expliquait ma sensation d'être épiée.

J'allais me lever et regagner ma chambre pour le reste de la nuit quand des *paf-paf-paf* en série, suivis de bris de verre, déchirèrent le calme de l'atmosphère nocturne.

Des éclats de fenêtre s'éparpillèrent tout autour de moi.

Un flingue ! Un flingue ! Et merde, où était mon flingue ?

109.

Les réflexes de Martha furent plus rapides que les miens. Sautant du lit, elle rampa en dessous. Je la suivis de près, roulai sur le sol, en me creusant la tête pour tâcher de me souvenir où j'avais mis mon arme.
Puis cela m'est revenu.
Je l'avais laissée dans mon sac, dans le salon, où se trouvait également le téléphone le plus proche. Comment pouvais-je être aussi vulnérable ? Allais-je mourir, piégée dans cette chambre ? Mon cœur battait si fort qu'il me faisait mal.
Je soulevai la tête de quelques centimètres et, à la faible lueur verte de l'horloge du magnétoscope, je passai tout en revue.
Je scrutai chaque surface et chaque objet de la pièce, à la recherche de quelque chose que je pourrais utiliser comme arme.
L'endroit était jonché de gros animaux en peluche et d'une dizaine de poupées, mais pas la moindre batte de base-ball ni crosse de hockey... Rien que je puisse utiliser pour me défendre. Je ne pouvais même pas me servir de la télé comme projectile car elle était fixée au mur.
Je me déplaçai en rampant sur le plancher. Puis

levant la main, je verrouillai la porte de la chambre à coucher.

Au même instant, une nouvelle fusillade éclata... des rafales d'arme automatique ratissèrent la façade de la maison, criblant de balles le salon et la chambre d'amis au fond du couloir. Je finis alors par comprendre la véritable raison de ce feu nourri.

J'aurais pu – j'aurais dû – dormir dans cette chambre-là.

Me déplaçant lentement sur le ventre, j'agrippai une chaise en bois. Je la poussai contre la porte en l'inclinant sur ses pieds arrière et je coinçai son dossier sous la poignée. Puis, m'emparant de sa jumelle, je la balançai contre la coiffeuse.

Armée d'un pied de chaise, je me suis accroupie, dos au mur.

C'était d'un lamentable achevé. En oubliant ma chienne sous le lit, mon seul moyen de défense était donc un pied de chaise.

Si jamais quelqu'un franchissait cette porte dans l'intention de me tuer, j'étais morte.

110.

À l'affût du moindre bruit, je m'imaginais que la porte s'ouvrirait brutalement et que je me précipiterais sur l'intrus en brandissant ma massue improvisée, dans l'espoir que je pourrais, Dieu sait comment, lui démolir le portrait.

Mais à mesure que l'horloge du magnétoscope égrenait ses minutes, que le silence se prolongeait, mon taux d'adrénaline reflua.

Et une fureur noire s'empara de moi.

Je me relevai et collai mon oreille au battant de la porte. Comme je n'entendais rien, j'ouvris et m'avançai dans le couloir, en me servant des embrasures et des murs comme autant de remparts.

Après avoir atteint le salon, je fis main basse sur mon sac, qui gisait, posé contre le canapé.

Je glissai ma main à l'intérieur, la refermai autour de mon flingue.

Merci, mon Dieu.

Tout en composant le 911, je jetai un coup d'œil furtif à travers les fentes des stores. La rue paraissait déserte mais je crus voir quelque chose lancer un reflet sur la pelouse de la façade. Qu'était-ce donc ?

Je déclinai à la standardiste mon nom, mon grade

et mon matricule avant d'ajouter qu'on venait de mitrailler le 265, Sea View.
— Des blessés ?
— Non, je n'ai rien, mais prévenez le chef Stark.
— C'est déjà fait, lieutenant. La cavalerie arrive.

111.

J'entendis les sirènes avant d'apercevoir les gyrophares qui approchaient de Sea View. À l'arrivée du premier véhicule, j'ouvris la porte d'entrée et Martha me dépassa, en filant comme une flèche. Elle se rua sur un objet serpentin qui gisait au clair de lune.

— Martha, qu'est-ce que tu as trouvé ? C'est quoi, ça, fifille ?

Peter Stark m'aperçut, penchée près de Martha, alors qu'il descendait de sa voiture. Il vint me rejoindre, une torche électrique à la main et s'agenouilla à mon côté.

— Ça va ?
— Ça va.
— C'est bien ce que je pense ? me demanda-t-il.

Nous fixions une fine ceinture d'homme. Elle mesurait pas loin d'un mètre de long sur plus d'un centimètre de large. En cuir marron avec une boucle carrée en argent terni, il s'agissait d'une ceinture des plus ordinaire. La moitié des habitants de Californie en possédait sans doute une identique au fond de leur penderie.

Sauf que cette ceinture-là présentait des taches d'un brun rougeâtre sur sa partie métallique.

— Ne serait-ce pas incroyable... fis-je, oubliant la terreur que je venais d'éprouver, – ne serait-ce pas le comble, que cette ceinture soit une pièce à conviction ?

112.

Trois véhicules de patrouille se rangèrent en bordure du trottoir. Leurs radios grésillaient. Toutes les maisons de Sea View s'allumaient les unes après les autres. Leurs habitants sortaient sur le pas de la porte en pyjama ou en peignoir, en T-shirt ou en caleçon, échevelés. La peur se lisait sur leurs traits, chiffonnés de sommeil.

Le jardin en façade de Cat était illuminé par les phares. Au fur et à mesure que les flics descendaient de voiture, ils conféraient avec le chef avant de se déployer. Deux agents en uniforme se mirent à ramasser les douilles et deux inspecteurs à interroger les voisins.

Je fis entrer Stark dans la maison et nous examinâmes ensemble les fenêtres brisées, le mobilier éraflé et le dosseret criblé de balles dans ma chambre.

— Une petite idée de qui a fait ça ? me demanda Stark.

— Pas la moindre. Ma voiture est dans l'allée où tout le monde peut la voir, mais je n'avais prévenu personne de mon retour.

— À propos, que faites-vous ici, lieutenant ?

Je réfléchissais encore à la meilleure réponse à apporter quand j'entendis Allison et Carolee crier mon nom. Un jeune flic en tenue, aux oreilles décollées et rubicondes, apparut sur le seuil et annonça à Stark que j'avais de la visite.

— Personne ne peut entrer, répliqua Stark. Mais, nom de Dieu, personne n'a donc établi de cordon dans la rue ?

Le flic en uniforme devint rouge comme une pivoine et secoua la tête.

— Merde, et pourquoi ? Règle numéro un : sécuriser la scène. Allez, au boulot !

Je suivis l'agent jusqu'au perron où Carolee et Allison me serrèrent dans une double étreinte qui me réconforta.

— L'un de mes gosses est branché sur la fréquence de la police, m'expliqua Carolee. Je suis venue dès que j'ai appris la chose. Oh mon Dieu, Lindsay. Tes bras !

Je baissai les yeux. Les éclats de verre m'avaient légèrement entaillé les avant-bras, du sang avait coulé et taché mon T-shirt.

Ça paraissait plus grave que ça ne l'était.

— Je n'ai rien, rassurai-je Carolee. Juste quelques égratignures. J'en suis sûre.

— Tu ne prévois pas de rester ici, hein, Lindsay ? Ce serait de la folie ! poursuivit Carolee, son visage reflétant tout à la fois colère et terreur. Il y a plein de place chez moi pour t'accueillir.

— Bonne idée, décréta Stark, en surgissant dans mon dos. Allez chez votre amie si sympa. J'ai appelé les techniciens du CSU, ils vont extraire les balles des murs et passer l'endroit au peigne fin. Ça leur prendra le reste de la nuit.

— Ça va pour moi. Je serai très bien ici, répliquai-je. C'est la maison de ma sœur. Je ne la quitterai pas.

— Très bien. Mais n'oubliez pas que l'affaire est

à nous, lieutenant. Vous êtes toujours hors de votre secteur. N'allez pas jouer les cow-girls avec nous, vu ?

— Jouer les cow-girls ? Non mais, à qui croyez-vous donc vous adresser ?

— Excusez-moi, lieutenant. Mais on vient juste de tenter de vous tuer.

— Merci. Ça, j'avais compris.

Le chef se tapota les cheveux par pur réflexe.

— Je vais laisser un véhicule de patrouille en faction dans l'allée, ce soir. Et peut-être plus longtemps.

Pendant que je souhaitais bonne nuit à Carolee et à Allison, le chef regagna sa voiture et s'en revint avec un sac en papier. Il se servit d'un stylo-bille pour soulever la ceinture et la ranger dans le sac tandis que, drapée dans ma dignité, je refermai la porte d'entrée derrière moi.

Je me couchai mais, comme de bien entendu, je ne pus trouver le sommeil. Des flics allaient et venaient à l'intérieur de la maison, claquant les portes, éclatant de rire et, en outre, j'avais l'esprit qui travaillait.

Je caressai d'une main distraite la tête de Martha, qui frissonnait à mes côtés. Quelqu'un avait canardé cette maison en me laissant sa carte.

Était-ce un avertissement de me tenir à l'écart d'Half Moon Bay ?

Ou bien le tireur avait-il vraiment cherché à me tuer ?

Que se passerait-il quand il saurait que je suis toujours en vie ?

113.

Un rayon de soleil, se faufilant par la fenêtre selon un angle inhabituel, me força à ouvrir les yeux. J'aperçus un pan de papier mural bleu, une photo de ma mère sur la coiffeuse... et tout m'est revenu.

J'étais dans le lit de Cat... car, vers 2 heures du matin, des balles avaient volé à travers la maison, venant cribler le dosseret de la chambre d'amis, à quelques centimètres au-dessus de là où ma tête aurait dû se trouver.

Martha fourra sa truffe humide dans ma paume jusqu'à ce que je me lève. J'enfilai des vêtements de Cat : un jeans délavé et un chemisier corail au décolleté plongeant garni de fanfreluches qui n'était carrément pas mon style.

Je me donnai un coup de peigne, me brossai les dents et fis mon entrée dans le salon.

Les techniciens du CSU extrayaient encore des balles des murs. Je préparai du café et des toasts pour tout le monde et posai quelques questions pointues.

On avait tiré douze projectiles de calibre 9 mm, également répartis entre le salon et la chambre d'amis, plus un treizième à travers le haut fenestron de la chambre des enfants. Balles et douilles percutées avaient été ensachées et dûment étiquetées, les trous, photographiés. L'équipe scientifique pliait bagage. D'ici à une heure, tout ce bazar serait en route pour le labo.

— Ça va bien, lieutenant ? s'enquit l'un des techniciens, un trentenaire costaud, aux yeux noisette et au sourire plein de dents.

Je contemplai le désastre ambiant : bris de verre, poussière et plâtras partout.

— Non, ça ne va pas bien. Tout ça me rend malade, répondis-je. Il faut que je donne un bon coup de balai, fasse réparer les fenêtres et remette un peu d'ordre dans... dans ce beau désordre.

— Au fait, je me présente... Artie, fit le technicien en me tendant la main.

— Enchantée.

— Mon oncle Chris possède une franchise Disaster Master. Vous voulez que je l'appelle ? Il peut nettoyer cet endroit, fissa. Je veux dire par là que vous seriez en tête de liste, lieutenant. Vous êtes des nôtres.

Je remerciai Artie et acceptai son offre. J'attrapai mon sac et sortis, avec Martha, nourrir Miss Piggy. Puis je contournai la maison jusqu'à la voiture de patrouille garée dans l'allée. Je baissai la tête au niveau du volant.

— Noonan, c'est bien ça ?
— Oui, m'dame.
— Toujours en service ?
— Oui, m'dame. On va rester ici quelque temps. Toute la brigade garde l'œil sur vous, lieutenant. Le chef comme nous autres. Ça craint vachement tout ça.

— Merci de vous donner toute cette peine.

Et ma reconnaissance n'était pas un vain mot. La lumière ardente du soleil accentuait la réalité de la fusillade. Un individu motorisé était passé dans cette agréable rue résidentielle et avait arrosé la maison de Cat à l'arme automatique.

J'étais fortement ébranlée et, pour pouvoir retrouver mon sang-froid, je devais prendre mes distances avec cet endroit. Je fis tinter mes clés de voiture. Martha coucha ses oreilles et remua vaguement la queue.

— Il faut aller au ravitaillement, fis-je. Ça te dirait de prendre la Bonneville pour faire une razzia ?

114.

Martha sauta sur le siège avant du « gros cachalot ». Je bouclai ma ceinture et tournai la clé de contact. Le moteur consentit à démarrer à ma deuxième tentative. Je dirigeai le nez de capot aristocratique de la Bonneville vers le centre.

Je comptais me rendre à l'épicerie fine sur la Grand-Rue mais, chemin faisant, alors que je sillonnais les rues du quartier de Cat, je pris peu à peu conscience qu'une berline Taurus bleue me suivait. Je pouvais la voir dans mon rétroviseur, délibérément à la traîne, tout en ne se laissant pas distancer.

L'impression d'être épiée me chatouilla à nouveau désagréablement l'échine.

Étais-je surveillée ?

Ou bien alors étais-je dans un état tel que je me faisais l'effet d'être une simple figurine d'un stand de tir ?

Je pris Magnolia en traversant la nationale, puis la Grand-Rue, où je passai en flèche devant une enfilade de petites boutiques, Music Hut, Moon News, d'un magasin Feed and Fuel. J'avais envie de me persuader que j'étais bêtement à cran, mais merde... si je parvenais à semer cette Taurus sur un bloc ou deux, je la retrouvais derrière moi au tournant suivant.

— Accroche-toi. C'est parti pour un tour, dis-je à Martha, qui souriait largement, nez au vent.

Presque au bout de la Grand-Rue, je pris à droite la route 92, cordon ombilical qui reliait Half Moon Bay au reste de la Californie.

La circulation était rapide sur cette route à deux voies sinueuse. Je me coulai dans une file de voitures, roulant pare-chocs contre pare-chocs à quatre-vingts de moyenne dans une zone limitée à quarante. La double ligne jaune continue imposait huit kilomètres d'interdiction de dépasser, alors que la 92 traversait le réservoir avant de rejoindre l'autoroute.

Je roulais, prenant à peine garde au flanc de coteau, à ma gauche, pas plus qu'à l'aplomb de trente mètres à ma droite. À trois voitures derrière moi, la berline bleue ne me lâchait pas.

Je n'étais pas folle. On me filait.

Était-ce une tactique pour m'effrayer ?

Le tireur d'hier au soir était-il au volant, à guetter l'occasion de faire un carton ?

La 92 se terminait à son intersection avec Skyline Freeway. Tout de suite à droite, il y avait une aire de repos avec cinq tables de pique-nique près d'un parking non goudronné.

Je n'actionnai pas mon clignotant, me contentant de peser sur mon volant à droite. Je voulais quitter la route, laisser cette Taurus me doubler afin d'apercevoir le visage de son conducteur et de relever le numéro de sa plaque minéralogique. Sortir aussi de sa ligne de mire.

Mais au lieu d'adhérer à la route, comme l'aurait fait mon Explorer, la Bonneville dérapa dans les gravillons et me réexpédia sur la 92. Je franchis la double ligne jaune et me retrouvai en plein dans le flot des voitures venant dans l'autre sens.

La Taurus avait dû me dépasser, mais je n'y avais vu que du feu.

J'agrippai le volant de la voiture qui tournoyait, puis les lumières du tableau de bord se mirent à débloquer.

Je n'avais plus ni direction ni freins, l'alternateur était mort, le moteur chauffait et je dérapai de façon incontrôlée au beau milieu de la chaussée.

J'appuyai frénétiquement sur la pédale de frein. Un pick-up noir fit une embardée pour éviter de m'emplafonner. Le chauffeur, appuyé sur son klaxon, me hurla des obscénités au passage, mais j'étais si heureuse qu'il m'ait ratée que je l'aurais volontiers embrassé.

Je finis par m'arrêter sur le bas-côté dans un nuage de poussière tourbillonnant qui m'empêchait de distinguer quoi que ce fût au-delà du pare-brise.

Je descendis de la Bonneville, m'appuyai à la carrosserie. J'avais les jambes en coton et les mains qui tremblaient.

Pour l'instant, la poursuite était terminée.

Mais je savais que le répit serait de courte durée.

Quelqu'un que je ne connaissais pas m'avait dans le collimateur. Et j'ignorais pourquoi.

115.

J'appelai l'Homme dans la Lune avec mon portable et tombai sur le répondeur de Keith.
— Keith, je suis dans la panade. C'est Lindsay. Décrochez, s'il vous plaît !
Quand il me répondit, je lui donnai mes coordonnées. Vingt minutes, qui me parurent une éternité, plus tard, il s'arrêta devant moi dans sa dépanneuse brinquebalante. Il accrocha la Bonneville pour la ramener ignominieusement au port et je grimpai dans la cabine à la place du mort.
— C'est une voiture *de luxe*, Lindsay, me morigéna Keith. On est pas censé faire des loopings avec. Elle a plus de vingt ans d'âge, bon Dieu !
— Je sais, je sais.
Long silence.
— Cool, le chemisier.
— Merci.
— Non, sans rire, affirma-t-il, ce qui me fit pouffer. Vous devriez vous fringuer plus souvent comme ça.
De retour au garage, Keith souleva le capot de la Bonneville.
— Ah. Votre courroie de ventilateur a pété.
— Bah, ça, je sais.

— Et vous savez aussi que vous pouvez la réparer avec un collant ?

— Oui. Mais, aussi étrange que cela paraisse, je n'ai pas de collant dans mon kit de dépannage.

— J'ai une idée. Et si je vous rachetais cette bagnole ? Je vous filerais même cent dollars de plus que le prix que vous me l'avez payée.

— Je vais y réfléchir. C'est... non.

Keith se marra, puis me proposa de me raccompagner. Ce que j'acceptai. Comme il n'allait pas tarder à le découvrir, j'en profitai pour raconter à Keith ce que je n'avais pas confié à mes bonnes amies, ni même encore appris à Joe.

La fusillade de la nuit précédente.

— Et maintenant, vous croyez que quelqu'un vous suit ? Pourquoi vous rentrez pas chez vous, Lindsay ? Sérieux.

— Parce que je ne peux pas lâcher cette affaire. Plus maintenant. Surtout depuis qu'on a mitraillé la maison de ma sœur.

Keith me jeta un regard navré, tira sur la visière de sa casquette tout en négociant haut la main les virages de la route.

— On vous a jamais traitée de tête de mule ?

— Si. C'est considéré comme une grande qualité chez un flic.

Je compris où il voulait en venir. Je ne savais plus si j'étais intrépide ou stupide.

Mais, en tout cas, je n'étais pas encore prête à jeter l'éponge.

116.

Quand nous nous arrêtâmes devant chez Cat, l'allée était bondée : outre l'Explorer et la voiture de police, y étaient garés un camion de vitrier ainsi qu'un gros fourgon bleu métallisé, arborant des autocollants Disaster Master sur les portières.

Après avoir remercié Keith du dérangement, j'entrai dans la maison et tombai sur un gros bonhomme à petite moustache, des cheveux noirs en fer à cheval autour de son crâne chauve, en train de passer le canapé à l'aspirateur. Il éteignit son engin et je me présentai à « Oncle Chris ».

— Une bande de journalistes a rappliqué, m'apprit-il. Je leur ai dit que vous aviez déménagé en attendant que la baraque soit remise en état. J'ai pas bien fait ?

— Excellent.

— Le chef Stark était ici il y a quelques minutes. Il a demandé que vous l'appeliez dès que vous pourrez.

J'ignorai les quarante-sept messages qui clignotaient sur le répondeur et téléphonai au commissariat depuis le poste de la cuisine. Je tombai sur le planton, qui était une femme.

— Le chef donne une interview, m'annonça-t-elle. Peut-il vous rappeler ?

— J'aimerais bien.

— J'y veillerai, lieutenant.

Je raccrochai, puis suivis le couloir jusqu'à la chambre de mes nièces.

Les couvertures étaient toujours par terre. Une vitre était brisée en mille morceaux et l'une des vrilles de patates douces se desséchait sur le plancher. J'avais esquinté pour de bon la coiffeuse en y fracassant la chaise. L'ensemble de la pièce, pleine d'animaux en peluche, semblait me faire des reproches.

Et si les enfants avaient été là ?

Alors quoi, Lindsay ?

Je tirai la chaise intacte jusqu'au tableau de liège. Une fois assise, j'examinai mes notes sur les meurtres. Mes yeux allèrent droit à ce qui me dérangeait le plus.

Parfois les faits les plus révélateurs vous crèvent les yeux sans qu'on puisse les voir...

À présent, je voyais comme une lumière au bout du tunnel... *les œilletons du dressing des O'Malley.*

Je me changeai et laissai Martha dehors avec Pénélope.

— Vous allez bien vous amuser toutes les deux.

Puis, après avoir contourné prudemment le camion du vitrier, j'ai engagé mon Explorer dans la rue.

Et je repartis en ville.

117.

Le Guetteur, au volant de la Taurus bleue, se dirigeait plein nord. Il roula sur la 280 en restant sur l'autoroute, pendant la traversée d'Hillsborough. Ses réflexions étaient diverses et variées, même si la plupart revenaient toujours à Lindsay Boxer.

Penser à Lindsay procurait au Guetteur tout un assortiment de sentiments complexes. Bizarrement, il était presque fier d'elle, de sa façon de survivre, de sa vitesse de récupération. De sa façon de refuser de faire machine arrière, de baisser les bras, de retourner d'où elle était venue.

En revanche c'était mauvais qu'elle persiste à leur poser problème. Mauvais pour elle.

Ils n'avaient pourtant pas envie de la tuer. Tuer un flic, et surtout ce flic-là en particulier, déclencherait une chasse à l'homme acharnée. L'ensemble du SFPD se déploierait ici pour enquêter sur son assassinat. Et jusqu'au FBI, peut-être aussi.

Le Guetteur ralentit en apercevant le panneau de sortie de Trousdale Drive, descendit la bretelle en douceur. Trois kilomètres plus loin, il tourna à droite à hauteur de l'énorme Peninsula Hospital, puis encore à droite pour prendre El Camino Real, en direction du sud.

Il trouva une station Exxon, deux blocs plus loin sur la route, et entra dans la supérette attenante. Il y tournicota deux, trois minutes, prenant quelques bricoles : une bouteille d'eau minérale, une barre de céréales, un journal.

Il régla ses achats – quatre dollars vingt, plus vingt autres pour l'essence – à l'ado aux gros seins qui tenait la caisse. En sortant du magasin, il déplia le journal du matin et tomba sur l'article en première page.

**MITRAILLAGE EN RÈGLE DE
LA MAISON DE L'INSPECTEUR**

Une photo de Lindsay en uniforme illustrait l'article. Dans la colonne de droite, il y avait un suivi de l'affaire Cabot. Sam Cabot avait été mis en examen pour un double meurtre...

Le Guetteur déposa avec soin le journal sur le siège passager et remplit son réservoir. Puis il démarra et mit le cap en direction de chez lui. Il parlerait à la Vérité plus tard. Peut-être ne tueraient-ils pas Lindsay comme ils avaient tué les autres. Peut-être se contenteraient-ils de la faire disparaître.

118.

Le cabinet de feu le Dr O'Malley se trouvait dans une maison de briques d'un étage, située dans Kelly Street. Son nom était gravé sur une plaque de cuivre à droite de la porte d'entrée.

J'éprouvai une légère angoisse en sonnant. Je savais que le chef me botterait les fesses de le doubler ainsi. Mais il fallait que je fasse quelque chose. Mieux valait solliciter son pardon plus tard que de prendre le risque de me voir refuser une autorisation.

Un bourdonnement retentit et je poussai la porte. La salle d'attente se trouvait sur ma gauche : une petite pièce carrée au mobilier tendu de gris, une ribambelle de cartes de condoléances étaient accrochées sur les murs, tout autour.

À l'accueil, s'encadrant dans un guichet ouvert, je vis une femme d'âge mûr aux cheveux grisonnants, coiffés en minivague comme dans les années 60.

— Lieutenant Boxer du SFPD, me présentai-je en lui montrant mon insigne.

Je lui expliquai que j'enquêtais sur une affaire criminelle non résolue, comportant des similitudes avec la mort du regretté Dr O'Malley.

— Nous avons déjà parlé à la police, répondit-elle en scrutant ma plaque et le charmant sourire que je lui adressais. Nous avons répondu pendant des heures et des heures à leurs questions.

— Il y en aura pour deux minutes. Pas plus.

La femme ferma le guichet en faisant glisser la vitre dépolie et, un instant plus tard, apparut sur le seuil du bureau.

— Rebecca Falcone, me dit-elle. Veuillez entrer.

Deux autres femmes également d'âge mûr se trouvaient dans la pièce derrière la porte de communication.

— Voici Mindy Heller, notre infirmière, précisa-t-elle en me présentant une blonde en uniforme blanc, qui jetait des barquettes de cookies emballés sous plastique à la poubelle. Et voici Harriett Schwartz, notre responsable. (Elle désigna une femme en sweat-shirt rouge, aux courbes généreuses, calée devant un vieil ordinateur.) Nous avons toutes travaillé avec le Dr Ben, et ça remonte au déluge.

Je leur serrai la main, répétant mon nom et le motif de ma présence, et leur adressai mes condoléances.

— J'ai besoin de votre aide, leur dis-je. N'importe quoi qui pourrait m'éclairer.

— Vous voulez que je vous dise la vérité ? me fit Harriet Schwartz.

Elle se détourna de l'ordinateur et se carra dans son fauteuil.

— Il ressemblait à un dessin de Picasso. Un paquet de traits qui, si on y regarde bien, laisse entrevoir une personne. Et, entre les traits, un espace vide, blanc....

Mindy Heller prit le relais avec empressement :

— C'était un bon médecin, mais il était aussi mesquin et renfermé, un monsieur je sais tout. Et il pouvait se montrer aussi dur qu'un vrai garde-chiourme. (Elle jeta un coup d'œil à ses collègues de travail.) Mais je ne crois pas qu'on l'ait tué parce que c'était une tête de nœud. Au pire, il n'était rien de plus.

— Hum-hum. Donc vous pensez que les O'Malley n'ont été que des victimes occasionnelles.

— Tout à fait. On les a choisis par hasard. Je n'ai pas cessé de le répéter depuis le début.

Je leur demandai ensuite si l'une des victimes des autres meurtres avait été une patiente ou un patient du Dr O'Malley.

— Vous savez qu'existe une clause de confidentialité pour protéger les patients, répliqua Miss Heller. Mais je suis certaine que le chef Stark sera en mesure de vous apprendre ce que vous désirez savoir.

Bon, d'accord.

Je notai mon numéro de portable que je laissai sur le bureau d'Harriet Schwartz. Je les remerciai de m'avoir consacré du temps, mais je me sentais découragée. Que le Dr O'Malley ait été ou non ce que son personnel prétendait de lui, je venais bel et bien de me heurter à une nouvelle impasse.

J'ouvrais la porte donnant sur la rue quand on m'agrippa par le bras. C'était Rebecca Falcone. L'urgence lui tirait les traits.

— Il faut que je vous parle, murmura-t-elle. En tête à tête.

— Vous pouvez me retrouver quelque part ? demandai-je.

— À la Maison du Café d'Half Moon Bay ? Vous savez où c'est ?

— Dans cette petite galerie commerciale, tout en haut de la Grand-Rue ?

Elle hocha la tête.

— Je termine à 12 h 30.

— J'y serai.

119.

Nos genoux se frôlaient sous la petite table, placée près des toilettes. On nous avait servi des salades et du café, mais Rebecca n'y touchait pas. Elle n'était pas encore prête à parler.

Elle tirait sur la petite croix en or qu'elle portait autour du cou.

Je croyais comprendre son dilemme. Elle voulait être celle qui livrerait le véritable renseignement, tout en redoutant de manger le morceau à portée d'oreille de ses amies.

— Je ne sais rien, compris ? finit-elle par lâcher. C'est sûr, je ne sais rien du tout sur ces meurtres. Mais une ombre semblait planer sur Ben ces derniers temps.

— Vous pouvez m'en dire plus, Rebecca ?

— Eh bien, il était plus maussade que d'habitude. Il avait remis en place deux de ses patients, ce qui était extrêmement rare. Quand je lui ai demandé ce qui se passait, il a nié avoir des soucis.

— Vous connaissiez Lorelei ?

— Bien sûr. Ils se sont rencontrés à l'église. Et franchement, j'ai été surprise que Ben l'épouse. Mais je crois qu'il se sentait seul et puis, elle était en admiration devant lui.

Rebecca soupira.

— Lorelei était on ne peut plus simple. C'était une femme-enfant qui adorait faire du shopping. Personne ne la détestait.

— Observation intéressante, fis-je.

C'était là l'encouragement dont Rebecca avait besoin pour révéler ce qu'elle mourait d'envie de dire depuis le début.

Elle avait l'air de se tenir à l'extrême bout d'un plongeoir, le bassin de la piscine se trouvant très loin, en contrebas.

Elle prit son souffle et plongea.

— Vous êtes au courant pour la première Mrs O'Malley ? me demanda-t-elle. Vous savez qu'elle s'est tuée ? Qu'elle s'est pendue dans son garage ?

120.

Je ressentis à la racine des cheveux ce picotement particulier qui présageait souvent de l'avancée d'une enquête.

— Oui, dis-je. J'ai lu que Sandra O'Malley s'était suicidée. Que savez-vous à ce sujet ?

— C'était si inattendu, me dit Rebecca. Personne ne savait... j'ignorais qu'elle était si déprimée.

— Alors pourquoi croyez-vous qu'elle se soit supprimée ?

Rebecca étala sa salade Caesar avec sa fourchette, sur le bord de son assiette, puis reposa son couvert sans prendre une bouchée.

— Je ne l'ai jamais découvert. Ben n'était pas causant, mais si je devais faire une supposition, je dirais qu'il la maltraitait.

— La maltraitait comment ?

— En l'humiliant. En la traitant comme une moins que rien. Quand je l'entendais lui parler, j'en étais toute retournée.

Elle joignit le geste à la parole, tassant les épaules et baissant le menton.

— Elle s'en plaignait ?

— Non. Sandra n'aurait jamais fait ça. Elle était

si accommodante, si gentille. Elle n'a même pas pipé mot quand elle a découvert sa liaison.

Les rouages de mon raisonnement, bien qu'actifs, tournaient dans le vide. Rebecca pinça les lèvres de dégoût.

— Il fréquentait cette femme depuis des années, et je suis certaine qu'il a continué à la voir après son mariage avec Lorelei. Elle l'a appelé à son cabinet jusqu'au jour de sa mort.

— Rebecca, dis-je en m'armant de patience, même si le suspense devenait insoutenable. Quel était le nom de cette autre femme ?

Rebecca se redressa sur sa chaise quand deux hommes nous frôlèrent en se rendant aux toilettes. Une fois la porte des W.C. refermée, elle se pencha à nouveau vers moi et chuchota :

— Emily Harris.

Ce nom me disait quelque chose. Je revis une bouche luisante de gloss. Une robe à motifs roses.

— Elle travaille pour l'agence immobilière Pacific Homes ?

— Oui, c'est bien elle.

121.

Emily Harris était assise à son bureau quand je suis entrée dans l'agence. Les postes de travail étaient tous alignés contre des murs de la pièce, tout en longueur. Sa jolie bouche s'étira en un sourire automatique, qui s'accentua quand elle me reconnut.

— Ah bonjour. Ne vous ai-je pas rencontrée avec votre mari, il y a une quinzaine de jours, à la maison d'Ocean Colony Road ? Vous avez un beau chien.

— Oui, c'est moi, en effet. Je me présente : lieutenant Boxer, du SFPD, dis-je en lui montrant mon insigne.

Sa physionomie se ferma aussitôt.

— J'ai déjà parlé à la police.

— Super. Donc, je suis sûre que cela ne vous gênera pas de recommencer.

Je tirai la chaise qui était près de son bureau et m'y assis d'office.

— J'ai cru comprendre que vous étiez une amie intime du Dr O'Malley, repris-je.

— Je n'ai pas honte de ce que vous insinuez. Il était malheureux chez lui, mais je ne représentais pas une menace pour son couple. Et, bon sang, je n'ai rien à voir avec son assassinat !

J'observai Miss Harris mettre d'équerre tous les

blocs, stylos et papiers qui traînaient sur son bureau. Disposant tout, de façon nette et précise. Qu'est-ce qui traversait l'esprit de cette maniaque de l'ordre à cet instant précis ? Que savait-elle des O'Malley ?

— Vous êtes l'agent en titre de sa maison ?

— Ce n'est pas une raison pour assassiner quelqu'un, bon Dieu. Vous êtes folle ou quoi ? Je suis l'un des numéros un sur la place.

— Du calme, Miss Harris. Je ne suggère certes pas que vous ayez tué qui que ce soit. J'essaie simplement de mieux cerner les victimes parce que j'enquête sur un autre crime non résolu.

— O.K. Je suis encore un peu à vif, vous savez.

— Oui, je comprends. Avez-vous déjà vendu la maison ?

— Pas encore. Mais j'ai une offre en attente.

— Bon. Et si vous me faisiez faire le tour du propriétaire, Miss Harris ? J'aurai deux ou trois questions et j'espère que vous pourrez y répondre. Peut-être pourrez-vous m'aider à résoudre le meurtre de Ben O'Malley.

122.

Des flyers de l'agence Pacific Homes étaient déployés en éventail sur une table du vestibule et on avait changé les fleurs depuis que Joe et moi avions visité, en nous passant de guide, la jolie maison d'Ocean Colony Road.

— Ça vous dérangerait de monter au premier étage avec moi ? demandai-je à l'agent immobilier.

Miss Harris haussa les épaules, lança les clés près du bouquet de lys et me précéda dans l'escalier.

Une fois sur le seuil de la chambre conjugale, elle hésita à le franchir.

— Je n'aime pas entrer dans cette pièce, expliqua-t-elle, en lançant un regard dans la chambre à coucher vert pâle et à sa moquette toute neuve, du même ton.

Je m'imaginais la scène du meurtre presque aussi bien qu'elle. Trois semaines plus tôt, à peine, Lorelei O'Malley était retrouvée étendue, éventrée, à trois mètres de l'endroit où on se tenait.

Emily Harris déglutit avec difficulté, puis me rejoignit à contrecœur devant le dressing. Je lui montrai sous la peinture le tracé de l'œilleton dans la porte et l'empreinte en croissant, encore visible, du pouce de Joe dans le mastic.

— Qu'est-ce que vous dites de ça ? fis-je.

Emily n'avait plus qu'un filet de voix éraillé.

— Que ça me tue, voilà ce que j'en dis. Ça crève les yeux, non ? Il filmait en vidéo ses ébats avec Lorelei. Il me disait qu'il ne couchait plus avec elle, mais je crois bien qu'il mentait.

Puis son visage se chiffonna et elle se mit à pleurer doucement dans un bouquet de Kleenex bleu clair qu'elle tira de son sac.

— Oh mon Dieu, mon Dieu, sanglotait-elle.

Au bout d'un instant, elle se moucha et s'éclaircit la gorge.

— Ma relation avec Ben n'a aucun rapport avec sa mort. On peut sortir d'ici, maintenant ?

Pas si je pouvais l'en empêcher. Quoi que je puisse apprendre d'Emily Harris, c'était maintenant ou jamais. Il n'y aurait plus de moment ni d'endroit mieux choisis.

— Miss Harris...

— Bon Dieu, appelez-moi Emily. Au train où vont mes confidences.

— Emily, soit. J'ai vraiment besoin de connaître votre version de l'histoire.

— Très bien. Vous êtes au courant pour Sandra ?

J'acquiesçai. Et comme si j'avais ouvert une vanne, elle se déversa.

— À votre avis, n'ai-je pas eu peur qu'elle se soit suicidée parce que Ben me fréquentait ?

Elle tamponna ses yeux gonflés, provoquant un nouvel afflux de larmes.

— D'après Ben, Sandra était dérangée, ce qui expliquait pourquoi il ne la quittait pas. Mais, après son suicide, j'ai cessé de voir Ben pendant une année entière.

» Alors Lorelei a surgi dans le paysage. La Princesse. Ben croyait que plus vite il se marierait, mieux cela serait pour Caitlin. Que pouvais-je redire à ça ? De mon côté, j'étais encore mariée, lieutenant.

» Puis tout a recommencé comme avant entre nous. On se voyait chez moi, essentiellement. Ou dans des motels de temps à autre. Le plus drôle de l'affaire, c'est que Lorelei, je crois, se moquait bien de Caitlin.

» Ben et moi, nous tirions le meilleur parti de la situation. On jouait à un petit jeu. Il m'appelait Camilla et moi, je l'appelais Charles. Son Altesse Royale. On s'amusait bien. Il me manque tellement. Je sais que Ben m'aimait. Je le sais.

Sans rien répondre, j'ouvris la porte du dressing et invitai l'agent immobilier à y pénétrer.

— Après vous, Emily.

Je lui indiquai le second œilleton tout au fond.

— Ce trou traverse le mur et donne... dans la chambre de Caitlin.

Emily hoqueta, enfouissant son visage dans ses mains.

— Je n'ai jamais vu ça. Je n'étais au courant de rien ! Il faut que je sorte d'ici, bredouilla-t-elle.

Puis elle s'enfuit de la chambre en courant. J'entendis ses talons hauts claquer dans l'escalier qu'elle dévalait.

Je rattrapai Emily au moment où elle raflait les clés sur la table du vestibule et sortait.

— Emily !

— Je suis à bout, gémit-elle. (Elle referma la porte qu'elle verrouilla derrière nous.) C'est trop douloureux pour moi. Vous ne comprenez pas ? Je l'aimais !

— **Je** le vois bien, fis-je en me tenant près de la portière pendant qu'elle démarrait. Dites-moi encore une chose, insistai-je. Ben connaissait-il un certain Dennis Agnew ?

Emily relâcha le frein à main et tourna son visage sillonné de larmes vers moi.

— Quoi ? Que dites-vous ? Est-ce qu'il a vendu nos vidéos à cette *ordure* ?

Emily n'attendit pas ma réaction. Elle tira sur le volant et appuya à fond sur l'accélérateur.

— Je prendrai ça pour un oui, lançai-je à la Lincoln qui s'éloignait.

123.

Je croisai la voiture de police qui patrouillait mollement au bout de Sea View Avenue, et saluai son conducteur au passage. Puis j'obliquai à droite dans l'allée de Cat et garai l'Explorer à côté de la Bonneville. Apparemment, Keith m'avait ramené la vieille guimbarde pendant mon absence.

Je lâchai Martha à l'intérieur de la maison, lui donnai un biscuit et reportai mon attention vers le répondeur qui clignotait. J'appuyai sur *play* et commençai à prendre des notes sur mon bloc.

Joe, Claire et Cindy m'avaient tous téléphoné, ils me demandaient tous de les rappeler. Le quatrième message venait de Carolee Brown qui m'invitait à dîner à l'école, le soir même.

Suivait un message du chef Stark, la voix lasse :

— Boxer, on a reçu les résultats du labo concernant cette ceinture. Rappelez-moi.

Avec le chef Stark, nous avions joué à cache-téléphone toute la journée. Je feuilletai mon bloc en jurant, à la recherche de son numéro. Puis je le composai.

— Quittez pas, lieutenant, fit le planton. Je le bipe.

J'entendais les crachotements de la fréquence de la police à l'arrière-plan. Je tapotai de mes ongles le comptoir de la cuisine et pus compter jusqu'à soixante-dix-neuf avant que le chef ne me prenne.

— Boxer ?

— Le rapport du labo est revenu bien vite, remarquai-je. Ça nous donne quoi ?

— Cette rapidité tient à une bonne raison. L'absence d'empreintes, ce qui ne me surprend guère. Mais à moins de faire entrer de l'ADN bovin en ligne de compte, il n'y avait rien d'autre, Lindsay... ces salopards ont aspergé la boucle de sang de bœuf.

— Ah, pitié !

— Je sais. Merde. Écoutez, il faut que j'y aille. Notre maire veut me dire deux mots.

Le chef raccrocha. Et, mon Dieu, je le plaignis.

Je sortis sur la terrasse, m'installai dans un fauteuil en plastique et posai mes chevilles sur la balustrade, suivant en cela le conseil de Claire. Puis je contemplai, au-delà du bout de mes sandales et des jardins voisins, la ligne bleu-vert de la baie.

Je repensai à cette ceinture abandonnée sur la pelouse, ce matin-là, tachée d'un sang qui, au final, ne voulait rien dire.

Une chose était claire.

Les tueurs n'avaient pas essayé de me tuer.

La ceinture était un avertissement destiné à m'effrayer et, partant, à m'éloigner.

Je me demandai pourquoi ils s'étaient donné cette peine.

Je n'avais pas pu résoudre le meurtre de Monsieur X et, dix ans plus tard, je pataugeais toujours dans le même bourbier.

Pendant ce temps, les assassins étaient quelque part, dans la nature, et tout ce que l'on avait c'était une poignée de « et si ? » et de « comment se fait-il ? » qui nous narguait en ne menant nulle part.

On ne savait pas pourquoi.

On ne savait pas qui.

Et on ne savait pas où ils allaient frapper la prochaine fois.

Mis à part ça, tout n'était que pipi de chat.

124.

Familles, fléau de la civilisation moderne, où la lie du passé était conservée vivante, cultivée et raffinée. Du moins, tel était le point de vue du Guetteur, ce soir-là.

Ouvrant la porte de la souillarde, il pénétra dans la maison en stuc rose tout en haut de Cliff Road. Les Farley étaient sortis pour la soirée. Ils se sentaient tellement en sécurité dans leur cocon de riches privilégiés qu'ils ne se donnaient jamais la peine d'en verrouiller l'accès.

La souillarde donnait dans une cuisine entièrement vitrée qui rougeoyait aux derniers rayons du soleil couchant.

Simple repérage, se remémora le Guetteur. *Entrer et sortir en moins de cinq minutes. Comme d'habitude.*

Il pêcha son appareil photo dans la poche intérieure de son blouson de cuir souple et mitrailla la pièce, prenant des clichés des nombreux grands panneaux vitrés, des meneaux assez larges pour qu'une personne y tienne.

Zzzzt, zzzzt, zzzzt.

Il traversa rapidement la cuisine pour gagner le séjour de la famille Farley, qui s'appuyait en porte à faux au flanc de la montagne. Une lumière ambrée baignait les bois, dotant l'écorce hirsute des troncs d'eucalyptus d'une présence presque humaine – les arbres épiaient tous ses mouvements, tels des vieillards à l'affût. Comme s'ils le comprenaient et l'approuvaient.

Simple repérage, se répéta le Guetteur. Pour l'instant, les choses étaient trop complexes, la situation trop brûlante pour qu'ils poussent leurs projets plus avant.

Il gravit rapidement l'escalier du fond jusqu'aux chambres, notant les marches qui craquaient le plus, testant la solidité de la rampe. Il longea le couloir du premier étage, franchissant chaque porte ouverte, prenant ses photos, mémorisant le moindre détail. Fouillant les pièces à la manière d'un flic palpant un suspect au corps.

Le Guetteur consulta sa montre en entrant dans la chambre conjugale. *Presque trois minutes d'écoulées.* Il ouvrit les placards vite fait, renifla les odeurs de parfum (Vera Wang et Hermès) et referma les portes.

Il dévala les marches jusqu'à la cuisine et était sur le point de partir quand il songea au sous-sol. Il avait assez de temps pour aller y jeter un coup d'œil.

Il ouvrit la porte et descendit d'un pas léger.

Il y avait une vaste cave à vins sur sa gauche et la buanderie se trouvait face à lui. Mais ses yeux se portèrent sur une porte à sa droite.

La battant était dans l'ombre, sécurisé par un verrou à code. Le Guetteur excellait dans les combinaisons. Il était très doué de ses mains. Il tourna le cadran à gauche jusqu'à ce qu'il sente une infime résistance, puis à droite, et de nouveau à gauche. Le verrou céda et le Guetteur souleva le loquet de la porte.

Dans la pénombre du sous-sol, il identifia l'équipement : l'ordinateur, l'imprimante laser et les rames de papier photographique de qualité supérieure. Ainsi que des caméras vidéo et appareils numériques avec possibilité de prises de vue nocturnes.

Un épais paquet de tirages était bien rangé sur un comptoir.

Il entra rapidement en fermant la porte derrière lui. Puis il bascula l'interrupteur qui donna de la lumière.

Il ne s'agissait que d'une mission de repérage inoffensive, c'était tout. Une parmi tant d'autres.

Mais ce qu'il vit quand les lumières s'allumèrent manqua le faire tomber à la renverse.

125.

Il y avait une odeur de sauce marinara dans l'air quand je remontai l'allée qui menait à l'école victorienne où vivait Carolee. Je mis ma main en visière pour me protéger des reflets du soleil qui dardait ses derniers rayons sur les multiples carreaux des fenêtres, et laissai retomber le heurtoir de cuivre de l'imposante porte d'entrée.

Un garçon à la peau mate d'une douzaine d'années m'ouvrit :

— Salut à vous, madame de la police, lança-t-il.

— Toi, c'est Eddie, pas vrai ?

— Eddie C'est Parti Mon Kiki, me répondit-il avec un large sourire. Comment vous le savez ?

— J'ai une assez bonne mémoire.

— Vaut mieux puisque z'êtes flic.

Des vivats s'élevèrent au moment où j'entrais dans la « salle du mess » – une vaste salle à manger aérée qui faisait face à la route.

Carolee me serra dans ses bras et m'invita à m'asseoir au bout de la table.

— À la place de l'invité d'honneur, précisa-t-elle.

Allison réquisitionna la chaise à ma gauche et Fern, une petite rouquine, batailla pour la chaise à ma droite. Je me sentais la bienvenue et tout à fait chez moi au sein de cette gigantesque « famille ».

Des plats de spaghettis et un saladier de salade verte circulaient de main en main et de gros morceaux de pain italien voltigeaient. Les enfants me bombardaient de questions, auxquelles je répondais, et de devinettes... qu'il m'arrivait de trouver.

— Quand je serai grande, chuchota Ali, je voudrais être exactement comme toi.

— Et moi, tu sais ce que je voudrais ? Que lorsque tu seras grande, tu sois exactement comme *toi*.

Carolee frappa dans ses mains avec un rire joyeux.

— Laissez un peu respirer Lindsay, lança-t-elle à la ronde. Laissez-la dîner en paix. C'est notre hôte, pas une friandise qu'on dévore.

En se levant pour aller chercher un litre de Coca sur le buffet, Carolee me posa une main sur l'épaule et me glissa à l'oreille :

— Ça ne t'embête pas ? Ils t'adorent.

— Moi aussi, je les adore.

Une fois la table débarrassée et les enfants partis à l'étage pour leur heure d'étude, Carolee et moi prîmes nos tasses à café et nous installâmes dans la véranda protégée par une moustiquaire, sur des rocking-chairs jumeaux pour écouter le chant des grillons dans la nuit tombante. J'étais heureuse d'avoir une amie dans cette ville et, ce soir-là, je me sentais particulièrement proche de Carolee.

— Du nouveau concernant celui qui a mitraillé la maison de Cat ? s'enquit Carolee avec une pointe d'inquiétude dans la voix.

— Non. Mais tu te souviens du type avec lequel on a eu une prise de bec au Cormoran ?

— Dennis Agnew ?

— Ouais. Il n'a pas cessé de me harceler, Carolee. Et le chef ne fait pas mystère qu'il aimerait bien lui coller les meurtres sur le dos.

Carolee parut surprise, choquée même.

— Vraiment ? J'ai beaucoup de *mal* à imaginer une chose pareille. Comprends-moi bien, c'est un beau salaud, d'accord... Mais je ne le vois pas assassiner quelqu'un.

— C'est ce que tout le monde disait de Jeffrey Dalmer[1], objectai-je en riant.

Je restai silencieuse en tapotant l'accoudoir de mon rocking-chair. Carolee croisa ses bras sur sa poitrine. Nous demeurâmes ainsi un long moment, plongées dans nos réflexions.

— C'est plutôt calme par ici, hein ? finit par dire Carolee.

— Extraordinairement calme. J'adore.

— Alors dépêche-toi de choper ce fou furieux, d'accord ?

— Écoute, Carolee, si jamais quelque chose te rend nerveuse, même si tu penses que ce n'est que ton imagination qui te joue des tours, compose le 911. Puis appelle-moi ensuite.

— Oui, merci. Je n'y manquerai pas.

Après un court silence, Carolee reprit.

— Ils se font toujours arrêter un jour ou l'autre, n'est-ce pas, Lindsay ?

— Presque toujours, répondis-je, même si ça n'était pas tout à fait vrai.

Car les tueurs vraiment intelligents pouvaient très bien ne jamais être capturés, il arrivait même qu'ils passent totalement inaperçus.

---

1. Célèbre tueur en série (et cannibale) à visage d'ange *(N.d.T.)*.

126.

Mon sommeil fut très agité – une succession de cauchemars, remplis de fusillades motorisées, de cadavres fouettés et d'assassins sans visages et sans noms. À mon réveil, la matinée était d'un gris sinistre, du genre de celles qui donnent envie de rester au lit.

Mais Martha et moi avions besoin d'exercice. Aussi enfilai-je mon training bleu, fourrai mon arme dans son holster et glissai mon portable dans la poche de ma veste en jeans, avant de partir vers la plage.

Un front orageux approchait, en provenance de l'ouest, aplatissant le ciel sur la baie. Des oiseaux de mer planaient lentement au-dessus de l'eau tels des dirigeables de la Seconde Guerre mondiale.

Seules quelques âmes aguerries faisaient du jogging ou flânaient loin de nous, aussi ôtai-je sa laisse à Martha. Elle trotta aux trousses d'une petite bande de pluviers, les faisant se disperser, pendant que je prenais la direction du sud à petite foulée.

J'avais à peine parcouru quatre cents mètres quand la pluie se mit à tomber. Bientôt, les gouttes intermittentes devinrent drues, durcissant le sable de ma piste de course.

Je me tournai pour vérifier où était Martha, puis rebroussai chemin en courant assez longtemps pour l'apercevoir, juste derrière un homme en ciré jaune à capuchon, à une centaine de mètres de là.

Je fendais la pluie oblique et retrouvais mon allure quand un aboiement vif de Martha attira mon attention. Elle mordillait les chevilles du type derrière moi. Elle était en train de jouer au chien de berger avec lui !

— Martha ! m'écriai-je. Suffit.

C'était l'ordre pour elle de revenir à mes côtés. Martha l'ignora totalement. Au lieu de ça, elle obligea le type à obliquer à angle droit en le chassant loin de moi, l'obligeant à grimper vers le sommet herbu des dunes.

Je compris brusquement que Martha n'était pas en train de s'amuser. Elle me protégeait.

Le fils de pute.

On m'avait suivie encore une fois !

127.

— Hé, vous ! Cessez de courir et elle s'arrêtera ! hurlai-je.

Mais ni l'homme, ni l'animal ne m'entendirent.

Je me courbai, j'agrippai le sable à pleines mains et finis par me hisser sur le plateau herbeux du camping Francis Beach. La pluie battante me plaquait les cheveux sur le visage et, un court instant, je fus complètement aveuglée.

Le temps d'écarter mes cheveux, je sentis la situation m'échapper. J'eus beau regarder avidement autour de moi, le type qui me suivait avait disparu. Merde ! Il s'était à nouveau envolé.

— Mar-thaaaa !

Au même instant, une tache jaune surgit de derrière les toilettes et traversa mon champ visuel... Martha était toujours sur les talons du type. Il lui filait des coups de pied sans réussir à la décourager. Ils coupèrent à travers l'aire de pique-nique.

Je sortis mon calibre et criai à pleins poumons : « Halte ! Police ! » Mais l'homme en ciré piqua un sprint vers un pickup multicolore garé sur le parking.

Martha était toujours agrippée à sa jambe, grognant furieusement. Elle l'empêchait de monter dans son véhicule.

— Police ! hurlai-je une fois de plus.

Je courus à toute vitesse vers eux en brandissant mon arme chargée devant moi.

— *À genoux*, ordonnai-je en arrivant à la hauteur du type. Gardez vos mains visibles. À plat ventre, mister. Exécution !

L'homme s'exécuta. Je m'approchai de lui tandis que la pluie nous cinglait. Je rabattis son capuchon, gardant mon arme braquée sur son dos.

Je reconnus ses cheveux blonds sur-le-champ, mais je refusai d'en croire mes yeux. Lorsqu'il leva son visage vers moi, ses yeux lançaient des éclairs de fureur.

— Keith ! Mais qu'est-ce qui vous prend ? Qu'est-ce que c'est que cette histoire ?

— Rien, rien. Je voulais vous prévenir, c'est tout.

— Ah bon ? Pourquoi ne pas m'avoir téléphoné dans ce cas ? dis-je, haletante.

Mon cœur battait à tout rompre.

Mon Dieu. J'étais armée... Tout recommençait.

J'écartai les jambes de Keith du pied et le palpai de haut en bas. Je découvris à sa hanche un couteau de chasse Buckmaster de vingt centimètres dans un étui de cuir. Je m'en saisis et le balançai au loin. De mal en pis.

— Vous avez bien dit « rien » ?

— Lindsay, laissez-moi parler.

— Moi d'abord. Vous êtes en état d'arrestation.

— Pour quel motif ?

— Port d'une d'arme dissimulée.

Je me tenais de façon à ce que Keith puisse voir clairement mon flingue ainsi que ma résolution à m'en servir.

— Vous avez le droit de garder le silence, fis-je. Tout ce que vous direz pourra être utilisé contre vous. Si vous n'avez pas d'avocat, il vous en sera désigné un d'office. Vous comprenez vos droits ?

— Vous vous gourrez complètement sur mon compte !

— Vous comprenez vos droits ?

— Ouais. Pigé.

Je cherchai mon portable dans ma poche. Keith se tortilla, comme s'il allait tenter sa chance. Martha lui montra les dents.

— Restez où vous êtes, Keith. Je n'ai aucune envie de vous descendre.

128.

Nous étions tous les trois dans « la boîte », la petite pièce d'interrogatoire carrelée de gris du poste de police. Le chef m'avait déjà fait part de ses doutes.

Il connaissait Keith Howard depuis une dizaine d'années comme le mécanicien de l'Homme dans la Lune, dont les seules préoccupations étaient des rentrées régulières et une bagnole bien réglée.

Mais, Dieu merci, le chef se fiait à mon flair. Le regard de Keith, que j'avais surpris, m'avait franchement flanqué une trouille bleue. Le même regard sans âme que j'avais déjà vu à de nombreux psychopathes.

J'étais assise en face de Keith à la table métallique éraflée. Nous étions tous les deux dégoulinants de pluie. Le chef Stark était appuyé contre le mur dans un angle de la pièce. Derrière la vitre, d'autres flics nous observaient, espérant que je ne me trompais pas et que, sous peu, ils auraient autre chose à se mettre sous la dent qu'un couteau de chasse et une simple intuition.

Depuis son arrestation, Keith semblait avoir régressé et paraissait beaucoup plus jeune que ses vingt-sept ans.

— J'ai pas besoin d'avocat, me lança-t-il. Je vous *suivais*, c'est tout. Les nanas savent toujours quand un mec les kiffe. Vous êtes au courant, alors dites-le-leur, O.K. ?

— Vous voulez dire que vous me *pistiez* ? C'est ça, votre explication ?

— Non, je vous suivais. Ça fait une grosse différence, Lindsay.

— Je ne comprends pas. Pourquoi me suiviez-vous ?

— Vous savez pourquoi ! Quelqu'un essaie de vous faire du mal.

— C'est pour ça que vous avez mitraillé la maison de ma sœur ?

— Moi ? J'ai jamais fait une chose pareille.

La voix de Keith se fêla et il se frotta l'arête du nez.

— Je vous aime beaucoup, depuis le début. Et maintenant, vous allez retenir ça contre moi.

— Tu commences à me gonfler, sale petit peigne-cul, marmonna finalement le chef.

Il s'avança et claqua Keith à la volée sur la nuque.

— Sois un homme. Qu'est-ce que t'as fait ?

Keith se recroquevilla sur lui-même. Il laissa choir sa tête sur la table, la faisant rouler d'un côté et de l'autre en gémissant. Sa plainte caverneuse semblait exprimer une peine et une peur infinies, provenant d'un endroit sans fond.

Mais tous les gémissements du monde ne lui seraient d'aucune aide. Récemment, des larmes de crocodile m'avaient piégée et je n'allais pas refaire cette terrible erreur.

— Keith, j'ai peur pour toi, repris-je, froidement. Tu t'es fichu dans un sacrée galère. Alors, ne sois pas débile, avoue-nous ce que tu as fait afin qu'on puisse t'aider à te sauver le coup auprès du procureur. Je t'aiderai, Keith. Je t'en donne ma parole. Alors dis-moi : est-ce qu'on va découvrir des traces de sang sur ton couteau ?

— Nooon ! beugla-t-il. J'ai rien fait de mal.

Je me décrispai. Puis je souris. Et je posai ma main sur celle de Keith.

— Tu te sentirais plus à l'aise si on te retirait ces menottes ?

Je levai la tête vers le chef, qui acquiesça et sortit des clés de la poche de sa chemise. Il déverrouilla les menottes. Keith retrouva son sang-froid. Il secoua ses mains, dézippa son ciré qu'il balança sur le dossier de sa chaise. Puis il retira le pull qu'il portait en dessous.

Si j'avais été debout, mes jambes se seraient dérobées sous moi, et je serais tombée par terre.

Keith portait un T-shirt orange frappé du logo de La Distillerie, le restaurant touristique sur la route N° 1, à Moss Beach.

C'était l'exacte réplique de celui dans lequel mon Monsieur X # 24 avait été retrouvé dix ans auparavant.

129.

Keith remarqua que je fixais son T-shirt.
— Il vous plaît ? demanda-t-il, retrouvant son sourire charmeur, comme si nous étions de retour dans son garage. C'est quasiment un classique, ajouta-t-il. La Distillerie ne vend plus du tout de T-shirts.

Peut-être pas, mais son jumeau ensanglanté était sous clé au dépôt des pièces à conviction du Palais de Justice de San Francisco.

— Où étiez-vous, avant-hier soir, Keith ? le pressai-je.
— Possédez-vous une arme à feu ?
— De quoi vouliez-vous me prévenir ?
— Dites-moi quelque chose que je puisse croire.

Au début, il se montra arrogant, puis distrait ou larmoyant. Parfois, il se tut tout simplement. Au fil des heures, Stark me remplaça pour demander à Keith s'il connaissait les victimes des tout derniers meurtres.

Keith reconnut qu'il les connaissait toutes.

Comme il connaissait la plupart des habitants d'Half Moon Bay – tous ceux du moins qui étaient passés par sa petite station-service.

— Nous avons un témoin, annonça le chef, en plaquant ses deux mains sur la table et décochant à Keith un regard à transpercer l'acier. On t'a vu, mon ami, sortir de la maison Sarducci, le soir où on les a assasinés.

— Charriez pas, Pete. Me faites pas rigoler. C'est trop nul.

On n'allait nulle part. D'un instant à l'autre, Keith pouvait nous dire : « Inculpez-moi pour le port du couteau et laissez-moi partir. » Il était en droit de payer sa caution et de s'en aller.

Je me levai de table et m'adressai au chef, pardessus la tête de Keith, d'une voix pleine de compassion :

— Vous savez quoi, chef ? Il n'a rien fait. Vous aviez raison. Il n'a pas les tripes pour ça. Il n'est pas très intelligent, c'est un quasi-déséquilibré mental. Excusez-moi, Keith, vous êtes plutôt bon comme mécano, mais c'est complètement dingue de penser que vous ayez suffisamment de cran pour avoir commis ces assassinats. Et sans laisser un seul indice ? Je n'y crois pas.

— Oui, on perd notre temps, fit le chef, en me suivant. Ce petit voyou saurait même pas piller des parcmètres.

Keith tourna la tête vers le chef, puis vers moi, à nouveau vers le chef.

— Si vous croyez que je pige pas ce que vous êtes en train de faire, lança-t-il.

Je l'ignorai et poursuivis mes remarques au chef :

— À mon avis, chef, vous aviez raison au sujet d'Agnew. Lui, c'est un mec qui a assez de couilles pour buter quelqu'un à bout portant. Le regarder se tordre de douleur. Le regarder mourir. Et il a la matière grise pour s'en tirer.

— Oui. Avec les relations qu'il a et tout ça, répondait le chef, en tirant les poils follets de sa nuque. Ça tombe sous le sens.

— Vous devriez pas parler comme ça, marmonna Keith.

Je me retournai vers lui, l'œil inquisiteur.

— Keith, tu connais Agnew, dis-je. Qu'en penses-tu ? *C'est lui qu'on cherche ?*

Ce fut comme si une minuterie avait eu un court-circuit et qu'une bombe venait d'exploser en sous-sol. Il y eut d'abord une secousse, suivie d'un grondement, puis tout s'effondra.

— Dennis Ag-new ? cracha Keith. Ce sale *has been* du porno avec une queue à la place des neurones ? Il a du pot que je l'aie pas buté. Et croyez-moi, c'est pas faute d'y avoir pensé.

Keith serra les poings et les abattit sur la table, faisant valser stylos, carnet et cannettes de boissons gazeuses.

— Écoutez, Lindsay, je suis moins ramolli du bulbe que vous le croyez. Tuer tous ces gens-là, c'est le truc le plus facile que j'aie jamais fait.

130.

Keith affichait le même air de fureur froide qu'il m'avait montré quand je lui avais collé mon flingue sur la nuque. Ce *Keith-là* m'était inconnu.
Je devais apprendre à le connaître.
— Vous vous gourrez complètement sur moi, vous deux ! Et même si vous me menez en bateau, ça va. J'en ai ma claque de tout ce bazar. Tout le monde s'en fout.
En entendant Keith dire « Tout le monde s'en fout », je me calai sur ma chaise. Les enfants Cabot avaient bombé les mêmes mots sur le mur de la chambre de leurs victimes. Tout comme le tueur de mon Monsieur X # 24, dix ans auparavant.
— Que veux-tu dire par « Tout le monde s'en fout » ?
Keith me fusilla de son œil bleu.
— C'est vous l'intello, hein ? Z'avez qu'à trouver.
— Déconne pas avec moi, Keith. Moi, je m'en fous pas. Et je suis tout ouïe.
Tandis que la caméra vidéo enregistrait ses aveux, mon rêve devenait réalité. Keith nous a tout donné : les noms, les dates, les moindres détails que seul l'assassin pouvait connaître.
Il nous parla de différents couteaux, de différentes

ceintures, décrivit chaque meurtre, y compris comment il avait piégé Ben O'Malley.

— Oui, je l'ai assommé avec une pierre avant de lui trancher la gorge. J'ai jeté le couteau dans le ravin.

Keith étalait les détails avec ordre et méthode, telles les nombreuses cartes d'une réussite. Et ceux-ci étaient suffisamment convaincants pour le faire condamner plusieurs fois. Malgré tout, j'avais de la peine à croire qu'il eût commis ces crimes sanglants en solo.

— Vous avez tué Joe *et* Anne-Marie Sarducci de vos mains ? Sans avoir à lutter ? Qui êtes-vous ? Spider-Man ?

— Vous commencez à piger, Lindsay.

Il avança brusquement son siège, raclant la chaise sur le sol, et colla son visage au mien.

— Je les soumettais par mon charme, me dit-il. Et vous feriez mieux de me croire. Je bossais seul. Arrangez-moi le coup pour ça auprès du procureur. Ouais, je suis Spider-Man.

— Mais pourquoi ? Qu'est-ce que ces gens vous avaient fait ?

Keith secoua la tête comme si je lui faisais pitié.

— Vous ne pourriez pas comprendre, Lindsay.

— Essayez toujours.

— Non, répliqua-t-il. J'en ai marre de parler.

Et ce fut tout. Il passa ses mains dans ses cheveux blonds, avala le reste de son Coca, puis nous adressa le même sourire aimable qu'un acteur au baisser du rideau.

J'avais envie de lui marteler la figure à coups de poing afin de lui faire rentrer sa suffisance dans la gorge. Tant de gens massacrés et sans que tout cela ait le moindre sens.

Pourquoi refusait-il de dire *pourquoi* il avait fait ça ?

N'empêche, c'était un grand jour. Keith Howard était écroué, on avait relevé et photographié ses empreintes, on l'avait dûment remenotté et bouclé en cellule, en attendant son transfert puis sa mise en examen à San Francisco.

Je fis une halte dans le bureau du chef Stark en sortant.

— Qu'est-ce qui ne va pas, Boxer ? Où est votre couronne de laurier ?

— Quelque chose me tracasse, chef. Il protège d'autres individus, j'en suis certaine.

— Ça, c'est votre hypothèse. Devinez quoi ? Je crois ce type. Il nous a dit être plus intelligent qu'on le pense, je vais lui accorder le crédit d'être la lumière qu'il prétend être.

Je décochai au chef un sourire de lassitude.

— Et merde, Boxer ! il a avoué. Soyez heureuse. Il est cuit. Je tiens à être le premier à vous féliciter, lieutenant. Superbe prise. Superbe interrogatoire. Tout est fini à présent. Dieu merci, tout est enfin terminé.

131.

Le téléphone sonna, m'arrachant d'un sommeil si profond que j'ai bien cru me retrouver au Kansas[1]. J'ai tâtonné dans le noir pour mettre la main sur le récepteur.
— Allô ? fis-je, la voix rauque.
— C'est moi, Lindsay. Désolé de t'appeler si tôt.
— Joe.
Je tournai le réveil vers moi. 5 h 15. Je ressentis un coup au cœur.
— Tu vas bien ? Que se passe-t-il ?
— De mon côté, tout va bien, dit-il de sa voix calme, chaude et sexy. Il y a foule devant chez toi, pourtant.
— Tu as su ça par GPS ?
— Non, je viens juste d'allumer la télé.
— Quitte pas, lui dis-je.
Je traversai la chambre et relevai un coin du store.
Deux journalistes campaient sur la pelouse et des équipes caméra déroulaient des câbles depuis des fourgons de télé par satellite, rangés en rond sur la route, tels des chariots bâchés de la conquête de l'Ouest.

---
1. Comme Dorothy, l'héroïne du *Magicien d'Oz (N.d.T.)*.

— Je les vois maintenant, grognai-je en retournant sous les couvertures. Je suis cernée. Merde.

Je me pelotonnai au creux de mon lit. Le téléphone coincé entre visage et oreiller, Joe me paraissait si proche qu'il aurait pu se trouver dans le même fuseau horaire.

Nous parlâmes vingt bonnes minutes et fîmes des plans pour nous retrouver dès mon retour en ville. Après avoir raccroché, je me levai, m'habillai et me maquillai légèrement. Enfin, je franchis la porte d'entrée de Cat.

Les journalistes convergèrent vers moi, me fichant un bouquet de micros sous le menton. La lumière matinale me fit cligner des yeux.

— Je regrette de vous décevoir, mais je ne peux faire aucune déclaration, comme vous devez le savoir. Ce dossier est celui du chef Stark, il faut donc vous adresser à lui. Voilà tout..., déclarai-je tranquillement.

Je retournai ensuite à l'intérieur de la maison, en souriant toute seule. Je fermai la porte au bombardement de questions. Je poussai le verrou et supprimai la sonnerie du téléphone. Je retirais mes notes du tableau de liège des enfants quand Cindy et Claire m'appelèrent en *conference call* sur mon portable.

— C'est fini, ter-mi-né, annonçai-je, en mimant les propos du chef. Du moins, c'est ce qu'on m'a dit.

— Que se passe-t-il en réalité, Lindsay ? me demanda Cindy, mon intuitive amie et grande sceptique devant l'Éternel.

— T'es maligne, toi, tu sais.

— Hum. De quoi il retourne ?

— Ça reste confidentiel... Le gamin est très fier de lui, fier d'entrer au panthéon des tueurs en série. Mais je suis loin d'être certaine qu'il mérite cet excès d'honneur.

— Il a avoué le meurtre de ton Monsieur X ? s'enquit Claire.

— À ton tour, papillon, lui dis-je. À maligne, maligne et demie.
— Eh bien ?
— Non, il ne l'a pas avoué.
— Alors, qu'est-ce que tu en déduis ?
— Je ne sais plus que croire, Claire. Je pensais vraiment que celui qui avait commis ces derniers meurtres avait également tué mon Monsieur X. Peut-être que j'avais tout faux.

132.

J'étais assise avec Martha à l'arrière d'un véhicule de patrouille – ce qui était assez rare pour être signalé. Je baissai la vitre, ouvris mon blazer et humai l'excitation qui montait dans la Grand-Rue.

Une fanfare accordait ses cuivres dans une rue latérale où scouts et pompiers transformaient des camions à ridelles en chars. Des hommes grimpés sur des échelles suspendaient des banderoles au-dessus de la route, des drapeaux flottaient aux lampadaires. Je sentais déjà l'odeur des hot-dogs qu'on faisait griller. On était le 4 Juillet.

Mon nouveau pote, l'agent Noonan, nous a déposées devant le poste de police, où le chef Stark se tenait devant un groupe compact de badauds et de journalistes.

Pendant que je me frayais un passage dans cette foule, le maire, Tom Hefferon, sortit du commissariat, en short kaki et polo, un chapeau de pêcheur masquant sa calvitie naissante. Il vint me serrer la main.

— J'espère qu'à l'avenir, me dit-il, vous viendrez passer tous vos congés à Half Moon Bay, lieutenant ?

Il tapota alors son micro et la foule se tut.

— Merci à tous d'être venus. Aujourd'hui, nous fêtons doublement le Jour de l'Indépendance, commença-t-il, des trémolos dans la voix. Nous voici libres, enfin libres de recommencer à vivre comme avant.

Il leva la main pour stopper les applaudissements.

— Je laisse la parole au chef de notre police, Peter Stark.

Ce dernier était en grand uniforme : boutons de cuivre, insigne étincelant et flingue à l'avenant. Pendant qu'il serrait la main du maire, les coins de sa bouche se rebiquèrent en un sourire. Puis Stark s'éclaircit la gorge et se pencha sur le micro.

— Nous avons un suspect en garde en vue. Il a avoué être l'auteur des crimes qui ont terrorisé les habitants d'Half Moon Bay.

Une clameur s'est élevée dans la brume matinale, certaines personnes craquèrent et se mirent à pleurer de soulagement. Un petit garçon apporta sur l'estrade un cierge magique allumé qu'il tendit au chef.

— Merci, Ryan. C'est mon fiston, apprit-il à la foule, d'une voix étranglée. On y tient à ces chères petites têtes blondes, hein ?

Le chef attira l'enfant près de lui et garda sa main posée sur l'épaule de son fils pendant qu'il reprenait le fil de son discours.

Il déclara que la police avait fait son travail et que la suite appartenait maintenant au procureur et à la justice. Puis il me remercia de mon « aide inestimable pour le département de police ». Puis, alors que les hourras redoublaient, il remit une médaille de cuivre attachée à un ruban à son fils. Un agent tint le cierge magique de Ryan, tandis que ce dernier passait la médaille au cou de Martha. La première décoration de ma fifille.

— Bon chien ! fit le Chef.

Puis Stark rendit hommage à chaque homme sous ses ordres et à la police de l'État pour la tâche accomplie en « mettant fin à cette vague de crimes en série qui a coûté la vie à trop d'innocents concitoyens ».

Quant à moi, en arrêtant le tueur, j'étais rentrée dans mes bonnes grâces à mes yeux.

J'étais encore et toujours « un sacré bon flic ».

Mais tout à la joie du moment, je devais lutter contre une idée qui me tauraudait. Elle était pareille au petit garçon qui agitait son cierge magique en tirant son père par la manche pour réclamer son attention.

Une simple idée, comme ça.

Et si jamais cette « vague de crimes en série » n'était pas terminée ?

133.

Ce soir-là, au-dessus de Pillar Point, les fusées du feu d'artifice explosèrent à intervalles serrés pour mieux s'épanouir en bouquets dans le ciel. J'eus beau fourrer ma tête sous l'oreiller, ça n'étouffa pas le vacarme pour autant.

Mon héroïne de chienne se terrait sous le lit, l'échine collée au mur.

— Ce n'est rien, Boo. Ça sera bientôt fini. Tiens le coup.

Je m'assoupis uniquement pour être réveillée en sursaut par le cliquetis d'une clé dans la serrure.

Martha l'entendit, elle aussi, et sortit en flèche de la chambre, en direction de la porte d'entrée en aboyant sèchement.

Quelqu'un cherchait à entrer.

Tout s'accéléra.

Je refermai la main sur la crosse de mon pistolet, me laissai tomber du lit sur la moquette et, mon pouls battant la chamade, je rampai vers le séjour, situé sur le devant de la maison.

Tâtant les murs, je comptai les portes qui séparaient ma chambre du salon, le cœur au bord des lèvres. Puis j'aperçus une ombre qui pénétrait dans la maison.

À croupetons, agrippant mon flingue à deux mains, je le tendis devant moi en hurlant :

— Mettez vos mains où je peux les voir, bordel. Tout de suite !

La silhouette poussa un cri aigu.

Le clair de lune qui entrait à flots par la porte ouverte éclaira le visage terrifié de ma sœur. Le petit enfant qu'elle portait dans ses bras hurla à l'unisson avec elle.

Je faillis bien crier moi aussi.

Je me relevai, et laissai retomber mon bras armé le long de mon corps.

— Cat, c'est *moi*. Pardon, pardon. Suffit, Martha ! *Suffit*.

— Lindsay ?

Cat s'avança vers moi, serrant Meredith dans ses bras.

— Cette arme est chargée ?

Brigid, six ans à peine, était à la traîne derrière sa mère. Elle pressait un animal en peluche tout mou sur sa figure et se mit à pousser un gémissement perçant.

Mes mains tremblaient, le sang me cognait aux tempes.

Mon Dieu ! J'aurais pu tuer ma propre sœur.

134.

Je déposai mon arme sur une table, puis serrai très fort Cat et Meredith contre mon cœur.

— Pardon, murmurai-je. Mille pardons.

— J'ai pas cessé de t'appeler, me souffla Cat, au creux de mon épaule. (Puis elle se dégagea.) M'arrête pas, tu veux ?

Je soulevai Brigid de terre, l'entourai de mes bras. J'embrassai sa joue humide de pleurs et relevai du doigt son menton adorable.

— Martha et moi, on voulait pas te faire peur, ma poupée.

— Tu vas habiter avec nous, tante Lindsay ?

— Rien que pour cette nuit, ma chérie.

Lorsque Cat alluma la lumière, elle aperçut les impacts de balles, recouverts de mastic, dans le mur.

— Tu n'as pas décroché, insista Cat. Et le répondeur indiquait qu'il était plein.

— Oui, plein de messages de journalistes, expliquai-je, le cœur galopant toujours à cent à l'heure. S'il vous plaît, excusez-moi de vous avoir fichu une trouille pareille.

Cat lança son bras libre vers moi, s'empara de ma tête, l'attirant vers son visage pour mieux m'embrasser.

— T'es effrayante en femme flic, tu le sais, ça ?

J'accompagnai Cat et les filles dans leur chambre, où nous nous calmâmes toutes les quatre. Les enfants se mirent en pyjama et nous les bordâmes dans leur lit.

— J'ai écouté les informations, déclara Cat en refermant la porte de la chambre des filles derrière nous. Alors, c'est vrai ? Tu as arrêté le coupable ? et c'était Keith ? Je le connais, Keith. Je l'aimais bien.

— Ouais. Moi aussi, je l'aimais bien.

— Et c'est quoi cette bagnole dans l'allée ? On dirait celle de l'oncle Dougie.

— Je sais. C'est un cadeau.

— Arrête. Vraiment ?

— Un cadeau pour la maison, Cat. Je veux que tu l'acceptes.

Je serrai à nouveau ma sœur dans mes bras, très fort. Je mourais d'envie de lui dire : « Tout va bien maintenant. On a alpagué ce salopard. »

— On ira faire un tour d'essai demain, annonçai-je à la place.

Puis je lui souhaitai bonne nuit. Ma sœur se fit couler un bain. J'emmenai Martha dans le couloir, puis ouvris la porte de la chambre à coucher. J'appuyai sur l'interrupteur et restai pétrifiée sur le seuil.

En fait, j'ai bien failli hurler une fois de plus.

135.

Allison, la fille de Carolee, était assise sur mon lit. Si le fait était déjà inquiétant en lui-même... l'apparence de la fillette m'alarma bien davantage. Ali, les pieds nus, vêtue d'une mince chemise de nuit ajourée, pleurait comme une madeleine.

Je posai mon arme et m'approchai d'elle. Je me mis à genoux et saisis l'enfant par ses frêles épaules.

— Ali ? Que se passe-t-il, Ali ? Qu'est-ce qu'il y a ?

La fillette se jeta dans mes bras et noua les siens autour de mon cou. Elle tremblait de tous ses membres, secouée de sanglots. Je la serrai contre moi en la bombardant de questions, sans même lui donner le temps d'y répondre.

— Tu es blessée ? Comment es-tu venue jusqu'ici, Ali ? Mais quel est donc le problème, bon sang ?

— La porte était ouverte, alors je suis entrée, répondit Allison.

À ces mots, de nouvelles larmes jaillirent d'une mystérieuse blessure, insondable pour moi.

— Parle-moi, Ali, insistai-je tout en l'examinant.

Ses pieds étaient sales et entaillés. La maison de Cat se trouvait à plus d'un kilomètre et demi de l'école et de l'autre côté de la nationale. Allison avait certainement marché jusqu'ici.

Je fis une nouvelle tentative pour obtenir des réponses, mais Ali avait manifestement sombré dans l'incohérence. Elle s'agrippait à moi, cherchait l'air, s'étouffait dans ses larmes, parlait en dépit du bon sens.

J'enfilai un jeans sur mon pyjama en soie bleu et chaussai mes baskets. Je glissai mon Glock dans mon holster et recouvris le tout de mon blouson en denim.

J'enveloppai Ali dans mon sweat-shirt à capuche et pris l'enfant dans mes bras. Abandonnant Martha dans la chambre, je gagnai la porte d'entrée.

— Ma chérie, fis-je à la gamine devenue hystérique, je vais te ramener chez toi.

136.

La Subaru Forester de Cat, garée juste derrière mon Ford Explorer, bloquait le passage. Les clés de la Bonneville étaient sur le tableau de bord et le « gros cachalot » faisait face à la route.

Après avoir installé Ali sur le siège arrière et bouclé sa ceinture, je me mis au volant et tournai la clé de contact. Le moteur vrombit en douceur. Une fois sur la route N° 1, alors que je prenais la direction du nord, vers l'école, Allison se mit à hurler :

— *NON !*

— Je jetai un coup d'œil dans le rétroviseur, vis la fillette ouvrir des yeux démesurés dans son visage blême. Elle me montra le sud du doigt.

— Tu veux que j'aille par là ?

— Lindsay, s'il te plaît, Viiiite !

La terreur et l'urgence de son ton m'électrisèrent. Je ne pouvais faire autrement que faire confiance à la fillette. Aussi pris-je vers le sud jusqu'à ce qu'Ali me chuchote « Tourne ici », à la hauteur d'un embranchement isolé.

Au-dessus de nos têtes, le 4 Juillet déchaînait ses pétarades pyrotechniques, faisant affluer l'adrénaline dans mon système déjà en surcharge. J'avais eu plus que mon content de fusillades ces derniers temps, et chaque *bang* me faisait l'effet d'une rafale.

J'engageai la Bonneville dans Cliff Road, une piste de terre sinueuse. J'accélérais dans les montées, dérapais dans les virages comme un gros camion sur l'herbe. J'entendais la voix de Keith me réprimander : *Vous ne pouvez pas lui faire ça, Lindsay. C'est une voiture de luxe.*

Je roulai un moment dans un tunnel d'eucalyptus qui masquait les étoiles et débouchai sur un vaste panorama montueux. Devant nous et sur notre gauche, une maison en stuc toute ronde s'accrochait au flanc de la colline.

Je jetai un nouveau coup d'œil dans le rétroviseur.

— Et maintenant, Ali ? C'est encore loin ?

Allison désigna du doigt la maison en rotonde. Puis elle se plaqua les mains sur les yeux. Sa voix était à peine audible.

— Non, on y est.

137.

J'arrêtai la voiture juste en dehors de la route et levai les yeux vers la maison. Elle ressemblait à une tour de deux étages, tout en panneaux vitrés et son stuc. Deux minces filets de lumière bougeaient par intervalles au rez-de-chaussée.
Des faisceaux de torche électrique.
Mis à part ça, la maison était plongée dans l'obscurité.
Il était clair que des intrus se trouvaient à l'intérieur. Je palpai les poches de mon blouson en jeans et eus la nausée avant même d'avoir la confirmation que je ne me trompais pas : j'avais oublié mon portable sur la table de nuit. Je le revoyais posé contre le réveil.
C'était une très mauvaise nouvelle.
Je n'avais pas d'émetteur radio dans la voiture, ni gilet pare-balles. S'il s'agissait d'un crime, entrer seule dans cette maison était tout sauf une bonne idée.
— Ali. Je dois aller chercher de l'aide.
— Tu peux pas, Lindsay, me répondit-elle dans un quasi-murmure. *Tout le monde va mourir.*
Je tendis la main, lui effleurai le visage. Ses lèvres tremblaient, mais la confiance que je lus dans ses yeux me déchira le cœur.

— Allonge-toi sur la banquette, dis-je à la fillette. Attends là sans bouger jusqu'à ce que je revienne.

Ali m'obéit et se coucha, la joue contre le siège. Je lui caressai le dos gentiment. Puis je descendis de voiture et refermai la portière derrière moi.

138.

Le clair de lune projetait de longues ombres portées sur le terrain, me laissant croire que des abîmes s'ouvraient sous mes pas. Je restai près des taillis en bordure de la route, contournai la clairière et atteignis la partie aveugle de la maison, légèrement en surplomb.

Un 4 × 4 était garé près d'une simple porte en bois. La poignée tourna facilement sous ma main et la porte s'ouvrit à la volée sur une souillarde.

J'avançai à tâtons dans le noir jusqu'à une spacieuse cuisine. De là, je passai dans une grande pièce à haut plafond, éclairée par la lune.

Je longeai les murs, évitant les vastes canapés de cuir et les pots de palmiers et d'herbe de la pampa. Je levai les yeux juste à temps pour apercevoir un pinceau de lumière disparaître au sommet d'un escalier.

Je sortis mon arme et grimpai deux par deux les marches recouvertes d'un tapis, avant de m'accroupir sur le palier, une fois à l'étage.

Je tendis l'oreille et, malgré le bruit de ma propre respiration, je perçus de faibles murmures en provenance de la chambre au bout du couloir.

Puis un cri suraigu déchira l'air. Je courus jusqu'à la porte, tournai le bouton, l'ouvris d'un coup de pied.

Je mitraillai la pièce du regard. Sur un grand lit à deux places, une femme était appuyée au dosseret et une silhouette vêtue de noir pointait la lame de son couteau sur sa gorge.

— Haut les mains ! ai-je crié. Lâchez ce couteau !

— Trop tard, me répondit une voix. Fais demi-tour et casse-toi d'ici.

Je tendis la main vers l'interrupteur et allumai.

Ce que je vis alors était incroyable.

L'intrus au couteau n'était autre que Carolee Brown.

139.

Carolee était sur le point de commettre un meurtre. Mon cerveau cala, tâchant d'assimiler l'inimaginable. Quand il se remit en marche, j'aboyai à pleine voix :

— Recule loin d'elle, Carolee. Garde tes mains visibles !

— Lindsay, répondit Carolee d'un ton raisonnable affolant. Je te demande de t'en aller, s'il te plaît. C'est une femme morte de toute manière. Tu ne peux pas m'en empêcher.

— Dernier avertissement, répétai-je en armant mon Glock. Pose ce couteau ou je tire.

L'inconnue étendue sur le lit gémit. Carolee évaluait du regard la distance qui nous séparait – donc le temps qu'il lui fallait pour trancher la gorge de cette femme avant que je ne lui loge une balle dans la tête.

Je me livrai au même calcul.

— Tu commets une grossière erreur, reprit Carolee avec regret. C'est pas moi la méchante, Lindsay. La loque que tu vois là, Melissa Farley, c'est elle l'ordure intégrale.

— Lance ton couteau par ici et avec précaution, la sommai-je, agrippant mon arme si fort que j'en avais les jointures blanches.

Pourrais-je descendre Carolee s'il le fallait ? Je n'en savais strictement rien.

— Tu ne vas pas m'abattre.

— Je crois que tu as oublié qui je suis.

La détermination qui se lisait sur mon visage retint Carolee. Oui, j'étais capable de l'abattre, elle eut l'intelligence de le comprendre. Elle eut un faible sourire. Puis elle jeta son couteau sur la moquette, à proximité.

J'expédiai le couteau du pied sous un secrétaire.

— À genoux ! hurlai-je. Mains devant !

Je la fis s'allonger par terre et lui ordonnai de nouer ses mains derrière la nuque et de croiser ses pieds. Puis je la fouillai, ne trouvant rien d'autre qu'une mince ceinture de cuir autour de sa taille.

Je me tournai ensuite vers la femme sur le lit.

— Melissa ? Ça va ? Appelez le 911. Prévenez la police qu'un crime avec violence est en cours et qu'on réclame du renfort.

La femme tendit la main vers le téléphone au chevet du lit mais garda les yeux braqués sur moi.

— Il tient mon mari, murmura-t-elle. Un homme est dans la salle de bains avec Ed.

140.

Je suivis le regard de Melissa Farley jusqu'à la porte à gauche du lit.

Celle-ci s'ouvrit lentement sur un type qui pénétrait avec raideur dans la pièce, les yeux fous derrière ses lunettes éclaboussées de sang.

Pendant qu'il s'avançait sur moi je notai mentalement tous les détails : son T-shirt noir trempé de sang, sa ceinture, ôtée de son pantalon, qui pendait par sa boucle d'argent à sa main gauche, le redoutable couteau de chasse dans sa main droite.

— Lâchez votre arme ! criai-je. *Immédiatement ! Ou je tire !*

La bouche du type se tordit en un rictus sinistre. Son expression de quelqu'un prêt à mourir faisait froid dans le dos. Il continua à s'avancer, son couteau sanglant pointé sur moi.

Mon champ visuel se rétrécit, je me concentrai sur ce qui me semblait essentiel à ma survie. Il y avait trop d'éléments, trop de paramètres à maîtriser.

Carolee, derrière moi, n'était plus sous contrôle.

L'homme au couteau le savait aussi. Il retroussa la lèvre.

— Lè... lève-toi ! lança-t-il. On peut l'avoir.

Je calculai rapidement ce qui se passerait si je le

descendais. Il se trouvait à moins de trois mètres de moi.

Même si je le touchais en pleine poitrine, même en plein cœur, ma portée de tir était trop courte.

Il avançait toujours.

Je levai mon arme, posai mon doigt sur la détente. Au même moment, Melissa Farley crapahuta en travers du lit, et s'élança vers la salle de bains.

— *Non !* hurlai-je. Restez où vous êtes.

— Je dois aller retrouver mon mari !

Je n'entendis pas la porte s'ouvrir dans mon dos.

Je n'entendis pas que quelqu'un entrait dans la chambre.

Puis soudain, elle était là.

— *Non, Bobby !* cria Allison.

Et, pendant un instant interminable, tout s'est figé.

141.

L'homme qu'Allison venait d'appeler Bobby s'immobilisa brusquement. Lorsqu'il reprit son équilibre, la confusion se lisait sur ses traits.

— Allison, dit-il. Tu es censée être à la maison.

Bobby ! Son bégaiement ne m'avait pas mis sur la voie, mais à présent, je le reconnaissais. Il s'agissait de Bob Hinton, l'avocat de la ville qui m'était rentré dans le chou avec sa bicyclette. Mais je n'eus pas le temps de comprendre où il s'inscrivait dans le tableau.

Allison surgit de derrière moi, telle une somnambule. Elle rejoignit Bob Hinton qu'elle ceintura de ses bras. Avant d'avoir pu l'en empêcher, Hinton la prenait à son tour dans ses bras et la serra très fort contre lui.

— Petite sœur, chuchota-t-il. Tu ne devrais pas être ici. Tu ne devrais pas voir tout ça.

Ma tension chuta soudain et, entre mes mains moites, la détente glissa. Je n'en continuai pas moins à garder Hinton en joue.

Tandis que je manœuvrais pour avoir le meilleur angle de tir, Hinton tourna vers moi la fillette hébétée. Je vis que lui aussi était dans le même état.

— Bob, intervins-je, le plus sincèrement possible, car je voulais qu'il me croie. Le choix est entre vos mains. Mais, si vous ne lâchez pas ce couteau et ne vous mettez pas à genoux, je n'hésiterai pas à vous faire sauter la cervelle.

Bob se baissa et dissimula son visage derrière la tête d'Allison, s'en servant ainsi comme d'un bouclier. Je pensais qu'il allait lui coller le couteau sous la gorge en me sommant de jeter mon flingue. *Ce que je serais obligée de faire.*

Aussi fus-je surprise de découvrir l'expression d'insondable tristesse qui voilait le visage de Bob Hinton pendant qu'il pressait sa joue contre celle d'Allison.

— Ali, Ali, tu n'es pas assez grande pour comprendre.

Cette dernière secoua la tête avant de répondre :

— Je sais tout, Bobby. Il faut que tu te rendes. Je dois tout raconter à Lindsay.

Un éclair rouge m'arracha à la contemplation hypnotique dans laquelle ce spectacle m'avait plongée. Melissa Farley franchit le seuil de la salle de bains, en s'effondrant à demi. Le plastron de sa chemise de nuit était noir de sang.

— Une ambulance ! haleta-t-elle. Vite, une ambulance. Je vous en supplie ! Ed est encore vivant !

142.

Une dizaine de minutes plus tard, en contrebas, toutes sirènes et gyrophares dehors, des voitures de patrouille négociaient à toute allure les virages de la route. Un hélicoptère de secours faisait vrombir les pales de son rotor au-dessus de nos têtes.

Melissa Farley était retournée dans la salle de bains, près de son mari.

— Allison, dis-je. Descends au rez-de-chaussée, s'il te plaît. Va ouvrir à la police.

Bob serrait toujours Allison dans ses bras. Elle tourna vers moi des yeux ronds. Ses lèvres tremblantes réprimaient un sanglot.

— Va, ma chérie, intervint Carolee, encore allongée sur le sol. C'est bien.

À dix pas de moi, le visage de Bob se décomposa, révélant un homme battu, vaincu. Il pressa les épaules d'Allison et j'eus un hoquet malgré moi. Puis il libéra la fillette.

À peine Ali sortie de la chambre, je laissai exploser ma colère :

— Non, mais vous vous prenez pour qui, vous deux ? Qu'est-ce qui a vous fait croire que vous pouviez vous en tirer comme ça ?

J'arrachai le couteau des mains de Bob et lui

ordonnai de plaquer ses mains contre le mur. Je lui détaillai ses droits pendant que je le fouillais.

— Vous comprenez vos droits ?

— Mieux que la plupart, répliqua-t-il avec un rire sarcastique.

Je découvris sur Hinton un coupe-verre et un appareil photo que je confisquai. Puis, après l'avoir obligé à se coucher sur le sol, je m'assis sur le bord du grand lit sans lâcher mon arme et les tins tous deux en respect.

Je demeurai ainsi, sans ciller, jusqu'à ce que j'entende des pas lourds monter les marches.

143.

À 3 heures du matin passées, j'étais de retour au poste de police. Le chef Stark se trouvait avec Bob Hinton dans la salle d'interrogatoire. Bob y décrivait en détail les nombreux meurtres que lui, Carolee et Keith avaient commis à Half Moon Bay.

J'étais avec Carolee dans le bureau du chef, un vieux magnéto Sony trônait entre nous, sur la table de travail en désordre de Peter Stark. Un inspecteur nous apporta des cafés dans des gobelets en carton, puis alla se poster dans l'embrasure de la porte, pendant que j'interrogeais Carolee.

— Je crois que j'aimerais parler à mon avocat, lâcha-t-elle d'une voix atone.

— Tu veux dire, Bob ? Tu peux pas attendre quelques minutes ? répliquai-je sèchement. Il est en train de te balancer en ce moment même et on aimerait bien avoir tout noir sur blanc.

Carolee me décocha un sourire absent.

Elle chassa d'une chiquenaude un cheveu sur sa robe noire à col roulé, puis elle croisa ses mains manucurées sur ses genoux. Je ne pus m'empêcher de la dévisager longuement.

Carolee avait été une amie. Nous avions échangé des confidences. Je lui avais recommandé de m'appeler si jamais elle avait besoin d'aide. J'idolâtrais sa fille.

Même à cet instant, elle gardait sa dignité. Elle s'exprimait clairement, saine d'esprit en apparence.

— Peut-être aimerais-tu prendre un autre avocat ? suggérai-je.

— Laisse tomber. Ça n'aura pas d'importance.

— Bon, d'accord. Pourquoi ne pas me parler ?

J'ai branché le magnéto, précisé mon nom, l'heure et la date, le numéro de mon matricule et le nom de la personne interrogée. Puis j'ai rembobiné la bande, l'ai repassée pour m'assurer que l'appareil fonctionnait bien. Une fois satisfaite, je me carrai dans le fauteuil pivotant du chef.

— O.K. Carolee, je t'écoute.

Cette femme charmante, quasi parfaite, prit le temps d'organiser ses idées avant de les confier au magnéto.

— Lindsay, commença-t-elle, pensive, il faut que tu comprennes que tous, tant qu'ils sont, ils ont attiré *ça* sur leur tête. Les Whittaker donnaient dans la pornographie enfantine. Les Daltry affamaient littéralement leurs jumeaux. Ils faisaient partie d'une secte religieuse débile qui prétendait que leurs enfants ne devaient absorber aucune nourriture solide.

— Et tu n'as pas pensé à prévenir le service de protection de l'enfance ?

— Je n'ai pas arrêté de signaler leur cas. Jake et Alice étaient très habiles, cependant. Ils stockaient du ravitaillement sur leurs étagères, mais ils ne donnaient jamais rien à manger à leurs enfants !

— Et le Dr O'Malley ? Quid de lui et de sa femme ?

— O'Malley vendait sa propre fille sur Internet. Il y avait une caméra dans leur chambre. Cette idiote de Lorelei était au courant. *Caitlin* était au courant. J'espère simplement que ses grands-parents lui fourniront toute l'aide qui va lui être nécessaire. J'aurais aimé m'en charger moi-même.

Plus elle parlait, plus je percevais l'ampleur de son narcissisme. Carolee et consorts s'étaient donné pour mission d'éradiquer toute maltraitance enfantine d'Half Moon Bay. Pour ce faire, ils couvraient la totalité du spectre judiciaire : à la fois juges, jurés et bourreaux. À sa façon de décrire les choses, cela paraissait presque frappé au coin du bon sens.

À condition d'ignorer ce qu'elle avait fait.

— Carolee, *tu as assassiné huit personnes.*

Un coup frappé à la porte nous interrompit. L'inspecteur l'entrouvrit par l'interstice, j'aperçus le chef. Il avait le visage gris de fatigue. Je sortis dans le couloir.

— L'hôpital vient d'appeler, m'a-t-il communiqué. Hinton a bien donné le coup de grâce

Je revins dans le bureau du chef. Me rassis sur le fauteuil pivotant.

— Et de neuf, Carolee. Ed Farley vient de mourir.

— J'en rends grâce à Dieu. Quand vous autres serez allés voir dans la grange au fond du jardin des Farley, vous me décernerez une médaille. Les Farley faisaient le trafic de fillettes mexicaines. Ils les vendaient à des réseaux pédophiles dans tout le pays. Tu peux appeler le FBI, Lindsay. C'est du gros gibier.

Carolee se détendit alors que j'assimilais cette nouvelle information. Elle se pencha vers moi, très confiante. Le sérieux de son visage était absolument stupéfiant.

— J'ai eu envie de te dire quelque chose dès le premier jour de notre rencontre, me fit-elle. Et ça n'a d'importance que pour toi. Ton Monsieur X ? Cette épouvantable ordure avait un nom. Brian Miller. Et c'est moi qui l'ai tué.

144.

J'eus du mal à digérer ce que venait de m'avouer Carolee.
C'était elle la meurtrière de mon Monsieur X.
La mort de ce garçon m'avait obsédée depuis dix ans. Carolee était l'amie de ma sœur. Et voilà qu'aujourd'hui il me fallait intégrer que l'assassin de Monsieur X et moi avions suivi des chemins parallèles, qui avaient fini par converger dans cette pièce.
— N'est-ce pas la tradition d'offrir une cigarette au condamné, Lindsay ?
— Mais oui, dis-je. Autant que tu en voudras.
J'attrapai sur un meuble une cartouche de Marlboro. Je l'ouvris, puis déposai un paquet de cigarettes et une boîte d'allumettes à portée de Carolee avec une désinvolture des plus feintes.
Je désirais à tout prix entendre l'histoire de ce garçon qui avait hanté mon esprit pendant tant d'années.
— Merci, fit Carolee, l'enseignante, la mère, la protectrice d'enfants maltraités.
Elle fit tomber une cigarette, en tapotant le fond du paquet, puis craqua une allumette dont l'odeur de soufre parfuma l'air.
— Keith n'avait que douze ans quand il est arrivé dans mon école. Le même âge que Bob, mon fils,

m'apprit-elle. Ces deux charmants garçons promettaient beaucoup.

J'écoutai attentivement Carolee me décrire la façon dont Brian Miller, un fugueur plus âgé, avait gagné sa confiance avant de devenir, par la suite, psy conseil à l'école.

— Brian les a violés tous les deux à plusieurs reprises, tant Bob que Keith. Mais il a les violés aussi mentalement. Il possédait un couteau des Forces Spéciales. Et les menaçait de les émasculer si jamais ils racontaient ce qu'il leur avait fait.

Des larmes perlèrent des yeux de Carolee. Elle chassa la fumée de la main comme celle-ci en était responsable. Elle sirotait d'une main tremblante son café.

Il n'y avait aucun autre son dans la pièce que le léger sifflement de la bande magnétique qui déroulait son ruban.

Quand Carolee recommença à parler, ce fut d'une voix plus douce. Je me penchai vers elle pour ne pas en perdre une miette.

— Quand Brian a été rassasié des garçons, il a disparu, emportant avec lui leur innocence et leur dignité.

— Pourquoi ne pas avoir prévenu la police ?

— C'est ce que j'ai fait. Mais quand Bobby m'a avoué ce qui s'était passé, de l'eau avait coulé sous les ponts. Et la police ne s'intéressait pas vraiment à mon établissement pour fugueurs. Il a fallu des années avant que Keith ne retrouve le sourire, ajouta Carolee. Bob était encore plus fragilisé. Quand il s'est tranché les poignets, je devais faire quelque chose.

Carolee tripotait son bracelet-montre. Mais ce geste délicatement féminin n'empêchait pas la rage de déformer ses traits. Sa colère paraissait toujours aussi vive.

— Continue. Je t'écoute, Carolee.

— J'ai retrouvé Brian dans un hôtel de passe. Il y faisait commerce de ses charmes. Je lui ai offert un bon repas bien arrosé. J'ai évoqué la grande affection que j'avais eue pour lui autrefois et il est tombé dans le panneau. Il a cru que j'étais toujours son amie. Je lui ai demandé gentiment une explication. Selon ses propres termes, ce qu'il avait partagé avec les garçons était un « amour romantique ». Non, mais tu le crois, ça ?

Carolee éclata de rire et fit tomber sa cendre dans le cendrier en aluminium.

— Je l'ai raccompagné chez lui, poursuivit Carolee. Je lui avais rapporté certaines de ses affaires : un T-shirt, un livre et d'autres bricoles. Quand il m'a tourné le dos, je l'ai attrapé. Je lui ai porté un coup à la gorge avec son propre couteau. Il n'arrivait pas à croire à ce que je venais de faire. Il a essayé de crier mais je lui avais tranché les cordes vocales, tu vois. Alors, je l'ai fouetté avec ma ceinture pendant qu'il agonisait. C'était bon, Lindsay. Le dernier visage que Brian a vu, c'est *le mien*. La dernière voix qu'il a entendue, c'est *la mienne*.

Une image de Monsieur X # 24 a surgi devant mes yeux – celle d'une personne vivante, grâce au récit de Carolee. Même s'il avait été l'ordure qu'elle prétendait, il n'en avait pas moins été une victime, condamnée et exécutée sans autre forme de procès.

La coïncidence finale, et elle était impayable, voulait que Carolee ait gribouillé « Tout le monde s'en fout » sur le mur de l'hôtel. Et la phrase avait été reprise dans tous les articles de presse. Dix ans plus tard, on avait retrouvé les coupures de journaux dans l'étrange collection d'affaires criminelles de Sara Cabot. Elle et son frère avaient piqué là leur slogan.

Je fis glisser un bloc vers Carolee et lui tendis un stylo. C'est d'une main tremblante qu'elle commença à écrire. Elle s'interrompit et releva la tête.

— Je vais noter que je l'ai fait pour les enfants. Que j'ai fait tout ça pour *eux*.

— O.K., Carolee. Très bien. C'est ta version.

— Mais tu me comprends, non, Lindsay ? Quelqu'un devait les sauver. *Je suis celle-là. Je suis une bonne mère.*

Des volutes de fumée flottaient entre nous tandis qu'elle soutenait mon regard.

— Je peux comprendre, repris-je, qu'on abomine ceux qui font subir des choses épouvantables à des enfants innocents. Mais pas le meurtre. Je ne le comprendrai jamais. Comme je ne comprendrai jamais comment tu as pu faire une chose pareille à Allison.

145.

J'ai longé Gold Street, une ruelle sinistre, jusqu'à ce que j'atteigne Bix et son enseigne au néon en lettres bleues énormes. Je franchis le seuil et les accords en *blue notes* d'un piano demi-queue me transportèrent aussitôt.

Les hauts plafonds, la fumée de cigarette stagnant au-dessus de la longue courbe du bar en acajou et le cadre art déco me firent penser à la version hollywoodienne d'un bar des années 20.

Je m'approchai du maître d'hôtel qui m'apprit que j'étais la première arrivée.

Je le suivis dans l'escalier montant au premier, puis m'installai dans l'un des box en fer à cheval, somptueusement tapissé, qui surplombait l'animation du bar.

J'ai commandé un Dark & Stormy – du rhum des Bermudes Black Seal Gosling's et de la bière au gingembre – que je sirotais quand ma meilleure amie s'est avancée vers moi.

— Mais je t'connais, *toi*, me susurra Claire, en se glissant dans le box et m'embrassant à sa façon enveloppante. T'es la nana qu'a résolu une chiée de meurtres sans l'aide de ses potes.

— Et qui a survécu pour raconter l'histoire, ajoutai-je.

— De justesse, à ce qu'on m'a dit.

— Minute, fit Cindy, en se faufilant dans le box de l'autre côté. Je veux entendre ça. Et la version officielle, si tu n'y vois pas d'inconvénient, Lindsay. Je crois qu'un petit portrait de notre championne de la criminelle s'impose en toute logique.

Je lui plantai une bise sur la joue.

— Faudra que tu demandes l'autorisation aux R.P., dis-je.

— Quelle emmerdeuse tu fais, protesta-t-elle en m'embrassant à son tour.

Claire et Cindy commandaient chacune l'un des cocktails exotiques auxquels le bar devait sa réputation quand Yuki arriva, venant tout droit de son cabinet. Elle était encore en tenue d'avocate, mais arborait une nouvelle mèche rouge, très tendance, dans ses cheveux noirs luisants.

On apporta huîtres et boulettes de crevettes, quant au steak tartare, un serveur nous le prépara sur une desserte. Pendant ce temps, je racontai aux filles le camouflet que j'avais essuyé dans la maison en stuc sur la colline.

— C'était tellement bizarre, je l'ai tout de suite considérée comme une amie, alors que je ne la connaissais pas du tout, dis-je à propos de Carolee.

— Ça t'a fait douter de ton intuition, me lança Cindy.

— Plutôt. Et ma sœur s'y était également laissé prendre.

— Tu penses qu'elle t'avait à la bonne, uniquement parce que tu enquêtais sur le meurtre de ce Brian Miller ? demanda Claire.

— Ouais. Genre « Rester proche de ses amis et davantage de ses ennemis ».

— À Monsieur X, Numéro Vingt-Quatre. Affaire classée, déclara Yuki en levant son verre.

— Affaire classée, avons-nous répété en chœur.

Nous commandâmes de la baudroie, de la raie aux asperges, des spaghettis au homard du Maine et un steak Black Angus de New York. Puis, entre deux bouchées, chacune de nous parvint à placer sa petite histoire.

Cindy rédigeait un article sur un braqueur de banques qui s'était fait prendre pour avoir écrit « Haut les mains » au dos d'un bordereau de versement à son nom.

— Il a laissé ledit bordereau et s'est barré avec le blé, précisa Cindy. Les flics l'attendaient quand il est rentré chez lui. Celui-là est bon pour figurer tout en haut de ma liste des « truands mais débiles ».

— J'en ai un pour toi ! s'écria Yuki, sautant sur l'occasion. Mon client – je protège son anonymat – est le beau-fils de l'un des associés du cabinet et j'ai été *obligée* de le défendre.

» Lorsque deux flics sont venus cogner à sa porte, recherchant le suspect d'un braquage, mon gars n'hésite pas à les faire entrer puisqu'il n'est au courant d'aucun braquage. Mais il ajoute : « Vous pouvez regarder partout, sauf au grenier. »

— La suite, la suite ! l'avons-nous pressée.

Yuki sirota une gorgée de son cocktail et nous jeta un regard, mesurant son effet.

— Le juge accorde un mandat de perquisition aux flics qui découvrent la plantation de mon client dans le grenier. De la marijuana hydroponique, cultivée sous lampe. Verdict... la semaine prochaine ! conclut-elle sous nos éclats de rire.

Tandis que la conversation allait bon train autour de la table, je me sentais heureuse d'être à nouveau en compagnie de ma chère petite bande. Nous nous entendions si bien, nous avions partagé tellement de choses – même avec Yuki, notre toute nouvelle amie, cooptée à l'unanimité au sein du groupe pour m'avoir sauvé la mise et... la vie, selon moi.

Nous allions choisir les desserts quand j'aperçus un individu à cheveux blancs, que je connaissais bien, qui venait vers nous en boitillant.

— Boxer ! m'apostropha Jacobi, sans même sembler prendre garde aux autres. J'ai besoin de toi. Maintenant. Le moteur de la voiture tourne dehors.

Je posai par réflexe une main sur mon verre, présentement vide. Mon rythme cardiaque grimpa en flèche et, dans ma tête, le diaporama d'une poursuite en voiture et d'une fusillade se déroula en un éclair.

— Que se passe-t-il ? demandai-je.

Il pencha sa tête vers la mienne, mais au lieu de me chuchoter à l'oreille, il m'embrassa sur la joue.

— Rien. J'avais eu l'idée de sortir d'un gâteau géant mais tes copines m'en ont dissuadé.

— Merci, Jacobi, m'esclaffai-je, pliée en deux.

Puis je lui posai une main sur le bras.

— Joins-toi à nous pour le dessert.

— Pas de refus.

Jacobi s'insinua dans le box et nous nous poussâmes toutes d'un cran pour lui faire de la place. Le serveur apporta un dom pérignon frappé – merci, Jacobi – et, une fois nos coupes remplies, mes amis, anciens et nouveaux, portèrent un toast à mon retour.

— À Lindsay ! Bienvenue chez toi !

Épilogue

146.

Ma première semaine de retour au boulot me précipita dans un cyclone de catégorie 5.

Le téléphone sonnait non-stop et les flics étaient à ma porte toutes les deux minutes, m'informant de plusieurs dizaines de dossiers en cours. L'alerte rouge était générale.

Mais notre problème majeur était des plus évidents. Le taux d'affaires résolues par le département plafonnait autour de cinquante pour cent, ce qui nous mettait au plus bas du classement des brigades criminelles des grandes villes.

Cela ne signifiait pas pour autant que nous étions mauvais : nous étions simplement en sous-effectifs et débordés. La brigade était hors service. En fait, certains éléments s'étaient fait porter pâles toute la semaine.

Lorsque Jacobi frappa à ma porte vitrée ce vendredi matin-là, je lui fis signe d'entrer.

— Lieutenant, échange de coups de feu à Ocean Beach, deux hommes abattus. Un véhicule est sur place, un second en route et les agents réclament encore du renfort. Les témoins sont paniqués et commencent à se disperser.

— Où est ton coéquipier ?

— Il rattrape des congés.

À travers les parois de verre de mon bureau, je pouvais voir tout le personnel présent dans la salle de garde. L'unique flic, tous sexes confondus, sans une pile de dossiers devant lui, c'était moi. J'attrapai mon blouson sur le dos de ma chaise.

— Je devine qu'on est reparti pour un tour, déclarai-je à mon ancien coéquipier. Dis-moi ce que tu sais.

— Deux gangs de Dale City et d'Oakland se sont payé une baston dans le parking, près de la plage.

Nous dévalâmes l'escalier et, une fois sur McCallister, Jacobi s'installa au volant de la voiture.

— Ça a démarré au couteau, puis un flingue est entré dans la danse. Deux morts sur place, un blessé. Deux des fauteurs de trouble sont en garde à vue. L'un d'eux a pataugé dans les vagues et enterré l'arme dans le sable.

J'imaginais déjà la scène de crime, cherchant d'avance à assembler les pièces du puzzle.

— Il va nous falloir des plongeurs, dis-je, en me retenant au tableau de bord, au moment où l'on tournait à l'angle de Polk Street.

Jacobi me gratifia d'un large sourire. Une rareté.

— Qu'est-ce qui me vaut cet honneur, Jacobi ?

— Pardon, lieutenant, reprit-il assez fort pour couvrir la sirène. Je pensais.

— Et alors ?

— J'aime toujours autant bosser avec toi, Boxer. C'est bon que tu sois à nouveau en selle, et parmi nous.

Remerciements

Tous nos remerciements et notre gratitude vont au capitaine Richard Conklin, super flic du Bureau des enquêtes du Police Department de Stamford, Connecticut. Ainsi qu'au Dr Humphrey Germaniuk, médecin légiste à Trumbell County, Ohio, grand professeur et pathologiste judiciaire réputé. Nos remerciements tout particuliers s'adressent à l'extraordinaire Mickey Sherman, avocat pénal d'exception, pour ses précieux conseils.

Nous sommes aussi hautement redevables à Lynn Colomello, Ellie Shurtleff, Linda Guynup Dewey et Yukie Kito de l'aide fournie par leurs excellentes recherches sur le terrain et sur le Web.

Photocomposition PCA
44400 Rezé

Impression réalisée sur CAMERON
par BRODARD ET TAUPIN
La Flèche
en octobre 2006

Imprimé en France
Dépôt légal : novembre 2006
N° d'édition : 88757/01 – N° d'impression : 38383